KB041124

로셀리니가의 아들

The son of the Rossellini family
SUCCESSOR

The son of the Rossellini family
SUCCESSOR

로셀리니가의 아들

◆계승자◆

下

Kaoru Iwamoto

The son of the Rossellini family
SUCCESSOR

CONTENTS

화보 · 본문 일러스트 하스카와 아이
옮긴이 심이슬

로셀리니가의 아들 계승자 下

제10장

정신없이 분주했던 하루가 겨우 끝났다.

'……피곤해.'

아키라는 레오와 함께 대계단을 올라가면서 속으로 혼잣말을 했다. 몸도 녹초가 되었지만, 무엇보다 정신적인 피로가 컸다.

오늘은 아침부터 계속 긴장 상태로 있었기에 하루 종일 마음 편할 틈도 없었다. 정확히 말하면 어제부터 쭉 신경이 곤두서 있었다. 지금도 위 언저리가 묵직하게 쿡쿡 쑤셨다. 잠이 부족해서 그런지도 모른다.

안 그래도 약해진 위에 추격타를 가하듯이 레오 형제가 외출한 사이에 최대급 대미지를 입었다.

막시밀리안과 나루미야와의 삼자대면.

그곳에서 밝혀진 경악스러운 사실.

막시밀리안과 루카, 나루미야와 에두아르, 그리고 자신과 레오.

로셀리니가 삼형제 모두에게 동성 애인이 있었다.

—— 이대로 가다간……, 로셀리니가는 언젠가 없어질 거야…….

자신이 중얼거렸던 말을 뇌 속에서 되풀이하자 또다시 위가 욱신욱신 아파 오기 시작했다.

대화 끝에 로셀리니가 사람들에게는 진실을 덮을 것, 비밀을 지키기 위해 셋이서 힘을 합치기로 했지만.

—— 특히 레오나르도 님은 진실을 알면 누구보다도 깊이 괴로워하실 겁니다. 아키라 님께 심려를 끼쳐 죄송하지만, 절대로 눈치채시지 않도록 조심해 주십시오.

강하게 못을 박았던 막시밀리안의 말을 떠올리고는, 저도 모르게 미간에 주름이 잡혔다.

그렇다. 진실을 알면 가장 괴로워할 사람은 레오. 형제 중에서 가장 큰 대미지를 입을 사람도 레오.

그렇기에 레오에게만은 절대로 들켜선 안 된다.

눈을 돌려 힐끗 쳐다보니 레오의 옆얼굴도 피로의 색이 짙었다.

보아하니 이번에도 엘자 고모가 결혼하라고 닦달을 한 것 같다.

엘자 고모는 돈 카를로의 누나로, 일족의 최연장자이기에 로셀리니가의 미래를 누구보다도 염려하고 있다.

레오는 가장으로서 고모 댁에 정기적으로 얼굴을 내밀고 있지만, 그때마다 '하루 빨리 아내를 들여 후계자를 낳으라'고 재촉을 당하는지 항상 녹초가 되어 돌아온다.

아키라에게 푸념을 늘어놓는 일은 없지만, 차츰차츰 스트레스가 쌓이고 있는 것은 옆에서 봐도 알 수 있었다.

레오를 화살받이로 만들어 미안한 마음은 들지만.

'현실적으로 생각해봤을 때도 화살을 계속 돌리는 것도 한계일 거야.'

그야말로 막다른 골목에 몰려 손쓸 방법이 없는 것 같아 울적함을 느끼면서 평소보다 무거운 발걸음으로 계단을 올라 복도에 다다랐다. 그러자 레오가 아키라 쪽을 돌아보았다.

"난 루카 방에 잠깐 들렀다 가지."

"루카 방에?"

"응, 내일 일정에 대해 얘기해 두고 싶어서."

그러고 보니 루카는 저녁 식사 때 얼굴을 마주한 이후 모습을 보지 못했다. 아마 본인 방에 틀어박혀 있을 것이다.

"벌써 자고 있을 수도 있을걸?"

"자고 있으면 내일 아침에 얘기하지 뭐."

"알았어."

납득하고 루카의 방 앞에서 레오와 헤어진 아키라는 자신의 방을 향해 걷기 시작했다.

기분 탓인지 발밑이 휘청거렸다. 생각해보니 어제 오늘 이틀 내내 식욕이 없어서 배 속에 음식 하나 제대로 넣지 못했다. 게다가 잠을 못 자서 에너지도 부족했다.

하지만 지금은 숨을 헐떡일 상황이 아니었다.

내일은 드디어 돈 카를로와 처음으로 얼굴을 마주하는 날. 온갖 의미로 고비였다.

내일을 무사히 넘기기 전까지는 무슨 일이 있어도 쓰러질 수 없다.

또다시 기합을 넣은 아키라는 불안한 발걸음으로 간신히 자신의 방까지 도착했다. 그리고 문 앞에 서서 문손잡이에 손을 뻗으려던 그때, 느닷없이 등 뒤에서 호통치는 소리가 들려오는 바람에 어깨를 움찔 떨었다.

"너희……, 대체 뭐 하는 거야?!"

'레오의 목소리?'

요새 한동안 들어본 적이 없는 큰 소리에 놀란 아키라는 심상치 않은 일이 벌어졌다는 것을 깨닫고 몸을 돌렸다.

급히 복도를 되돌아가고 있으려니, 도중에 에두아르의 방문이 열렸다. 안에서 에두아르와 나루미야가 얼굴을 내밀었다.

에두아르가 아키라와 눈이 마주치자마자 물었다.

"무슨 일이야?"

"나도 모르겠어……. 루카 방에서 들린 것 같아."

"레오나르도 님 목소리였습니다."

셋이서 얼굴을 마주 본 직후, 에두아르가 굳은 표정으로 "가보자." 하고 재촉했다.

예상한 대로 루카의 방문이 살짝 열려 있었고, 안에서 성난 레오나르도의 목소리가 새어 나왔다.

"막시밀리안! 넌 대체 무슨 생각이냐!"

노성의 발신원을 향해 에두아르를 선두로 아키라, 나루미야가 뒤따라 주실에 발을 들여놓았다.

주실에는 아무도 없었지만 침실과의 경계에 놓인 안쪽문이 열어젖혀진 상태였고, 그곳에 서 있는 레오의 뒷모습이 보였다. 올라간 두 어깨, 장승처럼 우뚝 버티고 선 그 전신에서는 험악한 오라가 뿜어져 나오고 있었다.

"대답해라! 막시밀리안!"

레오가 격앙된 어조로 따지는 상대가 막시밀리안임을 알고는 심장이 철렁했다. 머리에 냉수를 끼얹은 것처럼 온몸의 솜털이 쫙 곤두섰다.

'설마……, 들킨 건가?'

나루미야도 틀림없이 상황을 통해 사정을 헤아렸을 것이다. 옆얼굴이 어렴풋이 새파랗게 질려 있었다.

에두아르만 의아한 듯한 얼굴로 멍하니 꼼짝도 하지 않는 아키라와 나루미야를 두고 레오에게 다가갔다.

"이런 시간에 큰 소리를 다 내고, 무슨 일이야?"

어깨를 흠칫 떤 레오가 뒤를 홱 돌아보더니, 등 뒤에 서 있는 에두아르를 사납게 노려보았다.

"지금 이 녀석들이……."

그리고 분노를 억지로 꾹 억누른 듯한 갈라진 저음으로 그렇게 말하며 침대를 척 가리켰다.

무시무시한 얼굴을 한 레오가 가리킨 곳 —— 침대 위의 루카와 그 옆에 선 막시밀리안은 굳은 표정으로 경직되어 있었다.

"무슨 짓을 하고 있었는 줄 알아?"

"……."

"키스하고 있었어."

땅을 기는 듯한 저음으로 규탄하자, 에두아르가 눈썹 끝을 꿈틀 떨었다.

"……키스?"

"친애의 키스가 아니라 입과 입, 누가 봐도 정욕을 동반한 키스더군."

에두아르는 화가 치민다는 듯이 중얼거리는 레오의 말을 듣고는 눈살을 찌푸렸지만, 도저히 실감이 나지 않는지 아직 혼란스러운 목소리로 혼잣말을 했다.

"……어떻게 된 일이지?"

"보면 모르겠어? 두 사람은 심상치 않은 사이라고."

내뱉듯이 말하는 레오의 말을 듣고 나서야 겨우 이해가 된 것 같았다.

"잠깐만."

눈살을 팍 찌푸린 에두아르가 웬일로 동요가 엿보이는 목소리를 냈다.

"심상치 않은 사이라니, 루카와 막시밀리안이?"

말도 안 된다는 듯한 눈빛으로 당사자인 루카와 막시밀리안을 쳐다보았다.

"……루카? 정말이야?"

아니야. 우리가 그런 사이일 리가 없잖아? ── 동생이 그렇게 부정하길 바랐는지도 모른다.

그러나 루카는 경직된 그 귀여운 얼굴로 형들을 똑바로 쳐다보았다. 부정의 말은 입에 담지 않았다. 고개도 가로젓지 않았다.

"……."

말하지 않아도 어떤 의미로 말이 많은 동생의 커다란 눈을 응시하고 있는 사이에 레오의 규탄이 진실임을 깨달았는지 에두아르의 얼굴이 점차 새하얗게 질렸다.

"언제부터……?"

고통스럽게 신음하듯이 중얼거린 에두아르가 레오를 밀치고 침대로 성큼성큼 다가갔다.

"언제부터야?!"

살기를 띤 에두아르가 엄청나게 사나운 기세로 막시밀리안에게 따져 물었다. 아키라는 쿨한 성격의 그가 이 정도로 흐트러지는 모습을 처음 보았다.

"말해! 언제부터냐고?!"

추궁당한 막시밀리안이 괴로운 듯이 얼굴을 찡그렸다.

"일본에서 함께 지내던 동안? ……맞구나."

"……."

"우린 널 믿고 루카를 맡겼어!"

이게 바로 틀림없이 막시밀리안을 가장 고통스럽게 하는 말일 것이다. 막시밀리안의 얼굴이 고뇌로 일그러졌다.

"그럼에도 불구하고 넌……, 우리의 믿음을……, 저버리다니……."

"……죄송합니다."

에두아르가 쥐어짜 내는 듯한 목소리로 용서를 비는 막시밀리안의 멱살을 잡았다. 그리고 분노가 이끄는 대로 그의 몸을 세게 흔들었다.

"사과하면 다인 줄 알아?!"

막시밀리안은 입술을 일자로 다물고 멱살을 잡힌 채 가만히 있었다. 괴로움에 찬 그 표정에서 어떤 비난이든 욕이든 기꺼이 들을 각오가 되어 있다는 것을 알 수 있었다.

그러나 에두아르의 화는 가라앉지 않았다.

"무슨 생각이야! 말해! 말해보라고!"

"그만해!"

불같이 격분한 에두아르의 노성과 루카의 비명이 겹쳐졌다. 침대에서 뛰어내린 루카가 두 사람 사이에 끼어들더니, 막시밀리안의 멱살을 잡고 있던 에두아르의 손을 떼어 냈다. 그리고 막시밀리안을 감싸듯이 그의 앞에 버티고 섰다. 그런 다음, 위협하듯이 작은형을 매섭게 노려보았다.

"루카……."

에두아르가 싸늘한 목소리로 동생을 불렀다.

"비켜. 형은 막시밀리안과 할 얘기가 있어."

"싫어."

"루카."

"싫다고."

"비키란 말이야!"

마침내 에두아르가 언성을 높였다. 항상 우아하고 아름답고 다정한 작은형이 큰 소리로 꾸짖자, 루카가 어깨를 흠칫 떨었다.

"왜?!"

루카가 얼굴을 팍 찌푸렸다.

"왜 우리한테만 뭐라고 하는 건데?!"

커다란 눈에 눈물이 고이더니, 당장이라도 울음을 터뜨릴 것 같은 표정으로 소리쳤다.

"에두아르 형도 어젯밤에 나루미야 씨랑 키스했잖아!"

"윽……."

불시의 습격을 당한 에두아르가 멈칫했고, 아키라의 옆에서 나루미야가 숨을 삼켰다.

루카의 폭탄 발언에 모두가 허를 찔려 얼어붙었다. 마치 물을 끼얹은 것처럼 그 자리가 쥐 죽은 듯이 고요해졌다.

'말했어……. 말해버렸어…….'

화난 레오의 목소리를 들었을 때부터 줄곧 가슴이 술렁거렸지만, 심장이 더더욱 격렬하게 뛰기 시작한 것을 느낀 아키라는 식은 땀으로 축축해진 두 손을 꽉 쥐었다.

최악의 사태에 직면했다는 사실은 알고 있었지만, 뭘 어떻게 해야 이 자리를 수습할 수 있을지 놀라서 어찌할 바를 몰라 생각이 정리되지 않았다.

몹시 날카로워진 분위기 속에서 전원이 숨을 죽인 채 경직되어 있었다.

그러자 루카의 말뜻을 헤아리듯이 험악한 옆얼굴로 침묵에 잠겨 있던 레오가 에두아르의 어깨에 손을 얹었다. 그러더니 약간 억지로 자신을 향해 몸을 돌리게 했다.

"……에두아르, 나루미야와는 어떤 관계지? 설명해봐……."

형이 해명을 요구하자 에두아르는 아주 잠깐 걱정스러운 표정을 지었지만, 곧바로 턱을 치켜들더니 형의 시선을 도발적인 눈빛으로 받아쳤다.

"좋은 기회군. 이 참에 확실하게 해 두지."

그 발언을 듣고 정신을 차린 듯이 화들짝 놀라 몸을 떤 나루미야가 창백한 얼굴로 에두아르를 향해 뛰어왔다.

"에두아르! 안 돼요!"

에두아르는 그답지 않은 큰 소리로 제지하려 하는 나루미야를 반대로 끌어안더니 당당하게 선언했다.

"난 아야토를 사랑해. 앞으로도 아야토와 함께 살아갈 거야."

"무슨……."

에두아르가 레오의 말을 가로막고는, 도전적인 말투로 말을 이었다.

"우리의 결단에 반대할 이유는 없을 텐데? 아키라와 연애 중인 레오도 입장은 마찬가지니까 말이야."

"뭐?"

이번에는 루카가 동요할 차례였다.

"거, 거짓말……."

루카가 목을 홱 꺾어 이쪽을 보았다.

"레오나르도 형과 아키라 씨도?"

놀라서 휘둥그레 뜬 눈과 눈이 마주친 순간, 누가 심장을 콱 움켜쥔 것처럼 가슴이 아팠다.

"루카……, 놀라게 해서 미안해."

아키라는 당황한 나머지 흔들리는 까만 눈동자를 응시하며 사과의 말을 건네었다.

"속일 생각은 없었어. 기회를 봐서 제대로 이야기를 나누려고 했지만, 털어놓기에는 아직 이른 것 같아서……."

"다들 조용히 해봐! 머리가 터질 것 같군."

한 손을 올린 레오가 혼란스러운 목소리로 말했다. 올린 손과는 반대쪽 손으로 이마를 누르며 미간을 찌푸린 채 한동안 허공을 노려보고 나선 또다시 입을 열었다.

"……다시 말해, 우리 형제는 셋 다 동성을 사랑하고, 평생의 반려자로 택했다……, 그런 뜻이야……?"

말을 하면서도 아직 반신반의한지, 레오의 말투는 어딘지 의심스러웠다.

"그런 셈이군."

하지만 에두아르가 못마땅한 얼굴로 긍정하자 절망적인 표정을 지었다.

"그럴 수가……. 이 무슨 말도 안 되는 일이……."

레오가 머리를 감싸며 뒤로 비틀비틀 물러나더니, 침대에서 약간 떨어진 위치에 있는 팔걸이의자에 털썩 앉았다. 누가 앞장설 것도 없이 그 의자 앞으로 나머지 다섯 명이 모이더니 레오를 둘러쌌다.

'레오…….'

아키라는 고개를 숙인 채 이마에 손을 댄 ── 이 멤버 중에서 누구보다도 충격이 클 연인을 불안한 심정으로 쳐다보았다.

루카의 일만으로도 틀림없이 상당한 충격을 받았을 텐데, 이중삼중의 의미로 대미지를 받은 그 힘든 심중을 생각하니 견딜 수가 없었다.

사실은 지금 당장 곁으로 다가가 안아주고 상심을 위로하고 싶었지만, 모두의 앞에서 그럴 수도 없었기에……, 안타까울 따름이었다.

"……."

혼란스러운 머리를 정리하는 중인지, 레오는 한동안 아무 말도 하지 않았다.

가장의 발언을 기다리는 다섯 명도 말이 없었다.

다섯 명의 시선이 주목되는 가운데, 이윽고 레오가 느릿느릿 고개를 들었다.

그 흑요석 같은 두 눈이 막시밀리안을 똑바로 응시하더니, 실망스러운 얼굴로 물었다.

"넌 그다지 놀라지 않는군. 사정을 알고 있었나?"

막시밀리안이 진지한 얼굴로 대답했다.

"확신이 있었던 것은 아니지만, 레오나르도 님과 아키라 님께서 서로를 소중히 여기고 계신다는 사실은 어렴풋이 눈치채고 있었습니다. 에두아르 님과 나루미야 님의 관계는 어젯밤에 우연히 2층 복도에서 보게 되었습니다……."

"난 어젯밤에 마구간에서 막시밀리안과 루카가 포옹하는 모습을 보고……."

"저는 에두아르 님께 레오나르도 님과 아키라 님의 이야기를 듣고……."

막시밀리안, 아키라에 이어 마지막에는 나루미야가 내막을 밝혔다.

"대화의 자리를 갖는 편이 좋다고 판단한 저는 아키라 님과 나루미야 씨에게 편지를 드렸습니다. 돈 카를로의 내관이라는 중요한 행사를 내일 앞둔 지금밖에 기회가 없다고 생각했기 때문이죠."

아키라가 막시밀리안의 설명을 이어받았다.

"막시밀리안의 호출을 받고 모인 우리는 너희 형제가 외출한 동안 대화의 시간을 가졌어."

"그래?"

"네? 정말인가요?"

에두아르와 루카가 거의 동시에 놀란 목소리를 냈다.

"그 대화의 자리에서 저마다 품고 있는 사정을 소상히 밝힌 결과, 분명해진 진실은 각자의 가슴속에 묻고 로셀리니가 분들에게는 숨기는 편이 좋다는 결론에 이르렀습니다. 또한 그를 위해 앞으로는 셋이서 힘을 합치기로 했습니다."

막시밀리안의 옆에서 루카가 "앗." 하고 큰 소리를 내더니 연인을 올려다보았다.

"그래서 오늘 그렇게 거부의 오라를 어마어마하게 뿜어 댄 거야?"

"마음이 괴로웠지만, 소중한 분과의 관계를 지키기 위해서는 그 소중한 분에게도 사정을 숨길 필요가 있었습니다."

"그렇구나……. 그걸 내가 다 망쳤구나."

납득이 간 표정으로 중얼거린 루카가 금세 얼굴을 찌푸렸다.

"나 때문이네. 내가 토라져서 앞뒤 생각도 안 하고 말한 탓에……."

막시밀리안이 풀이 죽은 루카에게 "루카 님만의 탓이 아닙니다." 하고 위로의 말을 건네었다.

"제 탓이기도 해요. 제 부덕의 소치로 인해 이렇게 되고 말았습니다. 여러분께 뭐라 변명할 여지가 없습니다."

"누구의 잘못도 아니야. 굳이 말하면 여기 있는 모두의 잘못이지."

에두아르가 고통스러운 목소리로 나지막이 말했다.

“게다가 누군가를 책망한다고 해결되는 문제도 아니야. 이 비상 사태에 입각해 앞으로의 대응책을 생각해야만 해. 이대로 가다간……, 로셀리니가는 머지않아 사라질 거야.”

에두아르가 무거운 목소리로 말하자, 저마다 얼굴에 긴장이 감돌면서 어색한 공기가 흘렀다.

이대로 가다간 후계자가 생기지 않아 로셀리니 가문의 핏줄이 끊긴다.

그 사실이 밝혀진 지금, 그럼 어떻게 대처해야 할까?

이중 누군가가 희생해서 되는 이야기가 아니라는 것은 물론 모두 잘 알고 있었다.

“…….”

새삼스레 일의 중대성을 되새기는 듯한 정적 후, 다섯 명의 시선이 레오에게 쏠렸다.

“레오……, 현 로셀리니가 당주로서 견해를 들려줘.”

에두아르가 재촉하자, 레오가 천천히 시선을 들었다.

아키라는 뭔가를 결의한 듯한 그 표정을 보며 침을 꿀꺽 삼켰다.

‘레오? 어떻게 할 거야?’

장남으로서, 당주로서 이 비상 사태에 어떻게 결단하고 어떻게 풀어낼 것인가?

“난…….”

전원이 마른침을 삼키며 발언을 기다리는 가운데, 레오가 입을 뗐다.

“각자의 의지를 굽히면서까지 로셀리니가를 존속시킬 필요는 없다고 생각해.”

죄책감과 책임감의 중압을 극복했는지, 레오는 기존의 주장을 굽히지 않았다.

일동이 안도한 것을 알 수 있었다.

“이만한 우연이 겹쳤다는 건 필연이라는 뜻이겠지. ……굳이 거칠게 말하자면 우리는 이렇게 될 운명이었던 거야. 그렇다면 자연의 섭리에 따를 따름이다. 주위의 이해를 얻기 어려울지도 모르지만, 우리 모두가 힘을 합쳐 끊임없이 설득하고 시간을 들여 이해해 달라고 하는 수밖에 없어.”

한마디, 한마디 무겁게 말을 늘어놓던 레오가 “우선 아버지께는 내일 내가 말씀드리지.” 하고 이야기를 끝맺었다.

그 자리가 술렁거렸다. 아키라는 저도 모르게 “레오?” 하고 목소리를 냈다.

돈 카를로에게 진실을 이야기하겠다고?!

그랬다간 과연 어떻게 될까?

상상하기만 해도 무서웠다.

“아, 아버지한테는 말씀드리지 않아도 되지 않아? 우리만 잠자코 있으면 모를 텐데…….”

같은 생각을 한 듯한 루카가 조심스레 반론했지만, 레오는 매서운 얼굴로 고개를 가로저었다.

"어설프게 기대하시게 하는 편이 더 큰 죄가 될 거야. 아버지의 입장에서 보면 당연히 일찍 마음의 준비를 하시고 싶을 테니."

확실히 맞는 말이었기에 아무도 이의를 제기하지 않았다. 그 후, 이미 늦은 시간이었기에 여섯 사람은 각자의 심중에 복잡한 감정을 남긴 채 그 자리를 뒤로했다.

* * *

그날, 다양한 감정이 가슴속을 소용돌이치는 탓에 아키라는 뜬눈으로 밤을 지샜다.

세 시 넘은 시간까지 자려고 시도해봤지만 도저히 잠이 오지 않아 마침내 지친 아키라는 침대를 빠져나갔다. 그리고 잠옷에 울 가운을 걸친 뒤, 레오의 방으로 향했다.

루카와 에두아르가 영주관으로 돌아와 있는 동안에는 자숙하고 각자 방에서 따로 자기로 했지만.

'잠깐만……, 아주 잠깐만. 마음이 진정되면 방으로 돌아갈 테니까.'

자신에게 변명을 늘어놓으면서 잠기지 않은 주실 문을 열고 살그머니 실내로 들어갔다. 주실에 인기척은 없었고, 조명도 꺼져 있었다.

실내로 통하는 안쪽문을 살며시 열자, 희미한 어둠 속에서 사람이 움직이는 기척이 느껴졌다.

"아키라?"

상대가 속삭이는 목소리로 물었다.

"……미안, 깨웠어?"

"아니……, 안 자고 있었어."

레오도 잠을 이루지 못했을 것이다.

자신들이 놓인 상황을 돌이켜보면 그도 당연하다.

아키라는 말없이 가운을 벗고 캐노피 침대 이불 속에 파고들었다. 누워 있는 연인에게 몸을 밀착한 다음, 단단한 목덜미에 얼굴을 묻었다. 레오가 한쪽 팔을 목 아래로 넣더니 팔베개를 해주었다.

"왜 그래? 잠이 안 와?"

"응. ……레오도?"

"그래……. 그만 이런저런 생각을 하는 바람에 잘 수가 없지 뭐야."

그건 아마도 자신들 외의 네 사람 또한 마찬가지일 것 같다는 생각이 들었다.

모두가 앞으로 찾아올 미래를 걱정하며 똑같이 잠들지 못하는 밤을 보내고 있는 것은 아닐까?

"……오늘 정말로 돈 카를로께 밝힐 생각이야?"

"……응."

주저하듯이 한순간 대답을 머뭇거렸지만, 긍정의 대답이 돌아왔다.

역시 생각은 변함이 없는 것 같다.

가능한 한 부친을 계속 속인다는 선택지는 책임감이 강한 레오의 성격에 비추어 볼 때 '없다'는 것을 잘 알고 있다.

진실을 알리는 것은 잔혹하지만, 레오의 말대로 집안의 존속을 위해 무슨 수를 쓸 생각이라면 빠른 편이 좋다.

그러기 위해서도 하루라도 빨리 진실을 고백해야 한다.

하지만 그 결과, 돈 카를로가 장남으로서 가진 책임을 묻는다면?

'당연히 묻겠지만.'

존경하는 부친에게 질책을 받고, 자칫하면 절연을 당할지도 모른다. 아니, 그보다 슬퍼하는 아버지의 모습을 보는 편이 더더욱 괴로울 것이다.

지금 이 순간에도 레오가 품고 있는 고뇌와 갈등을 생각하면 가슴이 답답했다.

사랑하는 남자가 이렇게나 괴로워하고 있음에도 불구하고 아무것도 해줄 수 없는 자신이 한심하고 분했다.

그렇다고 자신이 물러설 수는 없었다.

설령 200년 이상 이어져 온 로셀리니가를 파멸로 몰고 가는 결과로 이어진다 하더라도 이미 자신은 레오와 떨어져서 살아갈 수 없다.

그것은 자신에게 죽음이나 마찬가지였다.

'하느님…….'

레오를 심판하신다면 저도 그와 공범입니다.

레오에게 벌을 내리실 거라면 저에게도 똑같은 벌을 내려주소서.

어떤 벌이라도 달게 받겠습니다.

그 대신 둘이서 살아가는 것을 허락해 주십시오. 가난해도 좋습니다. 레오 말고는 아무것도 필요 없습니다. 아무것도 바라지 않습니다. 그러니까.

'……제발.'

마음속으로 애절한 기도를 올린 후, 아키라는 옆에 있는 남자에게 몸을 더 찰싹 기대었다.

"괜찮아……."

그 동작에서 뭔가를 느꼈는지, 레오가 달래듯이 머리를 쓰다듬어 주었다.

"누가 뭐라 해도 널 놓지 않을 거야."

깊은 테너톤 목소리가 귓바퀴에서 진동했다.

"절대로……, 떨어지지 않을 거야……, 아키라."

아키라는 되풀이되는 속삭임을 들으며 동통과도 비슷한 기쁨을 느끼고 마는 자신을 나무라면서도 연인의 몸에 팔을 둘러 힘껏 껴안았다.

제11장

새벽에 레오의 침실에서 자신의 방으로 돌아온 아키라는 결국 한숨도 잠을 못 자고 기상 시간인 여섯 시를 맞이했다.

한껏 긴장한 탓에 머리는 맑았지만, 역시 며칠 내내 잠이 부족한 바람에 몸은 무겁고, 얼굴도 부석부석 부어 올라 있었다.

탱탱 부은 얼굴을 조금이라도 가라앉히기 위해 미지근한 물에 느긋하게 몸을 담갔다가 구석구석 깨끗이 씻고 욕실을 나왔다.

파우더룸 거울에 비친 얼굴을 보니 부기가 어느 정도 가라앉아 있었다.

'다행이다.'

오늘은 돈 카를로와 처음으로 대면하는 날이기 때문에 절대 추한 모습은 보일 수 없었다.

목욕을 한 덕분에 기분도 조금 개운해진 아키라는 머리를 말리고 몸단장에 들어갔다.

돈 카를로는 정오가 지나 도착할 예정이다. 그 전까지 만반의 준비를 갖추어야 한다.

아침 식사 자리에는 여섯 명 전원이 모였지만, 예상대로 모두가 옆에서 봐도 완벽한 상태라고는 말하기 어려웠다.

특히 눈이 벌겋게 충혈된 채 안절부절못하는 루카는 딱 봐도 걱정에 사로잡힌 기색이 역력했다.

나루미야도 웬일로 다른 곳에 정신이 팔린 듯이 멍하니 앉아 있었다. 에두아르는 그런 나루미야를 걱정스러운 눈빛으로 쳐다보았고, 레오는 레오대로 역시 표정이 험악했다.

간신히 막시밀리안만이 평소의 냉정 침착한 태도를 잃지 않은 상태였다. 적어도 그 표정에서는 복잡한 심중을 읽어 낼 수 없었다.

한결같이 그런 상태였기 때문에 당연히 밥은 넘어가지 않았고, 제대로 된 대화도 하지 못한 채 아침 식사가 끝났다.

자리에서 일어나기 전, 레오가 입가를 닦은 냅킨을 테이블에 놓고는 말을 꺼냈다.

"그 얘기 말인데."

다섯 명이 일제히 정면 자리로 시선을 주었다. 레오가 긴박한 일동의 시선 속에서 한 사람, 한 사람 눈을 맞추며 말했다.

"아버지께는 만찬이 끝난 후 살롱에서 이야기를 드릴 생각이다. 그렇게 알고 있도록."

"……역시 말할 생각이구나."

루카가 모깃소리만 한 작은 목소리로 중얼거리자, 귀가 밝은 레오는 "로셀리니 가문을 위해서야." 하고 동생을 타일렀다.

"무슨 이의 있나?"

레오가 모두에게 묻자, 에두아르가 어깨를 살짝 움츠렸다.

"레오가 가장인걸. 우린 가장의 결단에 따르게."

옆에 앉아 있던 나루미야도 약간 굳은 얼굴로 "저도 같은 생각입니다." 하고 동의했다.

"막시밀리안?"

"이의 없습니다."

막시밀리안이 각오한 표정으로 조용히 대답했다.

"좋아. 각자 나름대로 생각이 있을지도 모르지만, 우선 아버지를 따뜻하게 맞이하자."

그렇게 마무리한 레오의 말에 모두가 고개를 끄덕인 후 자리에서 일어났다.

그 후로 몇 시간 동안 돈 카를로를 맞이할 준비로 분주하게 몸을 움직인 탓에 잠시나마 어느 정도 시름을 잊을 수 있었다.

할 일이 있어서 다행이었다. 그렇지 않았다면 사형 선고를 기다리는 듯한 죄수처럼 돈 카를로가 오기까지 도저히 버틸 수 없었을 것이다.

오후 한 시가 지나자 드디어 돈 카를로를 태운 리무진이 바깥문을 통과했다는 연락이 들어왔다.

'왔다!'

현관 홀에서 대기 중이던 여섯 명 사이에 긴장이 감돌았다. 레오가 각오를 재촉하듯이 전원의 얼굴을 순서대로 쳐다본 뒤, 소파에서 몸을 일으켰다.

"가자."

밖으로 나간 일행은 단테를 필두로 한 주력 스태프들과 함께 리무진이 도착하기를 기다렸다.

레오의 옆에 서서 바깥문에서부터 똑바로 쭉 뻗은 길을 응시하고 있으려니, 까만 덩어리가 서서히 다가왔다. 까맣게 칠해진 리무진의 형태가 명확해지는 것과 동시에 심장이 세차기 뛰기 시작했다.

'진정하자. 진정하자.'

쿵쿵 날뛰는 심장을 달래고 있으려니, 운전사의 얼굴이 확실하게 보이는 위치까지 온 리무진이 분수를 반 바퀴 돌아 주차 공간에 멈춰 섰다.

쭉 늘어선 마중 행렬 속에서 가장 먼저 단테가 뛰어나가더니, 재빨리 리무진으로 달려가선 뒷좌석 문을 열었다.

우선 차 안에서 30대 후반으로 보이는 여성과 40대 초반의 남성이 내렸다. 여자 비서와 측근을 대동한다는 이야기는 사전에 들었기 때문에 그들이 아마 그 비서와 측근이라는 것을 쉽게 추측할 수 있었다. 그 두 명에 이어 스리피스 슈트에 애스콧타이[1]를 맨 50대 중반의 남성이 내려섰다.

흑발에 흰머리가 몇 가닥 섞여 있긴 했지만, 그 미모에는 시칠리아 제일의 미남이라 칭송받던 흔적이 충분히 남아 있었다. 등이 쭉 펴진 체형도 나이보다 훨씬 젊어 보였다.

그는 몇 년 전에 용퇴하여 현재 유유자적 은퇴 생활을 구가하고 있지만, 로셀리니 그룹을 세계적 기업으로 발전시킨 카리스마와 로셀리니 패밀리를 이끈 우두머리로서 가진 오라는 변함없이 건재했다.

그 모습을 앞에 두고 한순간 모두가 숨을 죽였다.

침묵을 깬 사람은 루카였다.

[아버지!]

오랜만의 재회에 잠시 근심도 싹 가셨는지, 루카가 허겁지겁 바깥 계단을 뛰어내려가선 부친에게 와락 안겼다.

[루카.]

단정한 얼굴에 함박웃음이 떠오른 돈 카를로도 막내를 껴안았다. 두 부자는 서로를 꽉 껴안고 뺨을 비비며 재회의 기쁨을 나누었다.

이윽고 돈 카를로가 루카에게서 몸을 떼더니, 그 얼굴을 찬찬히 보았다.

[한동안 못 보던 사이에 얼굴이 어른스러워졌구나.]

1 애스콧타이: 묶었을 때 스카프처럼 보이는 폭이 넓은 넥타이.

아버지로부터 형들과 같은 감상을 들은 루카가 수줍은 듯이 웃었다.

[정말이요?]

[그래……, 정말이다. 일본 생활은 어떠니?]

[아주 즐거워요. 전화로도 얘기했지만 카페에서 아르바이트도 하고, 매일 알차게 잘 지내고 있어요.]

[아르바이트라……. 우리 막내가 카페에서 일하다니, 믿어지지가 않는구나.]

[주문 받고 서빙하는 일이 메인이긴 하지만, 가끔씩 주방 일을 도울 때도 있어요. 음료 준비랑 간단한 플레이팅도 할 수 있다구요.]

미소를 띤 돈 카를로가 가슴을 펴고 자랑하는 루카를 사랑스러운 듯이 바라보았다.

[그것 참 대단한걸? 아빠한테도 다음에 뭔가 만들어주렴.]

흐뭇한 부자의 대면을 계단 위에서 내려다보는 아키라의 심중은 복잡했다.

막내 아들을 눈에 넣어도 아프지 않을 만큼 사랑하는 아빠의 마음이 절실히 전해져 왔기 때문이다.

성장을 진심으로 기대하고 있는 막내 아들이 자신이 시설에서 거둬 키운, 말하자면 넷째 아들이라고도 부를 수 있는 막시밀리안과 사랑하는 사이라는 사실을 알면……, 돈 카를로는 어떤 반응을 보일까?

축복과는 인연이 먼 반응을 상상하기만 해도 위가 쿡쿡 쑤셨다.

레오도 에두아르도 나루미야도 같은 마음인지, 저마다 얼굴에서 복잡한 심경이 엿보였다.

하지만 지금 이 자리에 있는 그 누구보다도 고통스러운 사람은 막시밀리안일 것이다. 그 심중은 충분히 헤아리고도 남았다.

저마다 가슴에 고뇌를 품은 채 지켜보는 가운데, 루카와 돈 카를로가 사이좋게 나란히 바깥 계단을 올라왔다. 두 사람이 계단 끝까지 올라오자, 레오가 한 발짝 앞으로 나가선 [아버지, 그동안 격조하셨습니까?] 하고 말을 걸었다.

[그래, 레오나르도. 너하고도 오랜만에 만나는구나. 잘 지냈느냐?]

[네. 아버지도 건강해 보이셔서 다행입니다.]

[일로 받는 스트레스에 해방되니 만성 위염도 싹 나았지 뭐냐. 레오나르도, 네 덕분이다. 네가 로셀리니 그룹을 훌륭하게 이끌어주고 있는 덕분에 난 안심하고 제2의 인생을 만끽 중이란다.]

부친의 격려를 받은 레오가 눈꼬리를 꿈틀거렸다.

돈 카를로는 단순히 감사의 마음을 전했을 뿐이지만, 지금의 레오에게는 틀림없이 비수처럼 가슴에 꽂히는 말이 아닐 수 없을 것이다.

연인의 심정을 생각하니 아키라도 가슴이 아팠다.

[아버지, 오랜만에 뵙습니다.]

괴로운 입장인 형을 도와줄 의도였는지, 에두아르가 부친에게 말을 걸었다. 장남에게서 차남을 향해 시선을 돌린 돈 카를로가 온화한 미소를 지었다.

[에두아르, 잘 지냈느냐?]

[네. 그동안 찾아 뵙지 못해서 죄송합니다.]

[일하느라 많이 바쁘지? 네가 크게 활약해주고 있다는 이야기는 곧잘 듣고 있다. 호텔 부문도 의류 부문도 둘 다 실적이 좋은 것 같더구나.]

[우수한 스태프 덕분입니다.]

그렇게 대답한 에두아르가 옆에 서 있던 나루미야를 소개했다.

[소개하겠습니다. '카사호텔 도쿄' 총지배인 나루미야입니다.]

긴장한 탓에 하얀 얼굴이 한층 하얗게 질린 나루미야가 한 발짝 앞으로 나가 허리를 깊이 숙여 인사했다.

[처음 뵙겠습니다. 나루미야라고 합니다.]

[자네의 이름은 아들내미한테서 들었네. 에두아르는 우수한 스태프인 자네를 무척이나 의지하는 것 같더군.]

나루미야의 하얀 얼굴이 어렴풋이 붉게 물들었다.

[분에 넘치는 영광입니다.]

[앞으로도 로셀리니 그룹을 위해 힘써주기를 바라네. 열심히 일해주게.]

나루미야는 돈 카를로가 내민 오른손을 감격한 얼굴로 꽉 잡고 악수를 나누었다.

[아버지, 이 친구도 소개하겠습니다.]

레오가 등에 손을 얹자, 아키라의 심장이 철렁 뛰었다.

[미카의 장남……, 하야세 아키라입니다.]

그렇게 소개하자, 돈 카를로가 눈을 약간 휘둥그렇게 떴다. 아키라는 등에 얹혀진 레오의 손이 보내는 신호에 따라 그의 앞으로 나아갔다.

예전에 딱 한 번 문 뒤에 숨어서 그 모습을 몰래 엿본 적은 있지만, 이런 식으로 대면한 적은 처음이었다.

'이 사람이……, 레오 형제의 아버지이자, 돌아가신 어머니의 두 번째 남편.'

인연 깊은 남자와 마주 선 아키라는 약간 떨리는 목소리로 자기소개를 했다.

[돈 카를로, 만나서 반갑습니다. 하야세 아키라입니다.]

아키라를 응시한 채 천천히 눈을 깜빡인 돈 카를로가 숨을 후우 내쉬었다.

[네가 미카가 일본에 두고 온 아들이구나……. 얼굴이 미카를 쏙 빼닮았군. 한순간 미카가 살아 돌아온 줄 알았다.]

지난날을 그리워하는 목소리를 듣고 있으려니 아키라도 가슴이 뜨거워졌다.

[미카는 일본에 두고 온 어린 너를 항상 마음에 두고 있었단다. 로켓 펜던트에 아직 어린아이였던 너의 사진을 넣고 다니면서 틈만 나면 꺼내 보곤 했지.]

어머니가 자신의 사진을 늘 몸에 지니고 다녔다는 이야기를 듣자, 한순간 눈물이 왈칵 쏟아질 뻔했다.

할 수만 있다면 시간을 되돌려 어머니에게 버림받았다고 믿었던

소년 시절의 자신에게 들려주고 싶었다.

[레오에게서 어머니가 살아 계실 적 이야기를 들었습니다. 어머니가 이【팔라초 로셀리니】여러분께 얼마나 사랑을 받았는지……, 그리고 지금도 변함없이 사랑받고 있다는 것을 날마다 실감하고 있습니다.]

【팔라초 로셀리니】에서 일하는 스태프들이 이방인인 자신을 처음부터 가족처럼 받아들여준 것은 생전에 어머니가 그들에게 사랑을 받았기 때문이다.

어머니가 있었기에 지금의 자신이 있다.

[어머니를 소중히 여겨주셔서 감사합니다. 불행히도 병에 걸려 몸져누웠지만, 어머니는 분명히 마지막까지 행복하셨을 겁니다.]

돈 카를로가 감회 깊은 듯이 고개를 끄덕였다.

아키라가 물러나자, 돈 카를로는 마지막으로 막시밀리안을 보았다.

[막시밀리안.]

[돈 카를로, 오랜만에 뵙습니다.]

두 팔을 옆구리에 착 붙인 막시밀리안이 머리를 숙였다.

[루카를 돌보느라 고생 많았다. 네 덕분에 루카도 알찬 유학 생활을 보내고 있는 것 같구나. 고맙다.]

[과찬의 말씀입니다…….]

루카가 머리를 더더욱 깊이 숙인 막시밀리안에게 복잡한 눈빛을 보낸 뒤, 부친의 손을 잡아 끌었다.

[아버지, 스태프들이 다들 기다리고 있어요. 안으로 들어가요.]

* * *

전 당주 일행을 맞이한 후, 전에 없이 화려한 분위기에 감싸여 몇 시간이 지났다.

오후 여섯 시 반.

1층 식당에서 레오와 아키라, 에두아르와 나루미야, 루카와 막시밀리안 여섯 명에 더불어 돈 카를로와 그의 비서, 그리고 측근을 포함한 총 아홉 명의 만찬회가 시작되었다.

이날을 위해 요리장이 신선한 재료를 각지에서 모아 한껏 솜씨를 발휘한 요리가 탁월한 타이밍에 서빙되었고, 그 요리를 가장 돋보이게 해줄 와인(이 또한 오늘 밤을 위해 엄선된 양조장 비장의 빈티지 와인이다.) 코르크 마개가 개봉되었다.

주인공인 돈 카를로는 시종일관 기분이 좋은지 만찬 회장의 그 누구보다도 잘 먹고, 잘 마시고, 잘 떠들었다.

세계 방방곡곡을 돌아다닌 그의 이야기는 전부 흥미로웠고, 이야기보따리를 푸는 그의 화술 또한 굉장히 뛰어났다. 하지만 그의 이야기에 흠뻑 빠져 있는 동안에도 머리 한구석에는 만찬회 후에 기다리고 있는 '고백'이 끊임없이 머리를 맴돌았다.

——아버지께는 만찬이 끝난 후 살롱에서 이야기를 드릴 생각이다. 그렇게 알고 있도록.

오늘 아침에 레오가 했던 말이 머릿속을 왔다 갔다 할 때마다 나이프와 포크를 들고 있는 손이 멈추었다.

아키라는 곁눈질로 다른 멤버들을 힐끔힐끔 살폈다. 그들 역시 완전히 식사와 대화에 집중하고 있지 않은 상태임을 표정으로 파악할 수 있었다. 걸핏하면 나이프와 포크를 움직이던 손이 멈추었고, 멍하니 정신을 놓고 있는 모습도 몇 번이나 볼 수 있었다.

아키라도 식욕은 나지 않았지만, 돈 카를로와 레오에게 걱정을 끼치고 싶지 않다는 마음 하나로 요리를 억지로 입에 넣었다.

속도가 느리긴 했지만, 겨우 마지막 돌체와 에스프레소까지 배 속에 넣었다.

풀코스가 끝났기에 식당에서 살롱으로 자리를 옮겼다.

디너가 끝나고 방으로 돌아간 비서와 측근을 제외한 일곱 명이 돈 카를로를 중심으로 제각각 의자와 소파에 앉았다.

'드디어 이때가 왔어.'

그렇게 생각하니 심장이 불규칙적으로 정신없이 뛰고, 입안이 바짝 마르는 것을 느꼈다.

한겨울인데도 등과 목덜미에 땀이 줄줄 흘렀다. 얼굴은 뜨거운데 손발은 얼음물에 담가 두기라도 한 것처럼 차가웠다.

예전에 몇 번 죽을 뻔한 적이 있지만, 그때보다 훨씬 심리적 압박이 컸다.

지금부터 사람의 마음에 상처를 주고, 그 사람이 괴로워하는 모습을 지켜봐야 한다는 것은 어떤 의미로 고문이었다.

——네가 미카가 일본에 두고 온 아들이구나……. 얼굴이 미카를 쏙 빼닮았군.

아까 처음 만나 인사를 나누었을 때 봤던 돈 카를로의 다정한 눈빛을 떠올리고는 가슴이 미친 듯이 두근거렸다.

결과적으로 돈 카를로에게 고통을 주게 되고 만 자신의 존재.

미카의 아들이 자신의 장남과 연인 사이임을 알게 된 돈 카를로가 얼마나 큰 충격을 받을지 상상조차 할 수 없었지만, 그의 입장에서 환영할 만한 사태가 아니라는 것만은 100퍼센트 확실했다.

죄책감으로 인해 위가 쿡쿡 쑤셨다.

'제길……, 토할 것 같아.'

돈 카를로의 눈에 떠오를 실망의 기색.

아들들과 그 연인을 비난하며 노여워할 부친.

사이가 좋았던 부자의 절연.

'……그런 건 보고 싶지 않아.'

가능하면 이 자리에서 달아나고 싶었다.

그러나 물론 모두를 두고 혼자만 도망치는 것은 허락되지 않았다. 게다가 레오가 지금 현재 느끼고 있는 중압감에 비하면 자신의 스트레스 따윈 새 발의 피였다. 아키라는 그렇게 자신을 타일렀다.

루카를 제외한 모두의 와인글라스에 마르살라가 따라지고(루카에게는 그의 요청에 따라 허브티가 준비되었다.) 온화한 분위기 속에서 마르살라에 관한 이야기가 일단락되자, 레오가 헛기침을 하며 자세를 바로 했다.

그것을 신호로 마침내 그 순간이 찾아왔음을 알아챈 다섯 사람 사이에 긴장이 흘렀다.

'드디어!'

루카는 물론 에두아르와 나루미야, 그리고 막시밀리안조차 입을 꾹 다물고 긴박한 얼굴로 레오를 쳐다보았다. 살롱이 쥐 죽은 듯이 고요해졌다.

[…….]

쿵, 쿵, 자신의 심장 소리만이 유난히 크게 울렸다.

더는 아무렇지 않은 척할 수 없을 만큼 나루미야의 얼굴은 새파랗게 질린 상태였고, 루카는 커다란 눈을 촉촉히 적시며 당장이라도 울음을 터뜨릴 것 같았다. 에두아르는 미간을 팍 찌푸렸고, 막시밀리안은 찾아올 충격에 대비하듯이 등을 쭉 펴고 있었다.

레오 또한 안색이 좋지 않았지만, 굳게 결심한 표정으로 나지막이 말을 꺼냈다.

[아버지.]

돈 카를로가 와인글라스를 놓더니, 왜 불렀냐는 듯이 아들을 보았다.

돈 카를로 외의 전원이 숨을 죽이고 있는 것을 알 수 있었다. 숨 막히는 긴장이 절정에 달한 그때, 챙그랑, 하고 큰 소리가 났다. 모두의 시선이 소리의 발신원에 쏠렸다.

[윽…….]

그 자리의 주목을 받은 루카가 삶은 문어처럼 새빨간 얼굴로 [죄,

죄송해요.] 하고 사과했다. 보아하니 찻잔을 들어 올리다가 놓쳐서 떨어뜨린 것 같았다.

황급히 옆으로 쓰러진 찻잔을 원위치로 돌려놓는 루카에게, 막시밀리안이 [루카 님, 괜찮으십니까?] 하고 말을 걸며 재빨리 손수건을 꺼내 찻잔 받침과 로테이블에 쏟아진 허브티를 닦아 냈다.

[루카, 어디 데진 않았어?]

아키라도 걱정하며 물었다.

[괘, 괜찮아요. ……거의 식어 있었거든요.]

[가슴 쪽이 젖었어.]

에두아르의 지적을 받은 루카가 셔츠 가슴 언저리를 만져보았다.

[아……, 허브티가 튀었나 봐.]

[얼룩이 지면 안 되니 얼른 닦아 드리겠습니다.]

막시밀리안이 일어서더니 살롱 문까지 걸어갔다. 그러더니 문을 열고 밖에 대기 중이던 단테에게 무슨 말을 전했다. 그의 말을 들은 단테가 서둘러 복도를 뛰어가는 소리가 들렸다.

단테를 기다리는 동안, 돈 카를로가 막내를 유심히 보더니 [정말 괜찮니? 안색이 안 좋은 것 같구나.] 하고 걱정스러운 목소리로 말했다.

방금 전까지만 해도 빨갛던 루카의 얼굴이 하얗게 질려 있었다.

천천히 정신적으로 궁지에 몰려 신경이 상당히 예민해진 것을 알 수 있었다. 아까도 아마 긴장한 나머지 바짝 타는 목을 축이려고 하다가 손가락이 떨리는 바람에 찻잔을 놓쳐 떨어뜨렸을 것이다.

루카보다 나이가 한참 많은 자신도 이렇게나 불안하다.

하물며 루카는 돈 카를로의 친자식이다.

자신에게 아무런 대가 없이 무한대로 사랑을 쏟아주는 가족을 슬프게 해선 안 된다…….

상황에 따라서는 아버지의 사랑을 잃을지도 모른다.

그런 생각을 하니 얼마나 무서울까?

아직 고작 스무 살인 루카를 이 시련에 맞서게 하는 것이 너무나도 가혹하게 느껴진 아키라는 저도 모르게 말을 걸었다.

[혹시 힘들면……, 방에 가 있을래?]

[그게 좋겠군.]

레오도 나이 어린 동생에게는 너무나도 무거운 짐이라고 판단했는지, 아키라의 제안에 동의했다.

[루카, 방에 가 있어도 돼.]

에두아르도 장남의 재촉에 동의하며 고개를 끄덕였다. 그 또한 막내동생을 감싸고 싶은 마음이 클 것이다.

하지만 루카는 기껏 배려해준 형들을 향해 고개를 내저었다.

[괜찮아. 모처럼 오랜만에 다 같이 이야기를 나눌 수 있는 기회이니 함께 있고 싶어…….]

얼굴이 새파랗게 질린 상태임에도 불구하고 시선을 똑바로 들어 딱 잘라 말했다.

형제 중 한 사람으로서, 로셀리니 패밀리의 일원으로서 어떤 사태가 벌어지든 도망치지 않고 모두와 함께 맞서겠다——. 루카의 얼굴이 그렇게 말하고 있었다.

[그렇구나.]

레오가 동생의 강한 의지를 이해한 듯이 고개를 끄덕였다.

[나도 네가 함께 있어주면 마음이 든든해.]

[형…….]

루카가 커다란 눈을 한층 더 크게 뜨고 중얼거렸다.

마침 그때 자리에 돌아온 막시밀리안이 젖은 수건으로 루카의 가슴 언저리를 정성껏 닦아 냈다.

[이제 괜찮으실 겁니다.]

[막시밀리안, 고마워.]

막시밀리안은 자신을 가만히 쳐다보며 감사의 말을 입에 담은 루카를 향해 안경알 안쪽의 두 눈에 애달픈 웃음을 지어 보인 다음, 고개를 살짝 숙여 인사하고 자리로 돌아갔다.

상황이 진정되자, 레오가 다시 한 번 [아버지.] 하고 입을 뗐다.

[오늘 아버지께 꼭 드릴 말씀이 있습니다.]

이번에야말로 진실이 전해진다.

침을 꿀꺽 삼키며 무릎 위에 놓은 손을 꽉 쥐었다. 아키라는 가늘게 떨리는 몸을 억누르듯이 손톱이 파고들 만큼 주먹을 세게 쥐었다.

쿵쾅, 쿵쾅, 소리를 내며 뛰기 시작한 심장은 당장이라도 입에서 튀어나올 것 같았다. 꽉 쥔 손바닥이 땀으로 축축하게 젖었다. 호흡이 얕아지면서 숨이 가빠졌다. 누가 라이터로 지지듯이 목덜미가 따끔따끔했다.

'빨리……!'

차라리 단숨에 죽여줬으면 하는 심정이었다. 아마 모두 틀림없이 같은 마음일 것이다.

[무슨 일이길래 정색을 하는 거냐?]

[그게…….]

일단 말을 끊은 레오가 마지막 확인을 위해 일동을 둘러보았다.

한 사람, 한 사람과 눈을 맞추며 눈빛으로 동의를 얻고 나선, 또다시 돈 카를로에게 시선을 돌렸다.

[아버지, 실은…….]

[나도 너희에게 할 얘기가 있다.]

죽을힘을 다해 말을 꺼낸 레오는 말허리가 잘리자 어렴풋이 눈살을 찌푸렸다.

[하실 말씀이요……?]

의아하다는 듯한 표정으로 되물었지만, 이 상황에서는 연장자에게 양보해야 한다고 생각했는지 마음을 다잡은 듯이 [그럼 아버지부터 말씀하십시오.] 하고 재촉했다.

돈 카를로가 어흠, 헛기침을 하더니 그 자리에 있는 여섯 명의 얼굴을 한차례 쓱 둘러본 다음, 천천히 입을 열었다.

[결혼하고 싶은 상대가 있다.]

한동안 아무도 반응하지 않았다. 모두가 어안이 벙벙한 얼굴로 멍하니 있었다.

[…….]

돈 카를로의 말을 곧이곧대로 받아들여도 좋을지 의미를 헤아리는 침묵이 이어지더니, 얼마 안 있어 뒤늦게 루카가 [에엑?!] 하고 경악에 찬 목소리로 외쳤다.

[아, 아버지, 지금 뭐라고 말씀하셨어요?]

놀란 나머지 평소보다 높은 목소리로 묻자, 돈 카를로가 쑥스러운 듯한 표정을 지었다.

[나에겐 네 번째 부인이지만……, 이번에야말로 마지막이 될 거다.]

돈 카를로는 자신이 그렇게까지 말했지만 좀처럼 실감이 나지 않아 어리둥절한 얼굴로 쳐다보기만 하는 일동을 거들떠보지도 않고 문을 향해 단테를 불렀다.

철컥, 문이 열리더니 단테가 얼굴을 내밀었다.

[불러오게.]

그 말만으로도 통했는지, 단테가 고개를 살짝 숙여 인사를 하고는 물러났다. 겨우 서서히 가위에서 풀린 듯한 멤버들이 이번에는 예외없이 저마다 당혹스러운 표정으로 돈 카를로를 보았다.

[아, 아버지……, 그래서, 상대는요?]

루카가 반신반의한 얼굴로 물었다. 아직 아버지의 기막힌 농담이겠거니 의심하는 표정이었다.

[기다려봐라. 지금 소개할 테니.]

그 자리에 있던 전원이 그 말을 듣자마자 서로 얼굴을 마주 보았다.

'그 말은, 여기 데려왔다는 뜻이야?'

아키라가 눈으로 묻자, 레오가 모르겠다는 듯이 고개를 저었다. 레오도 예상치 못한 전개에 꽤나 당황한 것 같았다.

잠시 후, 문이 열리더니 단테가 모습을 드러냈다. 그의 등 뒤에는 여자 비서가 서 있었다.

차분한 갈색 머리와 다크 브라운 눈동자를 가진 30대 중반의 여성이었다.

시선을 확 끄는 미인은 아니지만, 표정이나 행동거지에서 지성이 배어 나왔다.

아키라도 매우 우수한 여성이라는 이야기는 전해 들은 적이 있는 데다, 그 소문을 뒷받침하듯이 아까 동석한 저녁 식사 자리에서 질문을 받고 대답하는 모습에서 높은 지성을 느낄 수 있었다.

'저 비서가……?'

단테의 안내에 따라 검은 롱드레스를 걸친 여자가 실내로 발을 들였다. 돈 카를로가 그녀에게 다가가선, 한 손을 잡고 에스코트하면서 돌아왔다. 그러더니 모두의 앞에서 발걸음을 멈추고는, 여자의 등에 살며시 손을 얹었다.

[다시 한 번 소개하마. 카테리나다. 오랜 세월 내 비서로서 일해줬지만, 앞으로는 아내로서 나의 버팀목이 되어줄 것이다.]

돈 카를로가 소개하자, 여자가 머리를 숙여 꾸벅 인사했다. 그러더니 얼굴을 천천히 들고는, 일동을 향해 [카테리나라고 합니다.]라고 자기소개를 했다. 그 외모에 딱 맞는 온화한 알토톤 목소리였다.

[오랫동안 돈 카를로의 비서로 일해 왔습니다만, 이번에 이렇게 인연이 닿아 로셀리니가 여러분과 가까운 사이로 지내게 되었습니다. 많이 부족하지만, 아무쪼록 잘 부탁드립니다.]

여자는 잔뜩 긴장한 얼굴로 그렇게 인사하더니, 다시 한 번 머리를 숙여 인사했다.

[준비가 갖춰지는 대로 결혼식을 올릴 생각이다. 다들 바쁘겠지만, 되도록 모두 참가해줬으면 좋겠구나.]

네 번째 부인을 감싸듯이 몸을 밀착한 돈 카를로가 겸연쩍은 듯이 말을 이었다.

[실은 이미 카테리나는 너희 동생을 임신한 상태야.]

[아기가?!]

루카가 큰 소리로 외쳤다.

이 중대 발표에는 레오도 에두아르도, 물론 아키라도 나루미야도, 그리고 막시밀리안조차도 크게 놀라고 말았다.

[배 속에 아기가 있어요?!]

흥분한 루카가 벌떡 일어서며 확인하자, 돈 카를로가 미소를 지었다.

[저번 주에 막 알게 된 참이다.]

그 말을 듣고 저도 모르게 카테리나의 복부에 시선을 주었지만,

배는 아직 불룩하지 않았다. 아마 조금 더 지나서야 육안으로 확인이 가능할 것이다.

'그래서 갑작스럽게 발표하게 된 거구나…….'

아마 함께 여행을 하면서 서서히 사랑을 키워 나갔을 테지만, 새로운 생명의 탄생을 계기로 돈 카를로는 네 번째 결혼을 하기로 결단을 내렸을 것이다.

[놀라게 해서 미안하구나.]

돈 카를로가 예상치도 못한 소식에 말수가 적어진 아들들을 향해 사과의 말을 입에 담았다.

[알고는 있겠지만, 이번 결혼으로 인해 너희 엄마들을 사랑하는 마음이 사라진 건 아니다. 세 사람 다 멋진 여성이자 아내, 그리고 멋진 엄마이기도 했지. 무엇보다 나에게 너희라는 보물을 남겨주었다. 세 사람과 보낸 멋진 나날의 기억은 죽을 때까지 사라지지 않을 것이다. 그 점은 카테리나도 이해하고 있단다.]

돈 카를로가 비장한 얼굴로 말하자, 카테리나도 진지한 표정으로 고개를 끄덕였다.

[다들 우리를 축복해주겠니?]

레오가 돈 카를로의 질문을 듣고는 꿈에서 깨어난 듯이 몸을 꿈틀 움츠렸다. 그러더니 참고 있던 숨을 천천히 내쉰 다음, 일어서서 두 사람에게 다가갔다.

[물론이죠. 아버지께서 행복해지시면 저희도 기쁩니다. 카테리나, 아버지를 모쪼록 잘 부탁드립니다.]

카테리나가 안도한 듯한 미소를 짓더니, 레오가 내민 손을 잡았다.

[저야말로 잘 부탁드리겠습니다.]

이어서 에두아르가 레오와 교대하듯이 새어머니에게 악수를 청했다.

[카테리나, 약혼 축하해요. 행복하게 사시고, 앞으로도 아버지의 버팀목이 되어주세요.]

[감사합니다.]

에두아르에 이어 루카가 얼굴을 환하게 반짝이며 [카테리나 씨, 몸조심하시고, 건강한 아기를 낳아주세요.] 하고 말했고, 막시밀리안, 나루미야, 아키라도 차례대로 축하 인사를 건네었다.

[레오나르도는 당주로서 로셀리니 패밀리를 당당하게 통치하고, 에두아르도 사업에서 비범한 재능을 발휘하고 있다. 막내 루카도 홀로서기를 했지. 세 아들들이 훌륭하게 성장해준 덕분에 나도 안심하고 카테리나와 앞으로 태어날 아이를 키울 수 있겠구나.]

만족스럽게 중얼거린 돈 카를로가 문득 생각난 듯이 레오에게 물었다.

[그러고 보니 할 이야기가 뭐냐?]

[그건…….]

말문이 막힌 레오가 두 동생과 그 연인들에게 물어보는 듯한 시선을 보냈다. 마지막으로 아키라를 쳐다보더니, 모두의 얼굴에서 공통된 대답을 도출해 냈다는 듯이 고개를 작게 끄덕였다.

[아버지, 죄송합니다.]

레오가 돈 카를로 쪽으로 몸을 돌려 말했다.

[잘 생각해보니 아버지께 굳이 말씀드릴 만한 일도 아니었습니다.]

[그보다 아버지와 카테리나 씨가 친해진 계기를 듣고 싶어요!]

루카의 밝은 목소리가 울려 퍼졌다.

그것을 계기로 긴박했던 시간이 이어지던 살롱에 온화한 분위기가 흐르기 시작했다.

에두아르 로셀리니×나루미야 아야토

"정말이지……, 이렇게 놀라운 일이 벌어질 줄이야."

"네……, 정말 깜짝 놀랐어요."

그야말로 청천벽력과 같았던 돈 카를로의 결혼 선언 후, 살롱에서 2층으로 올라온 에두아르는 당연한 듯이 아야토의 방에 들렀다.

돈 카를로를 제외한 다른 이들에게는 두 사람의 사이가 이미 밝혀졌기 때문에 주위의 눈을 신경 쓸 필요도 없다. 그렇게 생각한 아야토도 에두아르를 순순히 방에 들였다.

이제 와서 관계를 숨길 것도 없다는 점이 가장 큰 이유지만, 방금 전에 일어난 예상 밖의 전개에 흥분한 아야토 본인이 이 일에 대해

한시라도 빨리 에두아르와 단둘이 이야기를 나누고 싶었기 때문이기도 하다.

주실 팔걸이의자에 앉은 에두아르가 제일 먼저 감탄의 목소리를 자아내더니, 감회 깊은 얼굴로 말을 이었다.

"아버지도 미카를 잃은 지 벌써 11년이나 됐어. 게다가 아직 50대 중반이니, 남은 인생을 홀아비로 지내긴 너무 젊은 나이라는 생각은 했지만……."

아야토는 에두아르 앞에 서서 자신의 감상을 말했다.

"돈 카를로는 연세보다 훨씬 젊어 보이시긴 하죠. 은퇴하시고 나서 갖게 된 여유 있는 시간을 함께할 좋은 파트너를 찾으셨다니, 정말 행복한 일이 아닐 수 없네요."

"그러게."

"게다가 상대가 오랫동안 비서로 일하셨던 분이라는 점도……, 주제넘는 의견이지만, 인품을 충분히 알고 있는 상태에서 최선의 선택을 하셨다고 사료됩니다."

이것이 항간에서 종종 볼 수 있는 경우처럼 상대가 이제 갓 스무살이 된 나이 어린 여자였다면 연하의 새어머니가 생기는 에두아르 형제도 반대까지는 하지 않더라도 쌍수를 들고 찬성하는 분위기로 흘러가지는 않았을 것이다.

하지만 카테리나는 그 나이에 맞는 차분한 분위기와 지성을 겸비한 여성이기 때문에 현시점에서 우려할 만한 요소는 무엇 하나 없었다.

"나도 굉장히 유능한 여성이란 이야기는 들은 적이 있어. 아까 디너 자리에서 잠깐 이야기를 나눴는데, 자기 생각이 확실한 여성이더군. 그런 여성이 공사 모든 면에서 아버지를 뒷바라지해 준다면 안심이지."

"네."

"아무리 그래도 설마 그 나이에 아이를 가질 줄이야……. 아버지 나이로 치면 손주나 다름없는데."

에두아르나 레오나르도 입장에서 봤을 때도 그들의 자식이라 해도 이상하지 않을 법한 나이 차이의 형제가 생기는 것이다.

"새로운 동생분을 맞이하게 되셨군요."

남동생인지 여동생인지는 아직 모르지만, 어느 쪽이든 삼형제의 사랑을 듬뿍 받으리라는 것을 쉽게 상상할 수 있었던 아야토는 흐뭇함을 느끼며 말했다.

"그래……. 우리 일족에게도 다음 세대로 이어질 희망이 탄생할 거라는 뜻이지."

"……다행입니다."

에두아르가 감회에 젖어 중얼거리자, 아야토는 진심으로 그의 말에 동조했다.

'정말 다행이야.'

자신은 딱히 믿는 종교가 없지만, 지금은 모든 신에게 감사하고 싶은 기분이었다.

불과 30분 전까지만 해도 사형 선고를 기다리는 죄인 같은 마음이었던 것을 생각하면 미래에 대한 희망을 품을 수 있게 된 지금 이 상황이 도저히 믿어지지 않았다.

물론 어떤 곤경에 처한다 하더라도 자신은 에두아르를 평생 따를 생각이었다.

에두아르를 사랑하는 마음은 설령 아무리 돈 카를로가 크게 노여워한다 하더라도 흔들리지 않을 자신이 있었다.

자신은 처음부터 아무것도 잃을 것이 없다. 재산도 별반 없고, 가족도 없다.

하지만 에두아르는 다르다.

오랜 세월 품고 있던 응어리를 풀고 겨우 【팔라초 로셀리니】로 돌아온 에두아르가 또다시 고향에 등을 질지도 모른다……. 두려운 것은 오직 그뿐이었다.

가족이 뿔뿔이 흩어지게 되면 에두아르는 또다시 마음에 상처를 입을 것이다.

아야토가 죄책감을 품게 하지 않도록 겉으로는 상심을 감출지도 모르지만, 그만큼 마음이 멍들 것이다.

알고 있었기 때문에 무서웠다.

하지만 그 위기는 일단 회피했다.

그렇다. 일단은…….

앞으로의 일은 모른다. 분명히 아무도 모른다.

그래도 한 줄기 빛을 발견함으로써 미래에 대한 희망을 품을 수 있게 되어 정말로 기뻤다.

기쁨을 곱씹고 있으려니, 어느샌가 에두아르의 아이스블루색 눈동자가 아야토를 응시하고 있었다. 그 시선을 알아챈 아야토도 마찬가지로 에두아르를 응시했다.

"넌……, 루카와 막시밀리안의 사이를 알고 있었지?"

에두아르가 진지하게 묻자, 아야토는 화들짝 놀라 숨을 삼켰다.

그러고 보니 너무 많은 일이 연달아 일어난 탓에 그 건에 대해 에두아르에게 사과할 기회를 놓치고 말았다. 어젯밤에 있었던 소동, 그리고 오늘 아침에 다 같이 모여 나눈 이야기, 그리고 돈 카를로에게 고백할 생각에 다른 데에는 전혀 신경 쓸 여유가 없었기 때문이다.

"죄송합니다. ……진실을 알면 괴로워하실 테니 세 형제분께는 알리지 않는 편이 좋을 것 같다고 판단했습니다."

"왜 숨겼냐고 나무라는 게 아니야. 너나 막시밀리안이 어제 내린 판단은 옳았어."

"……."

"그 후에 일어난 해프닝으로 인해 너희의 배려가 다 수포로 돌아갔지만……, 결과만 놓고 보면 한번에 모두의 사정이 밝혀져서 다행이었을지도 몰라. 저마다 비밀을 떠안은 채 어떻게든 숨기려고 했다 한들 기껏해야 몇 년 못 넘겼을 테고, 특히 레오는 해마다 여기저기서 압박을 받았을 테니 말이야."

확실히 일리 있는 말이었다.

실밥이 나와 있는 한, 아무리 몇 번이고 꿰매어봤자 언젠가는 풀린다.

연인에게 비밀이 있는 생활은 틀림없이 아야토에게도 괴로운 나날이 되었을 것이다.

그렇게 생각하면 계기를 만들어준 루카에게 감사해야 할지도 모른다.

그때 문득 계속 마음에 걸렸던 일을 떠올렸다.

"저……."

아야토는 조심스레 말을 꺼냈다.

"루카 님에 대해서는……, 이제 괜찮으십니까?"

아무리 그래도 그렇게나 귀여워하던 동생에게 남자 애인이 있다는 사실은 몹시 충격이었을 것이다. 실은 아야토도 에두아르가 그 정도로 평정심을 잃은 모습을 본 적은 처음이었다.

아야토가 확인하자, 에두아르가 애매모호한 표정을 지었다.

"일본에서 유학 생활을 시작한 뒤로 루카는 제법 성장했어. 얼굴뿐만 아니라 자기 주관을 갖게 되었고, 몰라볼 만큼 어른이 되었지. 당연히 타국에서 혼자 생활한 성과인 줄 알았는데……, 막시밀리안 덕분이었던 거야."

"……."

"사람을 사랑하게 되면서 루카는 강해졌어. 사랑하는 사람을 지키고자 나에게 맞서는 모습을 보고 깜짝 놀랐지 뭐야. 아버지께 고백하려 했을 때도 뒤에 숨지 않고 우리와 함께 아픔을 나누려 했고 말이지."

한눈에 알 수 있는 카리스마를 가진 두 형과는 성질이 다르지만,

루카에게는 틀림없이 로셀리니가 일족의 피가 흐르고 있었다.

무슨 일에나 진지하고 열정적인 시칠리아노의 피가.

그 점은 아야토도 이번 일을 계기로 새삼스레 깨달았다.

"내 심정을 솔직하게 털어놓자면, 가급적이면 루카에게는 험난한 길을 걷게 하고 싶지 않았어. 하지만 그것도 다 일방적인 내 고집이지. 루카는 앞으로 어떤 가시밭길이 펼쳐질지 제대로 이해하고, 막시밀리안을 인생의 반려자로서 택한 거야."

그리고 막시밀리안은 그 마음에 보답하여 목숨을 걸고 사랑하는 주군을 평생 지킬 것이다.

"그 녀석은 더 이상 우리의 뒤를 쫄래쫄래 쫓아오던 어린아이가 아니야. 멋지게 홀로서기에 성공한 로셀리니가의 남자라고."

혼잣말을 하듯이 중얼거린 에두아르가 미련을 떨쳐 내듯이 고개를 들었다. 그러더니 팔을 뻗어 아야토의 손을 잡았다.

"아야토……, 이래저래 걱정 끼쳐서 미안해. 어제는 잠도 제대로 못 잤지?"

정확한 지적이었지만 굳이 긍정하지 않고 "당신이야말로 잠을 설친 것 아니십니까?" 하고 되물었다.

"여차하면 연을 끊을 생각이었지만……, 역시 그런 사태가 벌어지지 않아 얼마나 안도하고 있는지 몰라."

작게 미소 지은 에두아르가 "이곳을……, 태어나 자란 고향을 잃지 않아 다행이야." 하고 덧붙였다.

"오랜만에 시칠리아에 돌아와 【팔라초 로셀리니】에서 지내는 동안 예전에 이 토지에 품고 있었던 따뜻한 마음이 되살아났어. 고향에 대한 애정이……."

"에두아르."

"아야토……, 네가 떠올리게 해줬어."

에두아르의 마음이 담긴 속삭임을 듣자마자 가슴이 확 뜨거워졌다.

"에두아르……."

"이리 와."

에두아르가 아야토의 팔을 끌어당겨 자신의 무릎에 앉혔다. 그러더니 다리를 모아 옆으로 하고 앉은 아야토의 허리를 끌어안은 다음, 아야토의 뺨에 자신의 뺨을 갖다 댔다.

아야토도 힘을 빼고 에두아르에게 정답게 기대었다.

이곳에 온 뒤로 줄곧 긴장하고 있었던 탓인지, 무척 오랜만에 이런 식으로 연인에게 기대어 마음 편히 쉬는 것 같은 기분이 들었다.

서로 마주한 가슴에서 전해지는 심장 고동과 맞닿은 뺨에서 온기가 느껴지자 한숨이 새어 나왔다.

아아……, 에두아르다. 사랑하는 사람의 체취였다.

"사랑해."

귓가에 달콤한 사랑의 말이 맴돌자, 자연스럽게 미소가 흘러나왔다.

"저도 사랑해요."

아야토의 몸을 살짝 떼어 낸 에두아르가 미소를 지은 채 천천히 입술을 갖다 댔다.

*　*　*

아야토의 입안을 어디 한군데 남김없이 맛보고 나서 입술을 떼어 낸 에두아르가 쉰 목소리로 나지막이 "널 원해……." 하고 속삭였다.

안 그래도 지금 그 입맞춤으로 인해 불이 붙을 뻔했는데, 그런 뜨거운 눈빛으로 바라보고 속삭이니 더는 1초도 참을 수 없었다.

저도 당신을 원해요――.

촉촉이 젖은 눈으로 호소하자, 에두아르가 아이스블루색 두 눈을 가늘게 떴다.

"……역시 여기선 안 되겠군."

그렇게 중얼거리며 무릎 위에 앉은 아야토를 일으켜 세운 다음, 자신도 팔걸이의자에서 일어났다. 아야토는 에두아르의 손에 이끌려 침실로 향했다.

침실에 들어가자 에두아르가 간접 조명을 켜더니, 캐노피 침대에 아야토를 앉혔다.

"앉아 있어."

그렇게 말하고 나서 침대 옆에 선 채로 재빨리 옷을 벗어던지기 시작했다. 재킷을 벗어 팔걸이의자에 걸어 놓고, 이어서 넥타이 노트에 손을 가져다 댔다.

그 모습을 보며 새삼스레 자신들이 지금부터 사랑을 나눌 것이라는 사실을 인식한 아야토는 엉덩이를 들썩이며 두 무릎을 맞대고 문질렀다.

이곳이 【팔라초 로셀리니】이며, 같은 층에는 에두아르의 가족도 있다고 생각하니 점점 양심의 가책이 밀려오면서…….

"저, 저기……, 도와 드리겠습니다."

그렇게 말을 걸었지만, "괜찮아. 내가 혼자 벗는 편이 더 빠르니까." 하고 거절당했다.

"넌 혼자 벗으면 안 돼. 너를 벗기는 건 내 특권이니까."

그렇게 못을 박아버리니 정말로 아무것도 할 수 없게 되고 말았다.

할 수 없이 멋쩍음을 느끼면서도 눈앞에 펼쳐진 탈의 장면을 가만히 바라보고 있으려니, 에두아르가 단추를 푼 셔츠를 홱 벗어버렸다.

"윽……."

간접 조명에 떠오른 균형 잡힌 상반신을 보고 숨을 삼켰다.

전체적으로 근육이 예쁘게 붙은 상반신은 나올 곳은 보기 좋게 적당히 나오고, 들어갈 곳은 확실하게 들어가 있었다.

군더더기 하나 없는 매끈하고 스타일리시한 몸매.

그 우아한 미모에 걸맞는 아름답게 가꿔진 육체를 넋을 잃고 보고 있으려니, 웃통을 벗은 에두아르가 아야토 쪽으로 몸을 돌려 재킷에 손을 뻗었다.

재킷을 벗긴 다음, 이어서 넥타이를 풀어 목에서 스륵 뽑아 냈다. 셔츠 앞 단추에 손이 닿자, 아야토는 다시 한 번 엉덩이를 들썩거렸다.

"저……."

"안 돼. 가만히 있어."

아이처럼 혼난 아야토는 목을 작게 움츠렸다.

호텔리어의 숙명인지, 상대가 일방적으로 무언가를 해주는 데에 도저히 익숙해지지 않았다.

하지만 에두아르의 명령이라면 따를 수밖에 없다.

체념한 채 몸을 맡기고 있으려니, 에두아르가 단추를 전부 풀고 셔츠를 양쪽으로 벌렸다.

훤히 드러난 맨살을 그윽하게 바라보는 에두아르의 시선을 느끼며 몸을 바르르 떨었다.

학질에 걸린 사람처럼 몸이 와들와들 떨리는 이유는 피부에 닿은 냉기 탓만은 아니었다.

재회 후 연인이 되고 나서 벌써 몇 번이나 사랑을 나누었다.

에두아르는 자신의 몸 구석구석까지, 자신은 본 적도 없는 창피한 곳까지 이미 다 본 상태였다.

그렇다고 뿌리 깊은 콤플렉스를 완전히 없앨 수는 없었다.

애초에 풍만한 가슴도, 잘록한 허리도 없을 뿐더러, 허여멀겋고 보잘것없는 데다 그리 젊지도 않은 자신의 몸을 같은 남자가 봐도 이상적인 육체의 소유자 앞에 드러내는 행위는 아야토의 입장에서 보면 그저 고통이었다.

어둠은 무섭지만, 섹스할 때만은 가급적이면 조명을 어둡게 하는 편이 좋았다.

그래도 열에 들떠 사랑을 나누며 쾌감에 빠져 있는 동안에는 잠시 열등감을 잊을 수 있었다.

몸을 착 밀착시키면 에두아르의 눈에 자신이 보이지 않는다는 안도감도 들었다.

하지만 지금처럼 거의 말짱한 상태에서 연인의 냉정한 시선에 노출되는 것은 괴로웠다.

원래 노멀인 그의 마음이 식어버리는 것은 아닐까?

이제 안지 못하겠다고 하는 건 아닐까?

그런 두려움을 씻어 낼 수 없는 것이다.

사랑하고 사랑받는 기쁨을 알게 된 지금에 와서 에두아르에게 버려진다면……, 더는 살아갈 수 없다.

한심하지만, 그것이 거짓 없는 본심이다.

어금니를 악물며 불안과 싸우고 있으려니, 아야토를 응시하던 에두아르가 시선을 거두고는 한숨을 후우 내쉬었다.

"……넌 정말 아름다워."

"……네?"

내리뜨고 있던 눈을 들자, 정면에서 바라보는 열을 띤 눈동자와 시선이 마주쳤다.

"너무나도 아름다워서 가끔씩 만지기 무서울 때가 있어. 정교한 도자기 같은 너를……, 망가뜨려버릴 것 같아서."

"에두아르?"

아야토는 말뜻을 이해하지 못하고 두 눈을 깜박였다.

"떨어져 있는 동안에는 너의 아름답고 기품 있는 모습을 떠올리며 외로움을 달래고 있지만, 이렇게 실물을 직접 눈앞에서 보니 역시 기억 속에 있는 모습보다 몇 배나 섬세해서……, 가슴이 아파."

"무슨 말씀을……."

자신은 그런 말을 들을 만한 사람이 아닌데.

마치……, 무척 소중한 존재처럼.

아야토야말로 가슴이 아파 고개를 좌우로 흔들었다. 그러자 에두아르가 아야토의 턱을 잡더니 입을 맞추었다. 쪽, 젖은 소리를 내며 입술에 살며시 입을 맞춘 에두아르는 나지막한 목소리로 속삭였다.

"그래도……, 아무리 무서워도……, 너의 살결을 느끼지 않고는 못 배기겠어."

*　　*　　*

상의만이 아니라 슬랙스와 속옷, 양말까지 에두아르의 손에 벗겨진 후, 실오라기 하나 걸치지 않은 모습으로 침대에 눕혀졌다.

"아야토……."

아야토를 깔아 눕힌 에두아르가 녹아내릴 듯한 달콤한 목소리로 이름을 부르더니 목덜미에 입술을 가져다 댔다. 동시에 손바닥으로 맨살을 부드럽게 쓰다듬었다.

마치 깨지기 쉬운 물건을 다루는 듯한 신중한 애무에 기분이 좋아진 아야토는 넋을 잃고 눈을 감았다. 에두아르가 닿는 곳에서부터 차례차례 체온이 서서히 올라갔다.

작은 키스를 몇 번이나 퍼부으면서 목덜미에서 어깨, 움푹 파인 쇄골로 이동한 입술이 가슴 돌기를 머금었다.

그곳을 매우 열심히 쪽쪽 빠는가 싶더니, 선단에 이를 콱 세웠다.

"앗."

젖꽃판을 혀끝으로 핥아 대는 것과 동시에 다른 한쪽 선단을 손가락으로 문질러 대자, 참지 못하고 "앗, 앗." 하고 연달아 교성을 질렀다. 끊임없이 두 젖꼭지를 자극당한 아야토는 허리를 꿈틀거리며 몸부림쳤다.

"……딱딱해졌군."

속삭임을 듣고 목을 살짝 일으켜서 보자, 확실히 창피할 정도로 그곳이 불룩 서 있었다.

간접 조명을 받아 타액으로 범벅이 된 돌기가 음탕하게 빛나는 모습을 보니 몸이 확 뜨거워졌다.

안 그래도 에두아르에게 사랑을 받기 시작한 이후로 색이 더더욱 빨갛게 물들게 되었는데…….

감도도 예전에 비해 좋아졌는지, 셔츠에 선단이 스치기만 해도 이따금 찌릿찌릿한 자극이 스쳐 당혹스러울 때가 있었다.

"너의 여긴 정말 귀엽구나."

"아앙."

에두아르가 우뚝 솟은 유두를 쭉 잡아당기자, 달콤한 목소리가 새어 나왔다.

유두를 실컷 애무하고 만족했는지, 이윽고 하반신으로 뻗어 온 손이 가슴을 애무하는 동안 징조를 보이기 시작한 성기를 만졌다. 원을 그리듯이 선단을 부드럽게 자극하자, 얇게 벌어진 입술에서 애달픈 한숨이 새어 나왔다.

커다랗고 뜨거운 손바닥으로 축을 살며시 감싸 쥐자, 이번에는 놀라 숨을 멈추었다.

"……윽."

에두아르가 뜨거운 눈빛으로 아야토의 얼굴을 내려다보면서 손을 움직이기 시작했다.

손바닥으로 문지른 부분에서 달콤한 쾌감이 배어 나왔다. 자연스럽게 눈동자가 촉촉하게 젖었고, 관자놀이에서부터 뺨에 걸쳐 어렴풋이 열을 띠었다.

"하얀 피부가 벚꽃색으로 물들어서……, 아주 예뻐."

감탄을 자아낸 연인의 목소리 또한 관능을 자극했다.

뒤쪽 핏대를 조금 세게 문지르자, 꿀이 축축하게 넘쳐흘렀다.

"에두아……, 아앗."

"……좋아? 이게 기분 좋아?"

"조……좋아요……, 기분, 좋아……."

뜨문뜨문 헐떡이는 목소리와 질척, 질꺽, 물소리가 하모니를 이루었다.

연인의 손바닥에 자신이 흘린 쿠퍼액이 문질려 음란한 소리를 내고 있다고 생각하니 그 소리에도 부채질당해 몸이 한층 더 흥분했다.

꿀이 듬뿍 담긴 꿀주머니를 부드럽게 주무르자, 아야토는 참지 못하고 허리를 비비 꼬았다. 또다시 꿀이 흘러넘쳤다. 이미 주르륵 떨어진 쿠퍼액에 젖어 수풀까지 축축해진 상태였다.

연인이 천박하게 욕망을 부풀린 채 음모까지 흠뻑 적신 문란한 자신을 보고 있다는 자각은 있었지만, 통제가 되지 않았다.

"……핥아줘."

요구에 따라 에두아르의 가운뎃손가락을 입안에 맞아들인 다음, 혀를 휘감았다.

"음……, 음……."

길고 예쁜 손가락을 할짝할짝 빨고 핥다 보니 집게손가락까지 입안에 들어왔다. 에두아르의 손을 두 손으로 잡고 막대사탕을 핥듯이 두 손가락을 정신없이 빨았다. 찰박찰박, 물소리가 고막에 울려 퍼졌고, 흘러넘친 타액이 입가를 타고 흘러 떨어졌다.

손톱의 형태를 혀끝으로 더듬고, 손가락 뿌리 부분까지 혀를 내밀어 타액을 흠뻑 묻힌 다음…….

"앗."

느닷없이 손가락이 뽑히자, 비난 섞인 목소리가 입을 타고 흘러나왔다. 할쭉할쭉 핥던 막대사탕을 빼앗긴 아이처럼 원망스러운 눈빛으로 에두아르를 쳐다보았다.

“이제 충분해……. 더 이상 핥으면 녹아버린다고.”

에두아르가 쓴웃음 섞인 목소리로 속삭이더니, 입이 허전한 듯한 아야토의 입술을 쪽 빨았다. 그 후, 타액으로 흠뻑 젖은 손가락을 아야토의 뒤쪽 구멍에 찔러 넣었다.

“……앗.”

오므라진 곳이 쑤욱 갈리자 허리가 뛰어올랐다. 이물의 침입을 거부하며 반사적으로 복부에 힘이 들어갔지만, 에두아르는 물러나지 않았다. 단단한 물체가 미끌미끌한 타액의 힘을 빌려 몸속으로 쑥 들어오는 것을 느끼자, 온몸의 살갗에 소름이 돋았다.

즉시 손가락을 푹푹 넣었다 빼기를 반복하면서 안을 휘저어 대자, 목에서 높은 교성이 쏟아졌다.

“앗……, 아앗.”

좁은 내벽을 길들이고자 주물러 대는 쪽과는 다른 손으로 젖은 욕망을 위아래로 휘젓는 쾌감의 파장 공격에 몸 안의 열기가 점점 달아올랐다.

갈고리 모양으로 구부린 손가락이 전립선을 문지르자, 목덜미에 난 솜털이 쫙 곤두서면서 등이 활처럼 휘어졌다.

“흐아……앙……, 읏.”

상반신을 공중에 띄운 채 에두아르의 손가락을 바짝 조이며 미친 듯이 쑤시는 허리를 들썩들썩 흔들었다.

‘좋……아.’

기분이 너무 좋아서……, 혼절할 것 같다…….

쾌감에 떠밀려 가지 않도록 침대 시트를 꽉 잡고 출렁이는 쾌감의 파도에 거나히 취해 몸을 맡기고 있던 아야토는 느닷없이 손가락이 쑥 뽑혀 나간 충격에 몸을 떨었다.

"윽."

눈을 크게 뜬 아야토는 욕망에 뜨겁게 젖은 아이스블루색 눈동자를 시야에 포착했다.

"넣고 싶어."

직설적인 말투에 깜짝 놀라 숨을 삼켰다.

"아야토……, 넣고 싶어."

에두아르가 몇 번이나 애원하자, 갑갑하면서도 어딘가 감미로운 기분이 들었다.

보통 에두아르는 손이나 입으로 일단 아야토를 한 번 사정하게 하고 나서 삽입하는 경우가 대부분이었다. 이런 식으로 성급하게 원하는 경우는 거의 없지만, 한시라도 빨리 하나가 되고 싶은 마음은 아야토도 마찬가지였다.

"저도……, 당신을 원해요."

그 마음을 입에 담자, 에두아르가 기쁜 듯이 미소를 짓더니 아야토의 팔을 잡고 일으켜 세웠다. 그런 다음, 침대 위에 책상다리를 하고 앉은 에두아르의 무릎에 마주 보듯이 두 다리를 벌리고 올라타게 했다.

"천천히……, 허리를 아래로 내려봐."

아야토는 연인의 말에 따라 천천히 허리를 내렸다. 엉덩이의 좁은 틈에 흥분한 연인이 닿자 허리가 실룩 흔들렸다. 그것은 이미 충분하리만치 단단했다.

젖은 선단이 회음을 쓱 미끄러졌다. 간접적으로 전립선을 자극하면서 달콤한 전류가 등줄기를 타고 올라갔다.

"스스로 넣을 수 있겠어?"

이 체위는 경험이 없었지만, 아야토는 저항하지 않고 고개를 끄덕였다. 가급적이면 에두아르를 번거롭게 하고 싶지 않았다.

하늘을 올려다보는 우뚝 솟은 그것을 뒤로 잡은 다음, 천천히 허리를 아래로 떨어뜨렸다. 하지만 체액과 타액으로 인해 자꾸 미끄러지는 바람에 좀처럼 조준이 맞지 않았다. 악전고투를 보다 못한 에두아르가 허리에 손을 얹어 지탱해주었다.

아야토는 한 손으로 연인을 다시 잡은 다음, 다른 한 손으로 자신의 엉덩이 사이를 가르며 천천히 허리를 가라앉혔다.

단단한 선단에 푹 찔리자, 그 충격으로 인해 숨이 멎었다.

"흐……앗……."

천장을 향한 목에서 비명이 터져 나왔다. 눈물이 글썽 맺혔다.

"괜찮아?"

에두아르가 아마 아야토와 마찬가지로 괴로울 텐데도 걱정스러운 듯이 말을 걸어왔다. 아야토는 심상치 않은 압박감을 견디며 고개를 절레절레 흔들었다.

"괜찮……아, 요."

아무튼 계속 이 상태로 있다간 둘 다 힘들어질 것이 눈에 보였다.

어떻게든 전부 받아들이고자 허리를 비틀거리자, 에두아르가 충격을 받고 시들어버린 아야토의 욕망을 잡았다.

축을 부드럽게 문질러 올리는 사이에 차츰 쾌감이 돌아왔고, 몸의 긴장도 서서히 풀어졌다.

잠시 후, 연인을 머금은 부분에서도 아픔만이 아닌 무언가가 배어 나왔다.

"응……, 응……, 크으……, 앗……, 으응."

젖은 신음을 흘리면서 조금씩 열 덩어리를 삼켜 가던 아야토는 마침내 가까스로 힘차게 흥분한 음경을 전부 받아들였다.

"잘했어."

에두아르가 땀에 젖은 아야토의 몸을 꽉 껴안아주었다. 그리고 상을 주듯이 머리를 다정하게 쓰다듬었다.

연인과 몸을 밀착한 아야토는 살짝 속도가 붙은 에두아르의 심장 고동을 살결로 느끼면서 멈추고 있던 숨을 천천히 내뱉었다.

생각보다 훨씬 힘들었지만, 연인과 하나가 되었다는 충족감은 가히 말로 표현할 수 없었다.

"스스로 움직일 수 있겠어?"

에두아르가 귀에 쪽 키스를 하며 물었다.

"해볼게요."

그렇게 대답한 아야토는 조심스레 움직이기 시작했다. 에두아르의 어깨를 잡고 몸을 위로 끌어 올려 물건이 빠지기 바로 직전에 동작을 멈춘 다음, 이번에는 몸을 아래로 푹 가라앉혔다.

처음에는 스스로도 안타까울 정도로 어색했지만, 점점 요령을 파악하면서 움직임이 원활해졌다.

"좋아……, 아주 잘하고 있어. 너의 안……, 뜨겁고……, 좁아서……, 미칠 것 같아."

느끼고 있는 것이 전해져 오는 목소리로 그렇게 칭찬을 받으니 역시 기뻤다.

어느샌가 자신의 몸이 느끼고 있는 감각에 집중하기 시작하면서 쾌감을 좇을 수 있게 되었다. 연인을 삼킨 점막이 음란하게 연동하는 것을 스스로도 알 수 있었다.

닫혀 가던 좁은 관이 탱탱하고 단단한 귀두로 비집어 열리는 감각이 너무나도 기분 좋았다.

아야토는 약간 턱을 위로 젖히고 마른 몸을 흔들며 관능의 맹아를 뒤쫓았다. 기분 좋은 곳에 닿도록 허리를 천천히 빙글빙글 돌렸다.

때로는 조였다가 때로는 풀면서……, 빠르게……, 천천히…….

스스로 쾌감을 통제할 수 있다는 새로운 감각은 아야토에게 신선한 흥분을 선사했다.

"앗……, 아아……, 응."

"한껏 흥분한 아야토는……, 음란하고……, 참 예뻐."

그렇게 속삭이는 황홀한 목소리가 귓가를 간질였다.

"……기분 좋아?"

아야토는 고개를 몇 번이나 끄덕였다.

"당신……이니까."

"아야토?"

"상대가 당신이라……, 기분, 좋아요."

더듬더듬 그렇게 말하자, 안에 있던 에두아르가 점점 부풀어 올랐다.

"읏……."

숨을 삼킨 찰나, 에두아르가 둥그스름한 양쪽 엉덩이를 세게 움켜잡더니 아래에서 퍽 찔러 올렸다.

"앗……."

그 전까지 스스로 움직이지 않았던 에두아르의 갑작스러운 공격에 허를 찔린 아야토는 "앗……, 아앗." 하고 작은 비명을 지르며 몸을 파르르 떨었다.

에두아르의 탄탄한 복근이 아야토가 쏟아 낸 정액에 젖었다.

"벌써?"

"죄송……해요."

혼자 절정에 달한 것을 사과하자, "괜찮아." 하고 달콤한 목소리가 돌아왔다.

"다음은 같이 가자……. 알겠지?"

"……네."

에두아르가 아름다운 얼굴을 가까이 가져오더니 입술을 포개었다.

입을 벌려 뜨거운 점막을 받아들였다. 곧바로 혀와 혀가 서로 얽혔다. 서로의 열기에 취한 듯이 혀를 핥고 빨고 더듬기를 반복했다.

에두아르가 혀를 끈적하게 휘감는 것과 동시에 아래에서 깊숙이 파고들었다.

아까 막 절정에 달해 민감해진 그곳을 찔러 올리자, 뇌수가 저려오는 듯한 쾌감이 등줄기를 타고 스쳤다.

몸이 크게 휘청거리면서 머리가 앞뒤로 흔들렸다. 입맞춤에서 해방된 입술에서 교성이 흘러나왔다.

“앗, 앗, 아앗.”

퍽, 퍽, 묵직하고 힘찬 피스톤 운동이 가해지자, 불과 방금 전에 절정에 달한 욕망이 또다시 힘을 얻기 시작했다.

다정하게 빼앗기는 것도 좋아하지만, 연인이 약간 사납게 자신을 탐하는 것도 참을 수 없이……, 좋다.

“……흐……응……, 크, 응…….”

정신을 차려 보니 아야토는 자신의 몸 안에 있는 에두아르를 달콤하게 조이고 있었다.

“큭……, 갈 것 같아…….”

에두아르가 괴로운 듯이 속삭이자, 아야토는 “……부탁이에요.” 하고 속삭였다.

“빼지 말고 내보내주세요……, 안에……, 잔뜩 뿌려주세요…….”

스스로도 음탕한 ‘부탁’을 무의식중에 입 밖에 내고 있다는 자각은 있었다.

이런 창피한 말은……, 제정신이었다면 도저히 입에 담을 수 없었을 것이다.

하지만 지금 이 순간은 평소에 자신에게 지우고 있는 자제심보다 절실한 욕망이 더 컸다.

맛보고 싶다. 연인이 토해 내는……, 뜨거운 것을 잔뜩…….

'느끼고 싶어.'

"너는 내 이성을 송두리째 빼앗을 셈이야?"

나지막이 중얼거린 에두아르의 움직임이 격렬해졌다. 힘 조절을 잊은 듯이 세차게 찔러 올리자 상체가 기우뚱거렸다. 아야토는 떨어지지 않고자 에두아르의 몸에 매달려 근육이 옹골찬 등에 손톱을 세웠다. 철퍽철퍽, 적나라한 물소리가 결합부에서 새어 나왔다.

"……괜찮겠어? 정말 그렇게 할 거야."

에두아르가 쉴 새 없이 힘찬 율동을 보내면서 확인했다.

"괜찮으니까……, 내보내주세요."

허리를 다시 끌어안은 에두아르가 한층 더 세차게 찔러 올리자 상반신이 크게 휘어졌다. 몸 안을 꽈악 쥐어짜는 것과 동시에 몸 가장 깊은 곳에서 연인의 수컷이 터졌다.

"뜨거워……!"

아야토의 몸 안에서 가장 깊은 곳이 뜨겁게 젖었다. 안을 세차게 내리치는 듯한 사정은 좀처럼 끝나지 않았다. 이어서 두 번, 세 번 찔러 올린 에두아르의 정열을 흠뻑 뒤집어쓴 아야토는 절정의 계단을 한번에 뛰어 올라갔다.

"갈 것, 같아……, 아앗……!"

"큭……."

"아……, 아……."

힘이 다한 나머지 무릎이 푹 꺾이자, 에두아르가 아야토를 꽉 껴안았다.

맞닿은 가슴에서 전해지는 심장 고동이 기분 좋았다.

서로 껴안은 채 함께 숨을 가누며 몇 번이나 키스를 나누었다.

"정말 좋았어……."

연인이 거친 숨을 몰아쉬며 그렇게 말하자, 아야토도 "저도 좋았어요……." 하고 동의했다.

"정말 좋았……지만."

그렇게 말한 에두아르가 한 박자 쉬더니, 아야토의 두 눈을 들여다보았다.

"아직 만족하지 못했어."

"에두아르?"

"난 너를 상대로는 만족이라는 개념이 뭔지 도통 모르겠어."

어딘가 자랑스러운 듯한 말투를 듣고 있으려니 그만 미소가 흘러나왔다.

"알겠습니다. 당신께서 만족하실 때까지 몇 번이고 함께하도록 하겠습니다."

"그러니까 말했잖아. 만족 안 한다고."

그렇게 대꾸한 에두아르가 말과는 달리 매우 만족스러운 미소를 지으며 다정하게 입을 맞추었다.

*　*　*

연인의 요청에 따라 몇 번이나 사랑을 나누고 모든 욕망을 남김 없이 밖으로 배출한 뒤, 아야토는 기분 좋은 나른함에 몸을 맡기며 에두아르의 가슴에 기대었다.

잠을 부르는 다정한 손길로 아야토의 머리를 쓰다듬던 에두아르가 침대 캐노피를 응시하며 나지막이 중얼거렸다.

“인간의 욕망은 끝이 없군.”

“에두아르?”

“너와 멀어졌던 시기에는 이루어지지 않는 꿈이라는 것을 알면서도 언젠가 다시 만날 수 있는 날을 꿈꿔 왔어. 10년의 세월이 흘러 너와 기적처럼 재회하고 나선 다시 한 번 너를 이 품에 안을 생각만 했지. 어젯밤에는 이 세상의 무언가와 바꿔서라도 널 절대 잃고 싶지 않았어. 하지만 위기가 지난 지금은……, 너와 더 많은 시간을 보내고 싶다는 욕심이 나.”

일단 말을 끊은 에두아르가 아야토에게서 몸을 살짝 떼더니 상반신을 일으켰다. 그러더니 누워 있는 아야토의 얼굴을 위에서 들여다보며 말했다.

“레오는 아키라와 함께 살고 있어. 루카도 봄부터 막시밀리안과 도쿄에서 함께 살 거고. 우리만 밀라노와 도쿄에서 떨어져 지내고 있지. 불공평하지 않아?”

초조함과 짜증이 섞인 질문에 가슴이 욱신거렸다.

그 마음은 자신도 똑같다.

아무리 외로움을 메우기 위해 노력을 해도 엄연히 두 사람의 앞을 가로막는 물리적인 거리의 벽.

만나고 싶을 때 만날 수 없다. 그 온기를 느끼고 싶을 때 몸을 맞대고 있을 수 없다.

언젠가 에두아르의 마음이 이런 자신의 곁을 떠나버리는 건 아닐까 하는 불안도 항상 떠나지 않았다.

'하지만…….'

"……나도 알아."

에두아르가 조용한 목소리로 말했다.

"그렇게 슬픈 얼굴 하지 마. 너에겐 카사호텔이 있는걸. 너를 신뢰하는 카사호텔 직원들과 손님들을 두고 내 곁으로 올 수는 없겠지."

"……죄송합니다."

아야토가 사과의 말을 목구멍에서 쥐어짜 냈다. 에두아르는 그런 아야토를 향해 애달픈 미소를 지었다.

"무슨 말이야. 그래서 난 너를 좋아하게 됐는걸."

"에두아르……."

자신을 배려해주는 자비로운 그의 말이 가슴을 찔렀다.

괴롭다.

전부 다 버리고 그의 곁으로 달려가 매일을 그와 함께 지낼 수 있다면 얼마나 좋을까?

아침에 잠에서 깨어나 밤에 잠드는 순간까지 쭉 함께. 한시도 떨어지지 않고.

그렇게 하고 싶다는 욕망과 싸우고 있으려니, 에두아르가 이불을 걷어 내고 침대에서 내려갔다.

"잠시만 기다려봐."

그리고 손에 든 가운을 걸치더니 끈을 묶으면서 침실을 나갔다.

혼자 있기에는 너무나도 넓은 침대에 남겨진 아야토는 시트에 축축한 한숨을 내쉬었다. 가슴을 덮친 통증을 견디기 위해 이불을 꽉 움켜쥐었다.

얼마 안 있어 주실 문이 열리더니 닫히는 소리가 났다.

타악.

'방에서 나간 건가?'

문득 막연한 불안이 가슴을 스치자, 아야토는 몸을 일으켰다. 그리고 에두아르가 나간 침실 안쪽문을 가만히 쳐다보았다.

만약 이대로 에두아르가 돌아오지 않는다면?

두 번 다시 자신의 곁으로 돌아오지 않는다면?

그런 일은 있을 수 없다는 냉정한 판단을 날려버릴 듯한 기세로 먹구름처럼 컴컴한 불안이 점점 부풀어 오르더니 가슴속을 점거해 나갔다.

마침내 인내심의 한계에 다다른 아야토가 침대에서 내려가 가운을 걸친 그때, 옆쪽 주실 문이 찰칵 열리는 소리가 났다.

"앗……."

안쪽문으로 향한 아야토는 재빨리 문을 열었다. 그리고 마침 방으로 돌아온 에두아르에게 넘어지다시피 서둘러 뛰어가선 그의 품에 달려들었다.

에두아르가 여느 때와 다른 아야토의 행동에 놀라 물었다.

"무슨 일이야?"

"……윽."

"아야토?"

"죄송해요……. 아무것도 아니에요……."

떨리는 목소리를 듣고 무언가를 감지했는지 에두아르가 꽉 껴안아주었다. 한동안 달래듯이 등을 쓰다듬고 나선, 포옹을 하고 있던 몸을 살며시 떼어 냈다.

"이리 와."

에두아르가 아야토의 손을 끌고 소파까지 데려가더니 가운데 자리에 앉혔다. 그런 다음, 자신은 아야토의 발밑에 무릎을 꿇었다.

"에두아르?"

평소와는 반대의 위치에 놀란 아야토는 난처한 목소리로 이름을 불렀다. 황급히 일어서려고 하자, 에두아르는 "됐으니까 앉아 있어." 하고 아야토를 제지했다.

에두아르가 가운 주머니에서 작은 상자를 꺼내더니, 말없이 아야토에게 내밀었다.

혹시 이 상자를 가지러 자신의 방에 돌아갔던 건가?

"이건?"

"열어봐."

연인의 말에 따라 뚜껑을 열자, 벨벳 반지 케이스 위에 플래티나 반지 두 개가 나란히 꽂혀 있었다.

"반지……?"

"그래. 결혼반지야."

"결혼……반지?"

"네가 이번에 여행을 와 있는 동안 주려고 가져왔는데, 좀처럼 기회가 없지 뭐야."

두 개가 나란히 놓인 반지 중 사이즈가 작은 쪽을 오른손으로 집어 든 에두아르가 다른 한쪽 손으로 아야토의 왼손을 잡았다. 그러더니 그 손을 가슴 높이까지 들어 올리고 나선 네 번째 손가락에 반지를 끼운 다음, 손가락 끝까지 천천히 밀어 넣었다.

"……."

아야토는 네 번째 손가락에서 묵직한 빛을 발하는 플래티나 반지를 무슨 신기한 것이라도 보는 듯한 눈으로 가만히 응시했다.

평생 낄 일이 없을 줄 알았던 결혼반지.

"다음은 네 차례야."

에두아르가 조용히 재촉하자, 아야토도 긴장한 표정으로 남은 반지를 집어 들었다.

반지를 집어 든 손끝이 가늘게 떨렸다. 그 떨림을 열심히 억누르며 에두아르의 길고 예쁜 네 번째 손가락에 플래티나 반지를 끼웠다.

Edward & Kyoto

살며시 뿌리 끝까지 밀어 넣은 다음, 참고 있던 숨을 후우 내쉬었다.

"반지 안쪽에는 우리의 이름을 나란히 새겼어. 이로써 우리는 몸은 떨어져 있어도 영혼은 늘 함께인 거야."

에두아르는 만족스러운 듯하면서도 어딘가 엄숙한 목소리로 속삭였다.

"떨어져 있을 때는 이 반지를 너라고 생각할게. 너도 반지를 보며 날 떠올려줘."

아야토는 연인의 요청에 고개를 꾸벅 끄덕였다.

"네……. 네……."

몇 번이나 고개를 끄덕이는 동안 점점 반지의 윤곽이 흐릿해지더니……, 마침내 보이지 않았다.

아야토는 눈물에 젖은 입술로 연인의 손가락에 끼워진 반지에 살며시 맹세의 키스를 했다.

막시밀리안 콘티×루카 에르네스토 로셀리니

"믿겨지질 않아!"

살롱을 뒤로하고 방으로 돌아온 루카가 주실 소파에 털썩 앉자마자 그 전까지 억누르고 있던 환희를 폭발시켰다.

"나에게 동생이 생기다니!"

문을 닫고 나서 루카의 옆으로 다가온 막시밀리안도 "정말 깜짝 놀랐습니다." 하고 동의를 표했다.

"돈 카를로께서 카테리나를 깊이 신뢰하고 계신다는 것은 알고 있었지만……, 설마 결혼까지 하실 줄이야."

평소에는 그다지 감정을 겉으로 드러내지 않는 막시밀리안도 이번만큼은 역시 놀라움을 감출 수 없는 듯했다.

"카테리나 씨는 성격도 야무질 것 같고, 아버지의 재혼도 물론 기쁘지만, 역시 아기 소식이 제일 놀라워!"

흥분을 식히지 못하는 루카가 눈을 반짝반짝 빛내면서 막시밀리안을 보았다.

"막시밀리안은 알지? 내가 계속 동생을 갖고 싶어 했던 걸 말이야. 하지만 어머니가 아파 동생을 바랄 상황이 아니게 되면서……, 포기할 수밖에 없었지."

"그러셨죠."

"근데 설마 지금에서야 새로운 가족이 생기다니."

"이제 곧 루카 님도 형님이 되시는군요."

"형님이라."

간지러우면서도 달콤한 기분을 느끼며 지금은 아직 실감이 나지 않는 그 단어를 혀 위에서 굴리고 있으려니, 똑똑똑, 문을 두드리는 소리가 났다.

"어라? 누구지?"

"누구십니까?"

막시밀리안이 문을 향해 누구냐고 묻자, "나다."라는 대답이 돌아왔다.

"레오 형?"

루카는 저도 모르게 막시밀리안과 얼굴을 마주 보았다.

아버지의 결혼과 카테리나의 임신, 두 가지 깜짝 소식 발표 덕분에 일단 자식들의 커밍아웃으로 인한 부자지간의 관계 단절이라는 최악의 사태는 면했지만, 근본적인 부분은 아직 해결되지 않은 상태였다.

자신과 막시밀리안이 연인 사이라는 사실을 레오나르도도 에두아르도 결코 흔쾌히 여기지 않았다.

어젯밤에는 각자의 사정이 밝혀짐에 따라 로셀리니가의 존망이 절실한 문제로 떠오르면서 일단 자신들이 추궁을 받는 사태는 미뤄졌지만…….

'분명히 그 얘기일 거야.'

형이 방을 찾은 이유를 추측한 루카는 마른침을 꿀꺽 삼켰다. 한껏 들떠 있던 기분이 급격히 사그라지면서 위가 바짝 움츠러들었다.

막시밀리안 또한 같은 견해인지, 그 예쁜 미간을 살짝 찡그렸다.

레오나르도와 이야기를 나눌 생각을 하니 솔직히 마음이 무거웠다.

그렇다고 이대로 문을 열지 않을 수도 없었다.

게다가 이 상황을 피한다 한들, 머지않아 언젠가는 반드시 형과 이 건에 대해 이야기를 나눠야 할 것이다.

막시밀리안도 그렇게 판단했는지, 출입구를 향해 "지금 가겠습니다." 하고 대답했다.

"막시밀리안……."

막시밀리안이 불안한 심정을 보이는 루카의 뺨을 손끝으로 살며시 어루만졌다.

"걱정하실 필요 없습니다."

"……."

"제가 곁에 있으니까요."

힘을 불어넣듯이 그렇게 속삭이고 나서 발길을 돌려 문간으로 향했다.

막시밀리안이 문을 열자, 그곳에는 레오나르도와 아키라가 서 있었다. '또 한 명의 형'도 동석하는 것을 알자마자 점점 더 긴장이 커졌다.

"레오나르도 님, 아키라 님."

"밤늦게 미안하다. 잠깐 괜찮나?"

"네. 들어오십시오."

막시밀리안이 두 사람을 방 안으로 들였다.

루카도 소파에서 일어나서 굳은 표정으로 세 사람이 다가오기를 기다렸다. 레오나르도와 아키라가 각각 막시밀리안이 권한 팔걸이 의자에 앉았다.

"막시밀리안, 너도 앉아라."

레오나르도가 재촉하자, 막시밀리안도 루카와 같은 소파에 앉았다. 의자에 앉은 레오나르도와 아키라를 향해 둘이서 어깨를 나란히 하고 마주 앉는 모양새가 되었다.

"우리가 이곳을 찾은 이유는 잘 알고 있겠지?"

각자 자리를 잡고 앉자마자 레오나르도가 언짢은 듯이 말을 꺼냈다.

“아까는 예상치 못한 사태가 벌어지는 바람에 아버지께 전부 털어놓기로 한 당초의 예정과는 다른 전개로 흘러갔지만, 그것과 너희의 관계는 별개다.”

‘역시……, 그렇겠지.’

눈앞의 레오는 분노의 감정을 의지의 힘으로 간신히 억누르고 있는 것처럼 보였다. 아마 속에서는 인내할 수 없는 격정이 부글부글 끓어오르고 있을 것이다.

처음부터 혼날 것은 각오하고 있었다.

형들에게 쉽게 인정받을 것이라는 생각도 하지 않았다.

하지만 아무리 레오나르도나 다른 이들의 빈축을 산다 하더라도 막시밀리안을 사랑하는 자신의 마음은 포기할 수 없다.

다시 한 번 최악의 사태를 각오한 루카는 허리를 쭉 펴고 자세를 바로 했다.

시야 끝으로 언뜻 보이는 막시밀리안도 심각한 얼굴을 하고 있었다.

레오나르도가 그런 막시밀리안을 매서운 눈빛으로 응시하며 말을 이었다.

“막시밀리안. 에두아르도 말했지만, 우리는 너를 충분히 신임할 만한 인물이라 판단하여 너에게 루카를 맡겼다. 그건 알고 있겠지?”

“물론 알고 있습니다.”

막시밀리안이 허벅지에 손을 얹고 고개를 깊이 숙였다.

"본의 아니게 레오나르도 님과 에두아르 님의 신뢰를 져버리게 되어 죄송합니다. 진심으로 사과드립니다."

막시밀리안은 사과의 말을 입에 담은 다음, 천천히 고개를 들어 레오나르도를 똑바로 바라보았다.

"그 어떤 처분도 달게 받을 각오가 되어 있습니다."

"처, 처분?!"

그 직후, 고개를 홱 돌려 막시밀리안의 얼굴을 본 루카는 놀란 나머지 날카로운 목소리로 외쳤다.

"처분이라니, 무슨 소리야?!"

"저를 믿어주신 레오나르도 님과 에두아르 님을 배반했기 때문에 어떤 형태로든 처분을 받는 것은 당연합니다."

"말도 안 돼!"

저도 모르게 큰 소리가 튀어나왔다.

"왜 막시밀리안만 처분받아야 되는데?! 그렇게 따지면 우린 공범이잖아!"

"……."

대답하지 않는 막시밀리안에게서 레오나르도 쪽으로 시선을 돌린 루카는 열심히 호소했다.

"막시밀리안은 내가 도쿄에서 혼자 살기 시작하는 데 앞서 생활의 기반을 마련해주었어. 세상 물정 모르는 내가 자립할 수 있도록 후견인으로서 얼마나 많이 도와줬는데. 그 덕분에 지금 난 겨우 혼자서도 살아갈 수 있게 된 거고. 막시밀리안은 형들의 요구에 제대로 부응했단 말이야!"

정면에 앉은 험악한 얼굴을 쳐다보며 호소했다.

"게다가……, 내가 먼저 좋아하게 됐는걸. 막시밀리안은 나의 장래와 아버지, 형들의 마음을 고려해 로마에 돌아가려고 했어. 그런 막시밀리안을 내가 억지로 붙잡아서……!"

"아닙니다."

막시밀리안이 루카의 외침을 가로막았다.

"저는 루카 님께서 아직 어리셨을 때부터 루카 님을 사모해 왔습니다. 제가 먼저……."

"됐어."

레오나르도가 막시밀리안의 말꼬리를 가로채듯이 낮은 목소리로 말했다.

"누가 먼저든 그게 그거지."

"윽……."

내치듯이 싸늘한 말투에서 형이 품고 있는 분노의 깊이를 감지한 루카는 놀라 숨을 삼켰다. 그리고 고개를 숙이며 무릎 위에 놓은 주먹을 꽉 쥐었다.

알고는 있었지만, 그래도 역시 가족의 반대는 가슴이 아팠다.

'물론 당연히 반대당할 만하지만…….'

형들도 남자끼리 사귀잖아! 하고 반론할 생각은 없었다.

자신의 미래를 염려하는 형의 마음은 가슴에 사무칠 정도로 이해가 갔기 때문이다.

자신을 깊이 사랑하기 때문에 반대하는 것도 잘 알고 있다.

전부 밝히고 축복을 받자는 그런 안일한 생각 따윈 하지 않는다.

미숙한 지금의 자신이 형들의 신뢰를 얻을 수 없는 것도 당연하다.

'형들이 당연히 반대할 만하지.'

자신이 한심한 나머지 어금니를 꽉 깨물고 있으려니, 레오나르도가 의자 팔걸이를 손가락으로 톡톡 두드렸다.

"……널 이탈리아로 데리고 돌아와서 어딘가에 감금시켜 버리는 방법도 있지만."

살벌한 형의 말에 깜짝 놀라 얼굴을 확 들었다.

"혀……형?"

거짓말처럼 들렸지만, 로셀리니 패밀리의 카포인 레오나르도라면 불가능한 일이 아니라는 것을 깨닫고는 침을 꿀꺽 삼켰다. 목 뒤쪽에 소름이 돋았다.

옆에 앉은 막시밀리안이 신경을 바짝 곤두세우는 기척이 느껴졌다. 아키라도 기분 탓인지 얼굴이 굳어 있었다.

"……."

긴박한 침묵이 감도는 가운데, 레오나르도가 불쾌한 듯이 미간을 찌푸렸다.

"너의 자유를 빼앗아봤자 어차피 일시적인 것에 불과할 뿐. 평생 가둬 놓을 수는 없으니까. 그리고 자유를 찾으면 넌 또다시 우리의 반대를 뿌리치고 막시밀리안을 만나러 가겠지."

"윽……."

"이제 넌 어린애가 아니야. 네가 강한 의지를 갖고 바란다면 아무도 널 막을 수 없어."

"레오나르도 형!"

체념이 엿보이는 중얼거림을 들은 바로 그 직후, 기쁨에 찬 목소리가 터져 나왔다.

이제 어린애가 아니다. 어엿한 성인이다. 큰형에게 그렇게 인정받아 기뻤다.

환희에 등을 떠밀려 소파에서 벌떡 일어난 루카는 그대로 형의 곁으로 달려갔다.

"미안."

어릴 적부터 동경의 대상이자, 언젠가는 이렇게 되고 싶다는 목표이기도 했던 큰형의 목을 부둥켜 안고 사과했다.

"루카……."

"걱정 끼쳐서……, 미안해."

그리고 울먹이며 사과한 뒤, "허락해줘서 고마워." 하고 말했다.

말없이 루카의 어깨를 툭툭 두드린 레오나르도가 동생의 몸을 꼭 껴안고 나서 막시밀리안의 이름을 불렀다.

"네."

이름이 불린 막시밀리안이 자세를 바로 했다.

"루카를 부탁하마. 이 아이는 우리의 소중한 동생이다."

레오나르도가 진지한 얼굴로 부탁하자, 막시밀리안이 깊이 감동한 표정으로 엎드려 고개를 숙였다.

"레오나르도 님……, 당연히 어떤 처분을 받아도 모자를 지경인데……, 허락해주셔서 감사합니다."

"그 대신 내 동생을 반드시 행복하게 해줘야 한다."

"막시밀리안, 나도 부탁할게."

그때까지 가만히 상황을 지켜보고 있던 아키라가 처음으로 입을 열었다.

"우리와 마찬가지로 두 사람도 앞으로 험난한 길을 걸어가야 할 거야. 앞으로도 많은 시련과 벽이 두 사람의 앞을 가로막을 때가 있겠지. 루카는 아직 어리니까 그만큼 고민하고 괴로워할지도 몰라. 좋을 때나 나쁠 때나 변함없이 루카의 버팀목이 되어주고, 루카를 지켜줘."

"아키라 씨……."

또 한 명의 '형'의 말에 루카의 가슴이 뭉클해졌다.

"아키라 님, 레오나르도 님."

자세를 바로 한 막시밀리안이 더할 나위 없이 진지한 눈빛으로 '두 형'을 바라보았다.

그러더니 엄숙한 목소리로 맹세했다.

"이 목숨과 바꿔서라도 루카 님을 평생 사랑하고 지킬 것을 두 분께 맹세하겠습니다."

*　*　*

"루카, 막시밀리안, 잘 자."

"아키라 씨, 안녕히 주무세요. 레오나르도 형, 잘 자."

"루카, 오늘 밤엔 제대로 자. 너, 눈이 엄청 빨개. ……쉬어라, 막시밀리안."

"안녕히 주무십시오, 아키라 님, 레오나르도 님."

레오와 아키라가 방을 뒤로하고 문이 탁 닫힌 순간, 루카는 한숨을 푹 내쉬었다.

"어……엄청 긴장했어."

힘이 빠진 나머지 그 자리에 쭈그리고 앉을 뻔했지만 가까스로 버티었다.

"고생 많으셨습니다."

막시밀리안이 다정한 목소리로 위로해주었다. 그러더니 완전히 긴장이 풀린 루카를 내려다보며 감회 깊은 듯이 중얼거렸다.

"잘 버티셨어요."

생각해보니 어제부터 시련의 연속이라 계속 잔뜩 긴장한 상태였다. 어깨와 등이 딱딱하게 굳어 있는 것을 느꼈다. 하지만 그건 자신만이 아닐 터.

"막시밀리안도."

"저는 아무것도 하지 않았는걸요."

"그렇지 않아. 레오와 아키라 씨를 안심시키기 위해 맹세해 주었잖아.”

“당신이라는 소중한 보물을 맡았으니 그 정도는 당연하죠.”

진지한 얼굴로 그렇게 말하니 간질간질한 기분이 들었다. 그와 동시에 겨우 마음이 조금 가벼워졌다.

“레오나르도 형이 허락해줘서 다행이다. 정말 다행이야…….”

“네.”

음미하듯이 중얼거리자, 막시밀리안도 감개무량한 듯한 얼굴로 동의했다.

루카는 자신과 마찬가지로 표정에 안도감을 띤 연인을 한동안 바라보다가 말했다.

“하지만……, 만약 레오나르도 형이 허락해주지 않았다 하더라도 난 막시밀리안을 포기할 생각 따윈 없었어.”

막시밀리안의 얼굴이 또다시 굳어졌다.

“저도 마찬가지입니다. 만약 허락을 받지 못했다면 당신을 납치해서 도망칠 생각이었습니다.”

“납치?”

막시밀리안의 은밀한 결의를 들은 루카는 눈을 크게 떴다.

깜짝 놀라지 않을 수 없었다.

충성심으로 똘똘 뭉친 막시밀리안이 아버지와 형을 거스를 것이라는 생각 따윈 해본 적도 없기 때문이다.

“아, 아버지를 거역하면서까지?”

“네. 온 세상을 적으로 돌린다 하더라도.”

딱 잘라 말하는 망설임 없는 눈빛을 보고 있으려니 가슴이 확 뜨거워졌다.

연인이 되고 나서도 줄곧 마음 한 켠이 불안했다.

이 관계는 자신보다 막시밀리안이 짊어진 부담이 훨씬 크기 때문이다.

막시밀리안이 언젠가 양심의 가책을 견디다 못해 자신의 곁을 떠나버리지 않을까 줄곧 걱정됐다.

답답하고 형태 없는 불안이 안개가 개듯이 쓱 사라지고, 불안을 대신하듯이 환희의 감정이 가슴에 퍼져 나갔다.

"그렇게 말해줘서 기뻐……."

촉촉한 눈으로 응시하자, 막시밀리안이 손을 뻗어 루카의 앞머리를 살며시 만졌다. 안경알 안쪽의 청회색 눈이 루카를 다정하게 바라보았다.

"루카 님, 저도 기뻤습니다."

"응……?"

"레오나르도 님 앞에서도 주눅 들지 않고 본인의 의견을 주장하지 않으셨습니까. 결국 레오나르도 님의 마음을 움직인 것은 루카 님의 강한 의지였습니다."

"그럴까?"

연인의 손끝이 닿은 이마에서부터 달콤한 기분이 서서히 온몸으로 전해져 갔다.

"옆에서 루카 님의 모습을 보고 있으려니 어찌나 믿음직스럽던지. 정말 훌륭하게 성장하셨다는 생각에 얼마나 감격스러웠는지 모릅니다."

"그야……, 막시밀리안이 있었으니까."

"루카 님……."

"막시밀리안이 곁에 있어주었기 때문에 강해질 수 있었어. 앞으로도 막시밀리안이 나의 버팀목이 되어주는 한, 분명히 점점 더 강해질 수 있을 거야."

태어났을 때부터 형들과 나이 차이가 많이 나는 막내이자 일족의 못난이였기 때문에 보호를 받는 것이 당연한 환경이었다.

어릴 적에는 아버지와 형들과 막시밀리안에게. 막시밀리안이 【팔라초 로셀리니】를 떠나고 나서는 보디가드에게.

누군가에게 보호를 받는 생활이 당연했기에 자신이 누군가를 지켜야 한다는 생각 따윈 해본 적도 없었다.

그런 자신이 싫었지만, 도무지 어쩔 도리가 없었다…….

하지만 지금은 다르다.

막시밀리안을 좋아하고 사랑받는 기쁨을 알게 되면서 자신은 변했다.

매일 조금씩 어제와는 다른 자신을 발견하고 있다.

그 작은 변화가 차곡차곡 쌓여 나가면서.

더더욱 인간적으로 성장하고.

그리하여 언젠가——.

"막시밀리안이 힘들 땐 내가 버팀목이 되어주고 싶어. 막시밀리안을 지켜줄 수 있는 남자가 되고 싶어."

루카는 아직 당장 실현이 힘든 희망을 입에 담았다.

"그러니까 그때까지 기다려줘. 언젠가 반드시 아버지께 말해서 정식으로 막시밀리안을 내 사람으로 넘겨달라고 할 테니까. 아버지께 허락을 받을 수 있을 만한 사람으로 성장할 테니 그때까지……, 곁에서 지켜봐줘."

막시밀리안이 두 눈을 천천히 가늘게 떴다.

"그렇게 생각해주시는 마음은 기쁘지만……, 조금 섭섭하기도 하네요."

"막시밀리안?"

"너무 성급하게 어른이 되진 마십시오."

막시밀리안이 애달픈 목소리로 청하자, 루카는 눈을 천천히 크게 떴다.

"아직 좀 더……, 저를 필요로 해주셨으면 좋겠습니다."

"무슨 소리야? 당연히 필요하지."

막시밀리안이 그답지 않게 매달리듯이 애원하는 목소리를 듣고 있으려니 가슴이 미친 듯이 쑤셨다.

"난 막시밀리안 없이는 단 1초라도 살아갈 수 없어."

루카는 저도 모르게 연인의 목에 팔을 두르고 꽉 껴안았다.

"막시밀리안……, 좋아해."

"루카 님……."

다부진 팔이 등에 감기더니 루카를 끌어안았다. 루카는 자신을 힘껏 껴안는 그 팔의 힘에 안도하며 달콤한 한숨을 내쉬었다.

* * *

서로를 보듬는 듯한 키스가 깊어지기까지는 그리 시간이 걸리지 않았다.

"막시밀리안……."

연인을 원한다는 욕망을 목소리에 담아 이름을 속삭이자, 막시밀리안이 다 안다는 양 말없이 손을 끌었다.

침실을 향해 걸어가는 동안, 한 발짝 내딛을 때마다 심장이 두근거리고 체온이 올라갔다.

요 며칠 동안 막시밀리안 결핍증에 걸려 계속 스킨십을 원했지만, 막상 이렇게【팔라초 로셀리니】안에서 하나가 되려고 하니 약간 망설임도 느껴졌다.

아버지도 형들도 단테도 있는 저택 안에서……, 섹스를 하다니, 역시 해서는 안 되는 짓일까?

자신의 방이라는 상황도 죄책감을 불러일으켰다.

어렸을 때부터 14년 동안 지낸 침대 앞에서 머뭇거리고 있자, 막시밀리안이 이상하다는 듯한 표정으로 "루카 님?"하고 이름을 불렀다.

"저, 저기……."

"왜 그러십니까?"

"괘, 괜찮을까? 다들 저택에 있는데……, 그……."

역시 전부 다 말하지 못하고 중얼중얼 말끝을 흐렸다. 그러자 막시밀리안이 입가에 피식 웃음을 띠었다. 약간 나쁜 남자 같은 그 표정을 보자 가슴이 두근거렸다.

"다른 분들도 마찬가지이실 겁니다."

"마찬가지?"

막시밀리안이 자신의 말을 그대로 되풀이하는 루카의 손을 잡더니 침대에 앉혔다. 그런 다음, 천천히 루카의 몸을 덮어 왔다. 그리고 위를 향해 벌렁 드러누운 루카의 얼굴 옆에 양손을 짚고는 가만히 내려다보았다.

"다른 분들도 지금쯤……, 저희와 같은 상황이지 않을까요?"

"응? 아……."

레오나르도와 아키라, 에두아르와 나루미야도 지금쯤 사랑을 나누고 있을 거란 뜻이야?

막시밀리안의 말뜻을 이해한 순간, 형들이 각자의 연인과 헐벗은 모습으로 얽혀 있는 장면을 상상하고는 얼굴을 확 붉혔다.

'으아……, 이 바보야! 상상하지 마!'

생생한 영상을 떨쳐 내고자 고개를 좌우로 세차게 흔들었다.

"루카 님? 왜 그러십니까?"

"아, 아무것도 아니야."

"지금 발칙한 상상을 하셨군요?"

"아, 안 했어! 다들 섹스하고 있을 거란 생각은 전혀!"

힘껏 부정하고 나선 "앗!" 하고 소리쳤다.

'이런!'

안경알 안쪽에서 막시밀리안의 청회색 눈이 날카롭게 번뜩였다.

"……정말 나쁜 아이시군요."

막시밀리안이 허스키하고 달콤한 목소리로 그렇게 말하면서 한 손으로 자신의 넥타이 노트를 풀기 시작했다. 루카는 군살 없이 단단하고 긴 손가락으로 능숙하게 넥타이를 푸는 섹시한 손놀림을 홀린 듯이 멍하니 쳐다보았다.

자신의 목 언저리를 조이던 넥타이를 스륵 뽑아 낸 연인이 '수호자'에서 '남자'로 되돌아온 얼굴로 속삭였다.

"나쁜 아이에게는 벌을 드리도록 하죠."

* * *

늘 그렇듯이 '벌을 내리겠다'는 선언 후, 쉴 새 없이 키스를 나누면서 서로의 옷을 벗긴 뒤 두 사람 다 실오라기 하나 걸치지 않은 모습이 되어 침대에 드러누웠다.

푹신푹신한 이불에 잠겨 커다랗고 단단한 몸에 안긴 루카의 입술에서 행복한 한숨이 흘러나왔다.

요 며칠 동안 계속 이걸 원했다.

살과 살을 맞댄 채 막시밀리안의 체온에 감싸이고 싶었다.

겨우 바라던 것을 손에 넣은 충족감.

하지만 아직 무언가가 부족하다는 기분에 압도되어 연인의 다리 사이로 손을 뻗었다. 장난을 치듯이 한껏 흥분한 그곳을 만지자, "루카 님, 장난 치시면 안 됩니다." 하고 혼나고 말았다.

"그야……."

"변명하셔도 소용 없습니다."

부드럽게 타이른 막시밀리안이 루카를 품에 안은 채 몸을 일으켰다.

"이건 벌이니 멋대로 행동하시면 안 됩니다."

"그래?"

"네. 루카 님은 저의 지시대로 행동해 주십시오. 아시겠죠?"

"아, 알았어."

거듭 주의를 받고 고개를 끄덕이자, 막시밀리안은 만족스러운 듯이 입가를 끌어 올렸다.

"뒤로 돌아 무릎을 꿇고 선 자세로 벽에 손을 대십시오."

루카는 막시밀리안의 지시에 따라 무릎을 꿇고 서선, 침대와 유일하게 맞닿아 있는 벽에 두 손을 짚었다.

"……이렇게?"

"네."

바로 뒤에서 막시밀리안의 목소리가 들려오더니, 목덜미에 숨결이 훅 닿았다.

등으로 연인의 단단한 몸을 느꼈다.

뒤에서 몸을 덮어 온 막시밀리안이 목덜미에 입술을 갖다 대면서 루카의 등을 손바닥으로 천천히 쓸어내렸다. 미약한 전류 같은 전율이 등줄기를 타고 흘렀다.

"흣……, 크, 응."

코에서 달콤한 한숨이 새어 나왔다. 간질간질한 감각을 주체하지 못하고 있자, 허리까지 내려온 막시밀리안의 손이 토실토실하고 작은 엉덩이를 콱 움켜잡았다.

"뭐……뭐야?"

그 질문에는 대답하지 않고 꽉 닫힌 틈을 손가락으로 비집어 열었다.

"앗……."

약간 막무가내로 안쪽까지 헤치고 들어온 손가락이 봉오리 주변을 조물조물 누르는 바람에 화들짝 놀라 숨을 죽였다. 뒤쪽 구멍에서부터 페니스 뿌리 끝 사이의 회음을 손끝으로 훑자, 허리가 실룩 흔들렸다.

"거기……."

"여기가 기분 좋으십니까?"

"흐응, 응……, 욱신욱신 쑤시고……, 기분 좋아."

막시밀리안이 귓가에서 속삭이자, 솔직한 심정이 흘러나왔다.

그야 정말 기분 좋은걸…….

허리를 흔들며 쾌감을 좇고 있으려니, 막시밀리안의 오른손이 허벅지 사이에서 떨어지더니 앞으로 옮겨왔다. 발기하기 시작한 욕망을 손으로 쥐자, 급소를 잡힌 충격으로 인해 한순간 몸이 움츠러들었다.

그러자 막시밀리안이 주춤하는 루카의 몸을 녹이듯이 손을 부드럽게 움직이기 시작했다. 더불어 다른 한쪽 손이 몸 왼쪽으로 뻗어오더니 왼쪽 젖꼭지를 잡았다.

"앗……."

선단을 쭉 잡아당기자, 새된 목소리가 튀어나왔다.

페니스를 위아래로 부드럽게 훑는 자극과 젖꼭지를 음란하게 애무하는 자극에서 발생한 서로 다른 두 개의 쾌감이 한데 뒤섞여 몸 안에서 화학 반응을 일으키자, 루카는 잇따라 달콤한 소리를 질렀다.

"앙……, 앙."

몸을 지탱하는 무릎이 가늘게 떨렸고, 벽에 손톱을 세웠다. 그렇게 하지 않으면 무릎이 푹 꺾여버릴 것 같았다.

능수능란한 손동작을 통해 한껏 성장한 페니스가 어느샌가 선단에서 꿀을 흘리며 질척질척, 음란한 물소리를 내기 시작했다.

막시밀리안이 손가락을 흠뻑 적실 만큼 흘러 떨어지는 쿠퍼액을 뒤쪽 구멍에 꼼꼼히 바른 다음, 구멍 안에 손가락을 넣었다.

뿌리 끝까지 단숨에 푸우욱 찔러 넣자, 루카는 등을 실룩실룩 떨었다. 반사적으로 도망치려 했지만, 뒤에서 막시밀리안이 꽉 누르고 있었기에 불가능했다.

"싫어……, 싫어……."

"도망치지 마세요. 당신의 구멍은 굉장히 좁아서……, 풀어주지 않으면 하나가 될 수 없습니다."

막시밀리안이 어린아이를 달래는 듯한 목소리로 말하며 찔러 넣은 손가락을 움직였다.

"응……, 응."

루카는 인상을 찌푸리며 위화감을 견디었다.

이 위화감을 참지 않으면 연인과 하나가 될 수 없다.

'참아야 돼…….'

그렇게 자신을 타이르며 몸 안에서 꿈틀대는 이물을 견디고 있자 얼마 안 있어 안쪽에서 젖은 소리가 질척질척 들리기 시작하더니, 손가락을 빡빡하게 물고 있던 살이 서서히 부드럽게 녹아드는 것을 느낄 수 있었다.

피스톤 운동이 원활해지면서 기분 좋은 곳이 문질리자 허리가 들썩들썩 흔들렸다.

"응……, 흐읏……."

"슬슬……, 괜찮으시겠습니까?"

적당한 때를 가늠하던 막시밀리안이 손가락을 뽑아 냈다. 그 대신 우뚝 선 늠름한 그곳을 밀어붙였다.

작열하는 덩어리가 가져다주는 쾌감을 느낀 몸이 기대에 부풀어 뒤쪽 구멍을 벌름거렸다.

그런 자신이 부끄러워 어금니를 꽉 깨물었다.

"조금 더 다리를 벌리세요."

막시밀리안의 재촉에 따라 다리를 벌렸다. 그러자 탱탱하게 부은 귀두가 몸을 쩍 갈랐다.

"흐, 앗."

목에서 비명이 솟구쳤다.

"루카 님……."

막시밀리안이 식은땀에 젖은 목덜미에 입술을 꾹 가져다 댔다.

"힘을 빼세요……. 힘주지 마십시오."

연인이 딱딱하게 경직한 몸을 풀어주듯이 키스로 격려하면서 조금씩 루카의 안으로 들어왔다. 동시에 긴장을 풀어주기 위해 성기를 천천히 애무했다.

"하……읏……, 크윽……."

앞에서 생겨난 쾌감으로 고통과 충격을 달래면서 시간을 들여 가까스로 전부 받아들였다.

얼굴은 눈물 범벅인 데다 온몸은 땀투성이가 되었고, 머리카락까지 땀으로 흠뻑 젖어 있었다. 등 뒤에 있는 막시밀리안도 숨을 헐떡였다.

"배가……, 뜨거워."

신음하듯이 중얼거리자, 한숨 섞인 속삭임이 들려왔다.

"당신의 안도……, 무척 뜨거워요."

그 목소리에 숨은 관능을 알아채자, 이어진 곳이 서서히 욱신거렸다.

"움직이겠습니다."

그렇게 선언한 막시밀리안이 움직이기 시작했다.

처음에는 탐색하듯이 천천히.

밀려왔다 밀려가는 파도처럼 푸우욱 들어와서 쑤우욱 빠지는 완만한 움직임에 차츰 쾌감이 커져 갔다.

"응……, 흐……으, 응."

연인이 새기는 리듬에 취해 몸을 맡기고 있으려니 단단한 끝에 민감한 곳이 문질리면서 등이 움찔 떨렸다.

"여기가……, 좋으십니까?"

"좋……아……."

크게 휘어진 수컷이 그곳을 집중적으로 몰아치자 사정감이 치솟았다. 퍽퍽 찔리면서 "앗……, 앗." 하고 교성이 새어 나왔다.

안이 꽉 수축되며 또다시 발기한 성기의 선단에서 꿀이 쿨럭 흘러나왔다.

"굉장히……, 굉장히 저를 꽉 조이고 계십니다. 빡빡한데도……, 이렇게나 부드럽다니."

감탄한 듯한 막시밀리안의 목소리에도 느끼고 말았다.

느닷없이 막시밀리안이 루카의 왼쪽 다리를 잡더니 위로 쭉 들어 올렸다.

"……응?"

한쪽 다리만을 안아 올린 불안정한 상태에서 밑에서 찔러 올리는 듯한 피스톤 운동이 시작되었다.

"아윽."

삽입의 각도가 변했고, 루카는 등을 활처럼 뒤로 젖혔다.

"거기……, 기분 좋아……, 앗……, 앗……."

막시밀리안이 몰아치듯이 자신의 쐐기를 세차게 박아 넣자, 루카가 그 격렬한 움직임에 농락당하며 손톱을 세워 벽에 매달렸다.

"막시……, 이제, 못 참겠……, 앗……, 가, 갈 것 같……, 아앗……."

눈꺼풀 안쪽에 하얀 불꽃이 튄 직후, 루카는 온몸을 바르르 떨면서 벽을 따라 주르륵 주저앉았다.

막시밀리안이 힘을 잃은 몸을 뒤에서 지탱하며 자신의 무릎 위에 앉혔다. 막시밀리안의 커다란 몸에 쏙 안긴 자세였다. 루카가 가장 좋아하는 체위이기도 했다.

"헉……, 헉."

숨을 고르면서 절정의 여운에 몸을 맡기며 눈물로 젖은 눈을 깜박이던 루카는 호흡이 서서히 진정되자 어떠한 사실을 깨달았다.

자신의 안에 있는 막시밀리안이 아직 절정에 달하지 않았다는 것을.

"막시밀리안……, 아직이야?"

보아하니 방금 전에는 자신 혼자만 절정에 달해버린 듯하다.

"미, 미안. 나 혼자 먼저……."

황급히 고개를 젖혀 사과하자, 막시밀리안이 이마에 쪽 키스를 했다.

"괜찮습니다. 당신이 기분 좋으시면 저도 기분이 좋으니까요."

그리고 머리를 쓰다듬으면서 달콤한 목소리로 속삭였다. 연인의 다정함을 느끼자 가슴이 뭉클했다.

"아……, 그래도 잠깐만. 그럼 다음엔 내가……."

무릎에서 일어나려고 하자 막시밀리안의 팔에 제지를 당했다.

"이대로……."

"이대로?"

막시밀리안이 고개를 갸웃거리는 루카의 두 무릎 뒤를 잡더니 천천히 허리를 움직였다.

"앗……."

아직 단단함을 잃지 않은 훌륭한 물건으로 방금 전에 막 절정에 달한 민감한 살을 휘저어 대자, 루카는 목을 실룩 떨며 뒤로 젖혔다.

"응……."

안쪽을 빠르게 찌르는 움직임에 따라 쾌감이 서서히 커져 갔다. 두 번째이기 때문인지 흥분은 느리게 찾아왔지만, 그만큼 관능의 질이 높은 것 같은 기분이 들었다.

무엇보다 막시밀리안의 몸에 쏙 감싸인 안정된 느낌이 좋았다. 단단한 가슴에 착 달라붙은 등에서 쿵쿵 뛰는 심장 소리와 체온이 전해져 오는 것과 동시에 루카의 몸도 천천히 뜨거워졌다.

"흣……, 앗……."

점차 달콤하게 괴롭힘당하고 들썩들썩 뒤흔들리자, 목에서 한숨이 새어 나왔다.

기분…… 좋아.

안쪽이 뜨겁고 근질근질 쑤시면서……, 이상해질 것 같아.

가능하면 쑤시는 곳을 더 세게 찔러주길 바랐지만, 막시밀리안의 움직임은 어디까지나 부드러웠다. 루카는 안타까운 마음에 허리를 흔들었다.

어느샌가 천천히 발기한 페니스도 미덥지 못하게 흔들리고 있었다. 얕게 파여 들어간 선단에 투명한 꿀이 맺히더니 축을 타고 주르륵 흘렀다.

'만져줘.'

음란한 꿀을 흘리는 그것을 커다란 손으로 감싸고 세게 문질러줬으면 좋겠다.

문지르고 위아래로 훑어 해방의 길로 인도해줬으면 좋겠다.

그럼에도 불구하고 막시밀리안은 페니스를 전혀 만지려 하지 않았다.

안달이 난 루카는 마침내 막시밀리안의 손을 잡고 자신의 욕망으로 이끌었다.

"만져줘……."

하지만 '부탁'은 곧바로 거절당하고 말았다.

"안 됩니다."

"어, 어째서?"

"다음은 뒤로만 가도록 하세요."

막시밀리안의 터무니없는 명령을 받은 루카는 눈을 휘둥그렇게 떴다.

"그, 그건……, 무리야!"

성기에 가해지는 애무 없이 뒤로만 가다니, 자신에게는 너무나도 난도가 높은 행위였다.

미지의 영역에 망설임이 앞선 루카는 머리를 절레절레 흔들었다.

“난 못해.”

하지만 막시밀리안은 요구를 철회하지 않았다.

“괜찮습니다. 이미 충분히 뒤로만 절정에 달할 수 있으실 겁니다.”

허스키하고 달콤한 목소리로 격려하는가 싶더니, 루카를 끌어안은 채 몸을 반대 방향으로 돌렸다. 그런 다음, 방금 전까지와는 반대쪽 벽을 향해 루카의 다리를 좌우로 벌리게 했다.

“이걸 보세요.”

막시밀리안의 재촉을 받고 얼굴을 든 루카는 화들짝 놀라 숨을 삼켰다.

“윽…….”

벽 일부분을 차지하는 거대한 전신거울에 다리를 쩍 벌린 자신이 비쳤기 때문이다.

하얗고 탁한 액체로 범벅이 된 채 쾌락을 원하는 듯이 파르르 떠는 욕망, 그리고 막시밀리안을 빡빡하게 물고 늘어진 결합 부분까지 거울에 뚜렷하게 비치고 있었다.

“싫, 어…….”

순간적으로 생생한 영상에서 얼굴을 돌렸지만, 막시밀리안은 루카의 턱을 잡더니 막무가내로 제자리에 돌려놓고 말았다.

“눈을 돌리시면 안 됩니다. 당신이 어떤 식으로 저를 원하고, 야릇하게 물고 있는지 확실하게 보도록 하세요.”

"아앗……, 싫어……."

고개를 좌우로 흔들며 필사적으로 저항하려 했지만, 커다란 손이 몸을 꽉 고정하고 있기 때문에 움직일 수 없었다.

보고 싶지 않은 마음과는 반대로 루카는 두 눈을 천천히 크게 뜨고 말았다. 그러자 그 직후, 막시밀리안이 루카의 귓가에 "보세요……." 하고 살며시 속삭였다.

"저를 이렇게 맛있다는 듯이 물고 계신답니다."

막시밀리안이 허리를 움직이자, 한껏 벌어진 그곳을 사납게 팽창한 그것이 천천히 들어갔다 나왔다. 그때마다 주름이 말려 엳은 분홍색 살이 언뜻 보이는 음탕한 모습에 등이 오싹 떨렸다. 철퍽철퍽, 끈적거리는 소리가 새어 나오면서 항문이 연인의 수컷을 꽉 물고 있는 것을 알 수 있었다.

결합부만이 아니었다. 젖꼭지도 빨갛게 물든 상태로 뾰족하게 서 있었다.

뺨도 상기되고, 눈동자는 끈적하게 젖어 있었다. 촉촉하게 젖은 입술은 내내 칠칠치 못하게 살짝 벌어져 있었다.

그야말로 쾌감에 흠뻑 빠진 부끄러운 모습이었다.

"아……."

거울 너머로 막시밀리안의 청회색 눈동자와 눈이 마주치자, 루카의 전신이 그 눈동자에 떠오른 욕정의 불꽃에 달궈지며 활활 타올랐다. 귓불까지 빨개진 것을 알 수 있었다.

"앞을 만지지도 않았는데 이렇게나 느끼시다니, 참 음탕한 몸이 되셨군요."

"싫, 어……."

그런 말을 듣는 것이 끔찍하게 싫은데도 불구하고 스스로도 이상할 정도로 주름이 꿈틀거리며 연동하고 있었다.

"안이……, 굉장히 넘실거리고 있어요."

막시밀리안이 요염한 한숨을 흘렸다. 그도 느끼고 있다는 것을 알자 관능이 한층 더 부풀어 올랐다.

"앗……, 하앗……, 아앗."

루카는 급속히 솟구친 쾌감에 마음이 따라가지 못한 나머지, 울먹이는 목소리로 말했다.

"이제……, 못 견디겠어……, 이제, 가고 싶어……, 막시밀리안."

막시밀리안의 팔을 꽉 잡고 애원했다.

"제발……, 가게, 해줘."

"……어쩔 수 없군요."

루카를 어르듯이 낮은 목소리로 중얼거린 막시밀리안이 루카의 허리를 다시 끌어안고 자세를 고쳤다. 원을 그리듯이 추켜올리자, "앙." 하고 위를 향해 신음했다. 막시밀리안은 고관절이 삐걱거릴 정도로 다리를 크게 벌린 루카를 밑에서 퍽 찔러 올렸다.

애타게 기다리던 강한 자극이 가해지자, 등이 파르르 떨렸다.

"앗, 앗."

막시밀리안은 루카의 턱을 잡고 얼굴을 비틀 듯이 꺾어 입술을 틀어막았다. 입안에 들어온 혀와 혀가 세차게 휘감겼다.

"음……, 으, 응……."

들어온 혀가 입안을 약간 난폭하게 휘저어 대자 입가에서 타액이 흘러 떨어졌다. 타액이 턱을 타고 흘러내리는 것도 아랑곳 않고 안간힘을 다해 막시밀리안의 입맞춤에 응했다.

그동안에도 끊임없이 꿰뚫리면서 결합부에서 생겨나는 물소리가 점점 커졌다.

이제 드디어 ──.

'갈 것 같아!'

입술이 떨어지는가 싶더니, 막시밀리안이 목덜미에 이를 세웠다. 따끔따끔한 아픔을 느낀 찰나, 어질어질 현기증이 나면서 눈꺼풀 안쪽이 하얗게 물들었다.

"앗……, 나……, 나올 것, 같……, 아앗!"

새된 비명을 지르며 몸을 뒤로 크게 젖혔다.

두 번째 절정에 도달한 루카는 막시밀리안 또한 자신의 몸 깊은 곳에서 정점에 달했다는 것을 뜨겁게 뿌려지는 액체를 통해 느꼈다.

자신의 안이 연인의 '열기'로 흠뻑 젖어 가는 것을 느끼며 숨을 토해 냈다.

"하아……, 후우……."

막시밀리안이 녹초가 되어 뒤에 기댄 루카를 꽉 껴안았다.

"저와의 약속, 잘 지켜 주셨습니다."

그러더니 격려의 말을 건네며 루카의 뺨에 키스를 했다.

"나, 제대로……, 잘했어?"

"말씀드리지 않았습니까. 당신은 하면 되는 분이라고요."

칭찬을 받아 쑥스러움을 느낀 루카는 목을 움츠렸다.

"저기……, 막시밀리안도 기분 좋았어?"

"솔직히 말씀드리면 너무 기분 좋은 나머지 도중에 벌을 중단할 뻔했습니다."

막시밀리안이 지극히 진지한 목소리로 그렇게 고백하자, 루카는 그만 웃음을 터뜨렸다.

조금 고지식한 점도, 약간 짓궂은 점도, 쿨해 보이지만 사실은 매우 정이 깊은 점도 전부 통틀어…….

"막시밀리안, 좋아해."

고개를 비틀어 막시밀리안의 예쁜 입술에 키스를 했다. 그에 응하듯이 입술을 빨던 막시밀리안이 입술을 떼면서 속삭였다.

"루카 님……, 사랑합니다."

"나도 사랑해."

곧바로 루카가 다정하게 대답하자, '수호자' 겸 '연인'의 단정한 얼굴이 달콤하게 녹아내렸다.

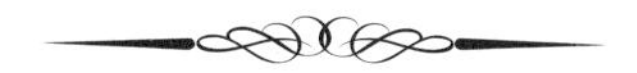

레오나르도 로셀리니×하야세 아키라

노도 같은 전개가 펼쳐진 오늘의 마지막 '과제'를 마치고 루카의 방을 뒤로한 아키라와 레오는 레오의 방으로 돌아왔다.

아키라는 곧장 침실로 향한 레오를 따라가선, 옷을 갈아입는 그를 도왔다. 우선 재킷과 애스콧타이를 받아 든 다음, 옷걸이에 걸었다.

레오는 전신거울 앞에 서서 소맷부리에 달린 커프스단추를 풀기 시작했다. 그의 왼쪽에 선 아키라는 그의 등에 손을 얹고는, "잘했어." 하고 격려의 말을 건네었다.

오늘 레오는 매우 큰 중압을 짊어지고 로셀리니가의 장남으로서 훌륭하게 책임과 의무를 다했다. 그리고 방금 전에 오늘의 마지막 과제라 할 수 있는 막내동생과 대화를 나누고 온 참이었다.

당주가 된 이후 레오에게 닥친 최대의 고비가 돈 카를로와 카테리나의 약혼 발표라는, 아무도 예상치 못한 놀라운 전개가 펼쳐지며 막을 내렸다.

그 충격의 여운이 아직 생생한 가운데, 살롱에서 대계단을 통해 2층으로 올라오던 도중에 레오가 "지금 루카와 이야기를 해야겠어."라는 말을 꺼냈을 땐 솔직히 곧바로 찬성할 수 없었다.

아마 레오 입장에서 보자면 돈 카를로의 결혼과 새로운 생명의 탄생이라는 밝은 화제와, 루카의 일은 별개의 문제일 것이다.

그 마음은 이해가 간다.

자신도 루카의 사랑을 응원하고 싶다는 심정과는 반대로 가급적이면 피를 나눈 동생이 고생하지 않기를 바라는 이기적인 바람을 갖고 있기 때문이다.

요새는 젊은 세대를 중심으로 다양한 연애 스타일이 인정되고 있는 추세이긴 하지만, 아직도 윗세대 사람들은 뿌리 깊은 편견을 갖고 있다. 특히 경건한 가톨릭 신자에게 동성애는 금기이다.

유럽의 상류 계급에는 보수적인 사람이 많다는 사실을 아키라도 레오와 함께 파티에 얼굴을 내밀고, 이른바 셀러브리티라 일컬어지는 이들과 교류를 하게 되면서 통감했다.

그래서 레오가 루카를 염려하는 마음도 잘 이해할 수 있었고, 실제로 면전에 대놓고 루카와 막시밀리안의 교제를 반대하리라는 것 또한 예상이 갔다.

하지만 아무리 반대해봤자 루카가 큰형의 의견을 쉽사리 받아들일 리 없었다.

루카는 그렇게 보여도 자신의 의지가 확고한 데다, 시칠리아인 특유의 완고함까지 갖추고 있었다. 그 점에서 봤을 때 레오와 루카는 본질이 비슷하다고 할 수 있을 것이다.

가장 무서운 것은 두 사람이 언쟁을 벌이게 되어 형제 사이가 틀어지는 결과.

만약 그렇게 됐을 때는 자신이 두 사람 사이에 끼어들어야만 한다.

기껏 부자지간의 단절을 피했는데 여기서 형제가 절연하게 된다면 의미가 없다. 그 사태만은 어떻게 해서든 피해야 한다.

여차하면 자신이 온 힘을 다해 두 사람을 달래고 따끔하게 혼내자. 그렇게 결심한 아키라는 레오와 함께 루카의 방으로 향했다. 루카의 방에는 예상대로 막시밀리안도 있었다.

넷이서 마주 앉은 상태에서 아키라는 마른침을 삼키며 형제의 대화를 지켜봤지만…….

── 너의 자유를 빼앗아봤자 어차피 일시적인 것에 불과할 뿐. 평생 가둬 놓을 수는 없으니까. 그리고 자유를 찾으면 넌 또다시 우리의 반대를 뿌리치고 막시밀리안을 만나러 가겠지.

── 이제 넌 어린애가 아니야. 네가 강한 의지를 갖고 바란다면 아무도 널 막을 수 없어.

레오가 그렇게 말하자, 루카와 막시밀리안과 마찬가지로 아키라도 진심으로 안도했다.

아마 이번에 있었던 일련의 소동을 통해 루카의 언동을 보며 막내동생을 어엿한 성인으로 인정한 것이다.

막내동생을 끔찍이 아끼는 레오도 마침내 동생에게서 멀어져야 할 때가 다가온 것이다.

동시에 막시밀리안을 용서하고, 루카에 대한 그의 애정을 믿으며 동생을 맡겼다.

—— 루카를 부탁하마. 이 아이는 우리의 소중한 동생이다. 반드시 행복하게 해줘야 한다.

레오의 절실한 애원은 그야말로 자신의 간절한 바람이기도 했다.

"정말……, 잘했어."

레오의 등을 어루만지며 다시 한 번 격려의 말을 되풀이했다. 지금은 그저 오늘 하루 동안 많은 것을 극복한 레오의 어리광을 실컷 받아주고 싶었다.

"어쩔 수 없잖아."

레오가 약간 토라진 듯한 목소리로 말했다.

로셀리니가의 장남이자 당주로서 항상 의연한 태도와 판단이 요구되는 레오가 자신에게만 보이는 나이에 걸맞는 본모습. '카포'라는 갑옷을 벗어던진 본래의 얼굴을 자신에게만 보여주는 것이 연인의 특권처럼 느껴져서 기뻤다.

"걱정된다고 해서 평생 새장 속에 가둬 놓을 수도 없으니까."

"응……, 맞아."

자신의 비호 아래에서 사랑하는 사람을 내보내는 것은 쉬운 일이 아니다.

험난한 길임을 알기에 더더욱.

그래도 날개를 펼쳐 날아오르는 그 등을 밀어줘야만 할 때가 있는 것이다.

"게다가……, 막시밀리안이라면 안심이야. 병에 걸려 몸져누운 미카를 대신해 그 녀석이 루카를 키운 거나 다름없거든. 키워준 부모이기도 하고, 루카를 가장 이해하는 사람이기도 하지."

레오가 자신을 타이르듯이 그렇게 중얼거리자, 아키라는 그의 말에 동의하며 고개를 끄덕였다.

"그렇게나 아버지와 일족에 대한 충성심이 강한 남자가 충분히 금기를 자각하고 루카의 구애를 받아들였어. 어마어마한 각오가 되어 있겠지. 빈말이 아니라 아마 정말로 막시밀리안은 루카를 지키기 위해서라면 목숨도 아끼지 않을 거야."

아키라는 레오의 말을 들으며 막시밀리안의 단정한 얼굴을 떠올렸다.

고요하고 맑은 눈동자 안쪽 깊은 곳에 숨겨진 정념.

── 이 목숨과 바꿔서라도 루카 님을 평생 사랑하고 지킬 것을 두 분께 맹세하겠습니다.

그렇게 맹세한 청회색 눈동자는 평소보다 훨씬 맑았고, 그 목소리에는 조금의 망설임도 없었다.

그 경지에 도달하기까지 남들은 상상조차 할 수 없는 많은 갈등을 극복했을 터.

루카의 장래를 고려해 물러나려고 했던 적도 한두 번은 아닐 것이다.

틀림없이 레오와 에두아르에게 루카와의 관계가 발각됐을 때 엄청난 패널티를 받을 것도 각오했을 것이다.

하지만 실제로 그런 역경에 부딪쳤지만 도망치지 않고 루카에 대한 사랑을 끝까지 관철하여 마침내 레오의 신뢰를 쟁취했다.

"그 녀석이라면 절대로 해로운 짓은 하지 않을 거야."

"응. 나도 그렇게 생각해."

레오가 한숨을 후우 내쉬더니, 몸을 비틀어 아키라 쪽으로 홱 돌아섰다. 그리고 한동안 말없이 아키라의 얼굴을 바라보고 나선 천천히 입을 열었다.

"여러 가지로 걱정 끼쳐서 미안해."

"아니, 무슨……. 나보다 네가 훨씬……."

"한때는 어떻게 될지 참 불안했는데……, 원만하게 잘 수습되어서 다행이야."

한숨 섞인 목소리로 중얼거린 레오가 작게 미소 지었다. 아키라도 덩달아 미소를 지었다.

'정말 다행이야.'

한때는 최악의 사태도 예상했던 것을 생각하니 지금 이렇게 마주 보며 웃고 있는 게 기적 같았다.

자신들에게 희망을 선사해준 운명의 신에게는 아무리 감사해도 모자를 지경이다.

“그건 그렇고, 아버지한테 한 방 먹었군. 막판에 전부 다 뒤집어엎다니 말이야. 이러니 저러니 해도 아버지한테는 당해 내질 못하겠어……. 그분은 역시 최강이야.”

“정말 그렇네.”

아키라도 쉽사리 패배를 인정한 레오에게 동의했다.

레오도 로셀리니 일족의 영수로서 충분히 열심히 활약하고 있지만, 이번 일을 계기로 부친을 따라잡으려면 아직 멀었다는 사실을 깨달은 것 같았다.

아키라 또한 역시 비범한 삼형제의 부친인 만큼 ‘특별한 무언가를 가진 사람’이라는 인상을 받았다.

궁지에 빠져 절절 매고 있던 아들들의 처지를 그런 줄도 모른 채 한 방에 해결해주었다.

게다가 그것만으로 그치지 않고 미래로 이어지는 희망까지 주었다.

다시 생각해봐도 정말 대단한 사람이다.

세상을 떠난 어머니가 사랑했던 데에는 다 이유가 있었다.

“생각해보면 아버지는 일과 인맥과 운을 타고난……, 물론 기지와 노력도 있기 때문이지만, 로셀리니 그룹을 비약적으로 발전시키셨지. 하지만 결혼만큼은 운이 따라주지 않았어. 세 번이나 결혼한 남자도 그리 많지 않겠지만, 아내 셋을 연달아 잃은 남편도 드물 거야. 그런 점에서는 불운했다고 할 수 있겠지.”

듣고 보니 그럴지도 모른다는 생각이 들었다.

"넌더리가 난 아버지도 미카가 세상을 떠난 뒤에는 여성과의 적극적인 관계를 피하며 살아오신 것 같아. 언제 한 번 농담 삼아 '내가 사랑하는 여자들은 사신에게도 사랑을 받는 것 같다'는 말씀을 하셨던 적이 있거든. 어쩌면……, 누군가를 사랑했다가 또다시 잃는 게 두려웠을지도 모르지."

사랑하는 여자의 장례식 상주를 세 번이나 맡느라 얼마나 힘들었을까? 상상하기만 해도 가슴이 아팠다.

"혼자 조용히 만년을 맞이하려 했던 아버지께서 50대 중반이라는 나이에 또다시 사랑에 빠지셨어. 그만큼 아버지의 눈에는 카테리나가 매력적인 여성이겠지."

"이번이야말로 마지막이고 싶다고 하셨지."

"그래……. 나도 꼭 그러길 바랄 뿐이야. 더는 아버지께서 슬퍼하시는 얼굴은 보고 싶지 않거든. 앞으로 태어날 아이를 위해서도 카테리나가 오래오래 건강하게 살아줬으면 좋겠어."

"괜찮을 거야. 'Bad things come in threes'라고 하잖아. 네 번째 결혼은 틀림없이 잘 풀릴 거야."

'그래. 그래주지 않으면 곤란해…….'

앞으로 태어날 새 생명.

레오의 남동생 혹은 여동생 —— 그 혹은 그녀는 자신들에게도 미래를 이어 갈 희망이다.

로셀리니가를 이어받을 계승자의 튼튼한 성장을 위해서도 돈 카를로와 카테리나가 아무쪼록 행복한 가정을 꾸리길 바랄 따름이다.

"그리고……, 또 하나, 이번 일을 계기로 깨달은 점이 있어."

"뭔데?"

아키라는 그렇게 속삭인 레오에게 이어지는 말을 재촉했다.

"우리 형제는 정말 닮았다는 걸 말이지."

"닮았다고?"

"자신이 정말로 원하는 것에 대해서는 무모할 정도로 탐욕스러운 데다, 어떤 장애나 반대에도 물러서지 않는 점이 말이야. 게다가 한번 결심하면 고집불통인 데다, 마음먹은 대로 행동하고……."

"열정이 넘치지. 대지처럼 흔들림 없는 뚝심과 압도적인 아름다움을 겸비했고."

레오의 말을 가로챈 아키라는 눈앞에 있는 기품 있고 아름다운 얼굴을 뜨겁게 응시했다.

"너희 형제는 그야말로 시칠리아 그 자체야. 그렇기 때문에……, 도저히 끌리지 않을 수 없지."

"아키라……."

요새 한동안 험악한 표정을 자주 보였던 레오의 미모가 시선 끝에서 천천히 녹아 갔다.

그 달콤한 표정을 보고 나서야 겨우 평생을 함께하기로 맹세한 이후 맞이한 최대의 위기를 벗어났다는 실감이 복받쳤다.

더는 내일이 보이지 않는다는 불안에 떨 필요가 없다.

만지고 싶을 때 만질 수 없는 딜레마에 몸부림칠 일도 없다.

이제 사랑하는 남자를 실컷 만지고 느껴도 되는 것이다.

"레오……."

장신의 연인에게 맞춰 약간 발돋움을 하여 다부진 목에 팔을 둘렀다.

"사랑해……, 레오……, 사랑……."

허리에 둘러진 레오의 팔에 세차게 끌어안긴 다음 순간, 아키라는 자신을 덮어 온 뜨거운 입술에 이어지는 말을 빼앗겼다.

* * *

서로를 껴안은 채 이동한 침대 위에서도 요 며칠 동안의 공백을 메우려는 듯이 몇 번이나 키스를 반복했다.

입술에 키스. 코, 뺨, 이마, 턱, 그리고 또다시 입술.

입을 깊이 맞추고 연인의 뜨거운 입안과 혀의 움직임에 취해…….

이미 누구의 것인지 모를 만큼 타액과 한숨을 뒤섞은 후, 쪽 소리를 내며 입술을 떼었다.

"헉……."

결핍된 산소를 크게 들이마신 아키라는 레오에게 깔린 몸을 옆으로 살짝 틀었다. 그리고 상반신을 일으켜 조금씩 위치를 바꾸면서 최종적으로 레오의 위에 올라탄 자세가 되었다.

"아키라……?"

"……됐으니까 가만히 있어."

나지막한 목소리로 속삭이자, 레오가 칠흑색 두 눈을 가늘게 떴다.

“적극적이군.”

“실컷 예뻐해주고 싶은 기분이라서 말이지.”

레오가 입가에 웃음을 띠었다.

알겠다. 마음대로 해라. 그렇게 말하고 싶은 듯한 너그러운 눈빛.

레오는 이따금 아키라가 연상의 자존심을 발동시켜 주도권을 쥐고 싶어 하는 모습을 여유작작한 태도로 받아들이고 주도권을 넘겨준다.

아키라는 가늘게 뜬 레오의 두 눈에 시선을 고정시킨 채 연인의 셔츠 단추를 풀기 시작했다. 단추를 전부 풀어 헤친 다음, 셔츠 자락을 트라우저스에서 빼냈다.

셔츠를 풀어 헤친 레오의 상반신은 여전히 어디 하나 흠잡을 데가 없을 정도로 완벽했다.

매끈하고 봉긋한 가슴과 탄탄하게 잡힌 복근이 나이트 테이블 조명을 받아 근사한 음영을 드리우고 있었다.

아름답다는 생각이 절로 들었다.

물론 타고난 자질도 있겠지만, 그 퀄리티를 유지하기 위해 레오가 트레이닝을 게을리하지 않는다는 사실 또한 지금은 잘 알고 있다.

로셀리니 가문의 당주로서 그 자리에 흔들림 없이 서 있기 위해 끊임없이 육체와 정신을 단련하며…….

'그건 절대 쉬운 일이 아니야.'

흡사 미켈란젤로의 조각상 같은 육체에 빨려 들어가듯이 몸을 굽힌 아키라는 아름답게 솟아오른 가슴에 입을 쪽 맞추었다.

그 찰나, 콧구멍을 간질이는 레오의 체취에 등이 오싹 떨렸다. 관능의 금선을 튕기는 듯한 떨림과 동시에 체온이 확 올라간 것을 의식했다. 자신의 몸이 연인의 향기를 맡으면 발정 스위치가 켜지게끔 길들여졌다는 사실을 새삼스레 자각했다.

생각해보니 제대로 된 섹스를 한 것은 함께 새해맞이를 한 그날 밤이 마지막이었다.

올해 들어오고 나서는 서로 준비에 쫓겨 바빴던 데다, 정신적으로도 여유가 없어서……, 느긋하게 사랑을 나누는 것조차도 뜻대로 되지 않았다.

이렇게나 공백이 있었던 적은 어쩌면 정기적으로 관계를 나누게 된 이후로 처음일지도 모른다.

그 때문인지 목이 급격히 마르는 것을 의식하면서 이번에는 엉덩이를 다리 쪽으로 약간 틀어 레오의 벨트에 손을 가져다 댔다.

벨트를 푼 다음, 트라우저스 단추를 풀고 지퍼를 내렸다. 레오는 그동안에도 말없이 아키라가 하고 싶은 대로 하게 뒀지만, 속옷으로 손이 간 순간 처음으로 흠칫 반응했다.

하지만 아키라는 그에 아랑곳 않고 속옷 위에서 레오의 욕망을 만졌다. 평상시에도 상당한 질량을 자랑하는 그것은 이미 약간 딱딱해진 상태였다.

레오 또한 자신과 마찬가지로 기대에 부풀어 오른 것을 알고 기쁨을 느꼈다.

천 너머로 연인의 형태를 훑어 잘록한 부분을 찾아냈다. 손가락을 사용하여 그곳을 중점적으로 문지르자, 얼마 되지 않아 통통하게 탄력을 띠기 시작했다.

손안에 있는 그것이 커져 가는 것과 보조를 맞추듯이 자신이 점점 흥분하는 것을 알 수 있었다. 무의식중에 손가락과 손바닥을 사용한 애무에도 열기가 띄었다.

'굉장해……. 점점.'

자신의 애무에 10대처럼 반응하는 레오의 모습이 재미있기도 하고, 기쁘기도 하고, 사랑스럽기도 했다.

정신없이 문지르는 사이에 마침내 속옷에 다 담기지 못한 귀두가 얼굴을 내밀었다.

"아키라……."

고통스러운 듯한 허스키 보이스에 더더욱 부채질당한 아키라는 속옷을 쭉 끌어 내렸다.

씩씩한 물건이 기대를 웃도는 기세로 튀어나왔다.

길이, 모양, 각도 전부 같은 남자가 봐도 이상적인 그것…….

이것이 자신의 안에 들어오면 어떤 식으로 움직일지. 그로 인해 자신이 어떻게 흐트러지며 희열의 교성을 지를지.

상상만 해도 관자놀이가 확 뜨거워졌다.

빨려 들어가듯이 몸을 굽혀 다리 사이에 얼굴을 묻었다.

숨을 훅 불어 넣자, 레오가 몸을 움찔 흔들었다. 혀끝으로 혈관이 불룩하게 튀어나온 축 뿌리 끝에서부터 귀두까지 천천히 핥아 올렸다. 혀가 느끼는 약간 짭짤한 맛을 음미하듯이 그 동작을 몇 번 되풀이한 뒤, 이번에는 잘록한 곳으로 혀를 뻗었다.

그곳을 혀끝으로 할짝할짝 희롱하자, 레오가 머리 위에서 뜨거운 숨을 흘렸다.

연인이 느끼고 있다는 사실이 전해져 오는 그 반응에 목덜미가 오싹오싹하고 허리 안쪽이 묵직하게 쑤셨다.

아직 연인의 손이 닿지도 않았는데…….

더 좋아했으면 좋겠다. 더 느꼈으면 좋겠다.

욕구에 압도된 아키라는 최대한 입을 크게 벌려 당장이라도 배에 달라붙을 정도로 발기한 수컷을 선단부터 꿀꺽 삼켰다. 길고 큰 욕망을 가까스로 반쯤 입에 넣은 다음, 입안을 꽉 채운 질량이 익숙해지기를 기다렸다가 애무를 재개했다.

또한 입으로 애무를 가하는 것과 동시에 손으로 음낭을 쥐고 두 개의 구슬을 부드럽게 주물러 댔다. 그러자 끈적하고 떫은 맛이 입안에 퍼졌다.

선단에서 배어 나온 쿠퍼액을 혀끝으로 핥아 내어 쪽쪽 빨았다.

"윽……."

숨을 삼킨 기척이 나더니, 레오의 손이 머리로 뻗어 왔다. 흥분을 달래려고 하듯이 아키라의 머리카락을 만지작거리고, 귀 뒤쪽과 목덜미를 쓰다듬었다. 간지럽히는 듯한 다정한 손놀림이 기분 좋은 나머지, 아키라는 넋을 잃고 눈을 가늘게 떴다.

어느샌가 목구멍을 찌를 만큼 어마어마한 크기로 성장한 연인의 욕망에 입안의 성감대를 문질리자 코에서 달콤한 한숨이 새어 나왔다.

입가에서는 타액이 흘러 떨어지더니, 턱을 타고 내려가 목을 적셨다.

"……음, 흐응……."

숨을 쉴 틈도 없이 꽉 채워진 탓에 고통스러웠다. 하지만 그 고통조차 기분 좋았다.

아랫배가 뜨거웠다. 열이 나는 것처럼 뜨거웠다……!

도저히 참을 수 없었던 아키라는 자신의 다리 사이로 손을 뻗었다. 옷 위에서 욕망을 만지려 했지만, 레오의 손이 그 동작을 제지했다. 아키라의 팔을 잡은 레오가 다른 한쪽 손으로 어깨를 눌렀다. 그리고 어깨를 눌리면서 그만 입에서 욕망이 쑥 빠져나갔다.

"뭐 하는……!"

항의를 하려던 아키라는 레오와 시선이 마주쳤다.

흑요석 같은 두 눈동자가 하늘하늘 흔들리고 있었다.

그리고 흔들리는 눈동자 안쪽에서 훨훨 타오르는 욕정이 보였다.

인상을 찌푸린 채 폭발 직전인 무언가를 열심히 참고 있는 듯이 어딘가 괴로운 듯한 표정을 보자 가슴이 쿵쿵 뛰었다.

"레……오?"

느닷없이 레오의 손에 다리 사이를 꽉 잡히는 바람에 화들짝 놀라 숨을 삼켰다.

"무슨……?"

"내 걸 입에 물기만 했는데……, 이렇게 딱딱해진 거야?"

꿰뚫을 듯한 시선에 사로잡힌 채 손가락 하나 닿지 않았는데도 흥분하고 만 아키라는 자신에게 커다란 수치심을 느끼며 뺨을 확 붉혔다.

"기……기분…… 좋아서……."

"내 걸 물고 빠는게 말이야?"

일부러 저속한 단어를 사용하는 레오를 눈을 치켜뜨고 째려보았다.

"정말?"

"그래……."

부끄러운 자신을 토로하기를 강요당하자, 아키라는 굴욕을 참으며 마지못해 실토했다.

"그렇게……, 좋아?"

아직 더 계속할 셈인가?

화가 났지만, 사실이기 때문에 어쩔 도리가 없었다.

"……좋아."

기어 들어가는 듯한 목소리로 말했다.

"알았어……."

겨우 만족한 듯이 고개를 끄덕인 레오가 얼굴을 갖다 대고 아키

라의 입술을 빼앗은 다음, 자세를 바꿔 아키라의 몸을 자신의 밑에 깔아 눕혔다.

그러고 나서 또다시 위치가 역전된 아키라의 셔츠 앞을 재빨리 풀더니, 벨트를 풀어 슬랙스와 속옷을 살짝 내리고 훤히 드러난 페니스를 움켜쥐었다. 아키라는 온몸을 흠칫 떨었다.

"레, 레오……."

"굉장해……. 미끌미끌한걸."

나지막이 속삭이는 연인의 말에 얼굴에서 불이 뿜어져 나왔다.

손가락 바닥으로 원을 그리듯이 선단을 빙글 어루만지자, 질꺽, 끈적거리는 물소리가 나면서 그 지적이 틀리지 않았다는 것을 깨닫게 했다.

"싫……어."

도저히 견딜 수가 없어 몸을 비틀며 다리 사이를 가리려고 했지만 레오에게 제지당했다.

두 손을 한데 모아 높이 들어 올린 탓에 더는 벗어날 방법이 없었다.

방금 전에 대한 복수처럼 커다란 손으로 축을 훑었다.

"하앗."

직접적으로 가해지는 쾌감을 참지 못해 목구멍에서 신음 소리가 새어 나왔고, 허리가 무의식적으로 흔들렸다. 뒤쪽 힘줄을 문질러 올리면서 성감대를 정확히 노리고 희롱하자, 쉴 새 없이 교성이 흘러나왔다.

"응……, 앗……, 앗……."

애초에 테크닉이 있는 데다 약한 포인트를 완벽하게 알고 있는 레오 입장에서 보면 자신을 쾌감에 헐떡이게 만드는 것쯤이야 누워서 떡 먹기였다.

"레오……, 안 돼. 계속 그러면……, 갈 것 같단 말이야……."

"괜찮아……. 그냥 가."

낮게 명령한 레오가 손의 속도를 높였다. 성감대를 정확하게 노린 애무가 아키라를 확실하게 몰아세웠다.

"앗……, 앗."

안 그래도 열흘 가까이 공백이 있는 몸은 함락 또한 빨랐다. 아키라는 레오가 몰아치자마자 얼마 안 있어 몸을 떨며 절정을 맞이했다.

"나……와, 앗……!"

레오의 탄탄한 복근을 하얗고 탁한 액체로 더럽힌 아키라의 몸이 실룩실룩 경련했다.

"하아……, 후우……."

사정의 여운에 잠겨 몸을 축 늘어뜨리고 있으려니, 레오가 슬랙스와 속옷을 한꺼번에 벗겨 냈다. 그리고 훤히 드러난 두 다리를 크게 벌린 다음, 몸을 두 개로 깊이 접어 구부리게 했다.

"하지 마!"

부끄럽고 은밀한 곳이 연인의 눈앞에 드러난 순간, 퍼뜩 정신을 차린 아키라는 크게 소리쳤다.

"레오……, 이러지 마!"

발목을 단단히 붙잡힌 데다 체중까지 실린 상태였기 때문에 두 손으로 이불을 탁탁 치며 비켜달라고 호소했다.

"다리 놔!"

그러나 레오는 발목을 놓을 생각 따윈 조금도 없는 것 같았다. 필사적인 저항에도 불구하고 결국 그대로 레오의 애무를 받아들이게 되고 말았다.

뒤쪽 구멍에 젖은 감촉이 닿은 직후, 혀끝이 주름을 간질였다.

'혀……혀가!'

레오와 하나가 되기 위한 준비는 전부 하나같이 자신의 의지와는 상관없이 수치로 얼룩지는 행위가 동반되지만, 그중에서도 이것이 가장 부끄러웠다.

할짝할짝, 터무니없는 곳에서 들려오는 물소리를 듣고 있으려니 울고 싶어졌다. 실제로 눈에 눈물이 글썽글썽했다.

"싫어……, 싫어……, 레오!"

울먹이는 목소리로 호소했지만 용서받지 못했다.

그러기는커녕 굳게 닫힌 봉오리를 밀어젖히는 압력을 느끼고는 작은 비명을 흘렸다.

어금니를 꽉 깨문 상태로 젖은 혀가 몸 안을 들어왔다 나갔다 하는 생생한 감각을 꾹 참고 있자, 머지않아 아키라를 유린하던 혀가 쑥 빠져나가더니 이번에는 손가락이 들어왔다.

미끄러운 타액의 힘을 빌려 뿌리 끝까지 쑥 침입한 가운뎃손가락이 종횡무진 움직이기 시작했다. 찔꺽, 찔꺽, 음란한 소리를 내며 넣었다가 빼기를 반복하는가 싶더니, 안쪽 주름을 손가락 바닥으로 문지르며 구부린 손끝으로 느끼는 부분을 쿡쿡 찔렀다. 그와 동시에 커다란 손이 두 음낭을 부드럽게 주물러 댔다.

"큭……, 앗……."

아키라는 손등으로 입을 틀어막고 밖으로 새어 나올 것 같은 교성을 안간힘을 다해 참았다. 그렇게 하지 않으면 엄청난 목소리가 나올 것 같았다.

아무리 그래도 그건 안 된다.

침실만 해도 꽤나 넓은 데다 벽도 두껍기 때문에 복도까지 새어 나갈 일은 없겠지만…….

걱정과는 반대로 안쪽에서 가해지는 자극에 반응한 페니스가 또다시 단단해지면서 천천히 발기하기 시작했다.

하복부에 혈액이 급격하게 집중되는 것을 의식한 그때, 레오의 손가락이 전립선을 꾹 문질렀다.

"아앗."

목이 크게 뒤로 젖혀지면서 참고 있던 목소리가 터져 나오고 말았다. 쾌감이 너무 강한 나머지 미쳐버릴 것 같았다.

"응……, 으응."

머리를 좌우로 흔들며 시트를 움켜쥐고 있으려니 손가락이 쑥 빠졌다. 그 대신에 연인의 '열'이 닿자, 허리가 움찔 떨렸다.

레오가 무릎을 꿇고 선 자세로 두 개의 살덩어리를 가르며 작열

하는 덩어리를 밀어 넣었다. 사납게 화난 욕망을 푹푹 비틀어 넣자, 눈꺼풀 안쪽에서 불꽃이 튀었다.

레오에게 잡힌 허벅지 뒤쪽이 파르르 경련했다.

“흐……아…….”

신기한 감각이었다.

터무니없이 창피한 자세를 취한 채 본래 무언가를 받아들일 목적으로 만들어지지 않은 기관이 억지로 벌어지고 있는데도 유린당하는 자신의 몸은 그것을 기뻐하고 있었다.

눈물이 고일 만큼 고통스러운데도 불구하고 자신을 범하는 흉기를 놓치지 않고자 그것을 휘감고 꽉 죄었다.

“큭……, 엄청나게 조이는군.”

갈라진 목소리로 요염하게 말한 레오가 허리를 잘게 흔들어 대면서 차츰차츰 안으로 들어왔다. 그러더니 마지막엔 거침없이 확 밀어 넣었다. 치골과 볼기가 철썩 부딪치는 소리가 울려 퍼졌다.

‘뜨……뜨거워.’

배 속을 가득 채운 레오가 쿵쿵 맥동하고 있었다.

“헉……, 헉.”

눈물로 흐려진 시야에 크게 굽이치는 레오의 탱탱한 흉근이 비쳐 들어왔다. 땀으로 빛나는 거무스름한 피부가 참을 수 없을 만큼 섹시했다.

여섯 개로 갈라진 훌륭한 복근을 따라 멍하니 시선을 아래로 내리자, 검게 우거진 수풀이 눈에 들어왔다. 그리고 그 수풀에서 일어선 레오와 자신이 이어져 있는 결합 부분이 보였다.

"……아."

한가득 벌어진 항문이 페니스를 빈틈없이 빡빡하게 물고 있는 적나라한 비주얼에 얼굴이 확 뜨거워졌다.

"싫……어."

저도 모르게 눈을 휘둥그렇게 뜬 순간, 레오가 움직이기 시작했다.

뿌리 끝까지 한차례 전부 밀어 넣은 다음, 빠지기 바로 직전까지 빼내어 닫히려고 하는 그곳을 겨누듯이 또다시 체중을 실어 푹 들어왔다.

숨이 멎을 것 같은 깊은 피스톤 운동이 시작되자, 아키라는 허리를 바르르 떨었다.

한 번 움직일 때마다 속도가 점점 올라갔다.

격렬한 허리 놀림에 농락당해 교성이 멈추지 않았다.

"앗, 앗, 아앗."

어느샌가 아키라의 페니스는 완전히 발기하여 선단에서 투명한 물방울을 흘리고 있었다.

"레오……, 깊어……."

흡사 비명과도 같은 호소에 반응하듯이 레오가 더더욱 깊숙이 찔러 왔다. 흰색이 섞인 쿠퍼액이 콸콸 흘러넘쳤다. 사정감이 커지고, 허리 안쪽이 욱신욱신 저렸다.

문질리고 있는 곳이 뜨겁고……, 뜨거워서 녹아내릴 것 같다…….

몸 안쪽에서부터 끈적끈적하게 녹아내려 버릴 것만 같았다.

게다가 레오의 손이 전혀 닿지 않았는데도 뾰족하게 서 있던 젖꼭지를 손가락으로 꼬집히자 전류가 찌리릿 스쳤다.

"가……갈 것 같아……."

"아직 안 돼."

아키라의 욕망을 잡은 레오가 손가락을 동그랗게 만들어 뿌리 끝을 꽉 조였다. 출구를 막은 상태에서 허리를 퍽퍽 박아 대자, 아키라는 등을 활처럼 젖히며 항의의 목소리를 냈다.

"싫어……, 놔줘……, 갑갑해……."

갈 곳을 잃은 쾌감이 점점 부풀어 오르더니 몸 안 여기저기에서 날뛰었다. 자유를 원하며 미친 듯이 날뛰는 관능으로 인해 온몸이 불에 휩싸인 것처럼 열을 띠었고, 모공이란 모공에서 땀이 배어 나왔다.

너무 느끼는 바람에 괴로웠다. 이상해질 것만 같았다.

"레오……, 가게 해……줘……, 제, 발……."

꼬인 혀로 애원하며 흐느꼈다. 이미 연상의 자존심 따윈 어딘가로 사라져버린 상태였다.

"부탁이야……, 가고 싶어……."

평소라면 이쯤에서 자유롭게 해준다. 사정을 허락한다.

하지만 오늘 밤의 레오는 가차 없었다.

"안 돼……. 좀 더 느껴……. 날 느껴."

그렇게 나지막이 명령한 레오는 더더욱 사납게 성난 짐승처럼 몰아쳤다.

“히익……, 싫, 어……, 이제……, 못 참, 겠……, 못 참겠어!”

이만 사정하고 싶었지만 뿌리 끝이 꽉 조여진 상태라 사정이 불가능했다.

이런 적은 처음이라 어떡하면 좋을지 모르겠다.

아키라가 혼란스러워하는 동안에도 레오는 쉴 새 없이 찌르고, 탐하고, 휘저어 대면서 ── .

“아, 앗……, 아앗……, 하아아앗……!”

눈앞에 하얀 불꽃이 튄 찰나, 안쪽 주름이 꽉 쥐어짜듯이 경련했다. 레오가 고통스러운 듯이 큭 신음하면서 조이고 있던 ‘열’ 덩어리가 팍 터졌다.

“……윽, 크윽.”

레오가 터진 것을 느낌과 동시에 절정에 달한 몸이 붕 떠올랐다.

한순간 의식이 멀어졌다.

블랙아웃됐다……고 생각한 다음 순간, 이번에는 쿵 떨어지는 감각이 느껴졌다.

“아……윽…….”

아키라는 참고 있던 숨을 천천히 토해 냈다.

‘지금 그건 뭐지……?’

몸이 공중에 뜬 것 같은 부유감, 손끝까지 찌릿찌릿 저려 오는 것 같은 깊은 쾌감이 아직 온몸에 남아 있었다.

‘이런 적은……, 처음이야.’

여운도 깊을 뿐더러 몸에 힘이 들어가지 않아 축 늘어져 있자, 레오가 몸속에서 쑥 빠져나가더니 아키라의 옆에 몸을 눕혔다. 그리고 팔을 감아 아키라를 끌어안더니, 거친 숨을 몰아쉬며 귓가에 속삭였다.

"아키라……, 미안해. 나 때문에 가지도 못하고."

연인이 미안하다는 듯이 그렇게 말하자, 아키라는 나른하게 감고 있던 눈을 떴다. 그리고 의아한 눈빛으로 바로 앞에 있는 레오의 얼굴을 쳐다보았다.

"아니……, 갔는데? 아주……, 좋았어."

이번에는 레오가 납득이 가지 않는다는 표정을 보였다.

"그럴 리가. 내가 타이밍을 놓쳐서 계속 붙들고 있었는걸."

그 말을 듣고 반신반의하며 자신의 욕망에 손을 뻗었다. 레오의 말대로 그것은 아직 꼿꼿한 상태였고, 선단도 젖어 있지 않았다.

"어? 어째서……?"

분명히 절정에 달했는데.

오히려 평소보다 훨씬 절정감이 컸다…….

영문을 모르겠다는 듯한 아키라의 표정을 가만히 응시하고 있던 레오가 "혹시……, 드라이인 건가?" 하고 중얼거렸다.

"드라이?"

"드라이 오르가슴."

남자라 해도 사정하지 않고 절정에 이르는 경우가 아주 드물게 있다는 이야기는 들은 적이 있지만, 지금 그것이 바로 그런 상황이었던 걸까?

“대단한걸. 처음이지?”

“……아마.”

당혹감을 느끼면서도 인정하자, 레오가 입가에 미소를 지었다.

“그만큼……, 좋았다는 뜻이지?”

그렇게 확인하는 레오가 너무나도 기뻐 보였기에 아키라도 덩달아 미소를 지었다.

“이번만이 아니라 항상 최고야.”

그렇게 속삭인 아키라는 어리광을 부리듯이 레오의 코끝에 자신의 코끝을 쓱쓱 문질렀다.

“아키라…….”

“레오…….”

그리고 서로의 팔과 다리를 휘감았다. 사랑하는 남자와 어린아이처럼 장난치면서 아키라는 행복의 여운에 푹 잠겼다.

종장

아몬드 꽃이 피는 계절은 지나고 말았지만, 광대한 영지의 일각을 차지하는 과수원에는 블러드오렌지가 탐스럽게 맺혀 있었다.

오렌지 나무 아래에서 흐드러지게 핀 노란색과 흰색 화초가 이곳을 찾은 이들에게 봄의 도래를 실감하게 해주었다. 공기도 맑고, 눈꽃 드레스를 입고 있던 에트나산이 1년 중에 가장 아름답게 보이는 시기이기도 했다.

초봄답게 맑게 갠 날이 며칠 계속되는가 싶더니 비가 내리고 흐린 날이 또 며칠 계속되는 약간 불안정한 기후가 이어졌지만, 다행히도 오늘 아침은 하늘이 확 트인 상쾌한 날씨였다.

"하늘도 축복해주고 있는 것 같군."

레오가 프랑스식 창에서 비쳐 들어오는 햇빛을 받으며 눈을 가늘게 뜨고 중얼거리자, 아키라도 레오의 말에 동의하며 고개를 끄덕였다.

낮에 입는 예복치고는 최상급 정장인 모닝코트를 몸에 걸치고 크림색 가죽장갑을 손에 든 연인은 늘 봐서 익숙한데도 불구하고 저도 모르게 넋을 잃을 정도로 오늘도 최고의 미남이었다.

키가 크고, 유럽인다운 큰 체격에, 탄탄한 가슴을 자랑하는 레오만이 소화할 수 있는 완벽한 스타일.

밤에 보는 턱시도 차림도 섹시하지만, 모닝코트는 모닝코트대로 또 다른 매력이 있었다.

아키라는 준예장인 디렉터즈 슈트를 입었다. 한 식구이긴 하지만, 피가 이어진 친족이 아닌 자신의 위치를 고려한 복장이었다.

창문에서 몸을 돌려 아키라의 전신을 찬찬히 확인한 레오가 만족스러운 듯이 "좋아." 하고 수긍했다.

오늘은 넥타이 노트도 합격점을 받은 것 같다. 그런 생각을 하고 있으려니, 레오가 콘솔테이블로 다가가선 꽃병에서 흰 장미를 한 송이 뽑았다. 그러더니 언젠가처럼 줄기를 꺾은 흰 장미를 아키라의 라펠 플라워홀에 꽂았다.

"이제 완벽하군."

"……고마워."

"그럼 슬슬 갈까?"

레오의 재촉에 따라 둘이서 함께 레오의 방을 나갔다. 2층 계단

앞 홀에 다다르자, 아래층에서 스태프들의 말소리가 평소보다 크게 들려왔다. 종종걸음으로 후다닥 뛰어다니는 구두 소리. 그런 스태프를 향해 [복도에서 뛰면 안 됩니다.] 하고 질책하는 베테랑 스태프의 목소리.

[손님과 부딪치면 어쩌려고 그래요? 마음이 조급한 건 알지만, 진정하세요.]

[죄송합니다.]

[세탁실에 가는 거면 그 김에 마른 시트를 가져오도록 해요.]

[네, 알겠습니다.]

오늘의【팔라초 로셀리니】는 이른 아침부터 야단법석이었다.

뭐니 뭐니 해도 요 20년 중 가장 큰 이벤트가 치러지는 날이다.

그 이벤트를 위해 사흘 전부터 수많은 손님들이【팔라초 로셀리니】에 들이닥쳐 현재 객실은 거의 만실이었다.

단테의 말에 따르면, 요 20년 동안 객실이 꽉 찬 적은 한 번도 없기 때문에 그의 밑에서 철저하게 교육받은 스태프라 하더라도 한번에 확 들이닥친 손님들을 감당하지 못하고 있다고 한다.

아키라도 이날을 위해 일주일 전에 팔레르모에서【팔라초 로셀리니】로 돌아온 이후 줄곧 당일 준비에 전념했다.

어젯밤에 날짜가 바뀌기 직전에 도착한 마지막 손님을 맞이하고 나서 심야 두 시가 넘은 시각에 잠들었다가 오늘 아침 다섯 시 반에 일어났기 때문에 취침 시간은 실질적으로 세 시간밖에 되지 않지만 기분은 상쾌했다.

1월과는 달리 무거운 걱정과 비밀을 속에 떠안고 있지 않기 때문일까?

게다가 역시 결혼식이란 당사자가 아니더라도 결혼식과 관련 있는 사람들의 마음을 들뜨게 하는 이벤트일지도 모른다.

계단을 내려가려던 참에 문이 열리는 소리가 들리더니, 누군가가 복도로 나왔다.

"레오나르도 형!"

동글동글하고 어딘가 달콤함을 띤 밝은 목소리의 주인은 삼남 루카였다.

그저께부터 【팔라초 로셀리니】에 체류 중인 루카는 레오와 마찬가지로 모닝코트를 착용하고, 앞머리를 올려 뒤로 쓸어 넘긴 헤어스타일이었다. 그래서 그런지 평소보다 어른스럽게 보였다.

루카의 등 뒤에는 이미 정해진 위치인 양 수호신 막시밀리안이 서 있었다. 막시밀리안도 아키라와 마찬가지로 디렉터즈 슈트를 입었지만, 키와 체격, 그리고 샤프한 미모 탓에 뭐라 형용할 수 없는 박력이 느껴졌다.

"루카……."

한껏 차려입은 동생이 달려오자, 레오는 싱글벙글 미소를 지었다.

"잘 어울리는구나."

칭찬을 받은 루카가 솔직하게 얼굴을 붉혔다.

"정말? 형이야말로 아주 멋진걸."

"사이즈도 딱 맞는 것 같네."

루카는 요 1년 사이에 키가 컸기 때문에 오늘을 위해 모닝코트를 새로 지었다.

"헤어스타일 때문인지 평소보다 어른스럽게 보이는걸?"

루카가 말을 건 아키라 쪽으로 몸을 돌리더니, 수줍은 미소를 지어 보였다.

"앞머리, 처음으로 올려봤어요……."

"이마를 드러내니까 인상이 확 바뀌는구나."

"아키라 씨도 얼굴이 흰 장미에 잘 어울려 굉장히 돋보이고……, 슈트 입은 모습도 멋지세요."

"고마워."

아키라는 어딘가 낯간지러운 기분으로 대답했다.

루카를 둘러싸고 넷이서 이야기를 나누고 있으려니, 또다시 문 열리는 소리가 났다. 그쪽을 향해 얼굴을 돌린 루카가 "에두아르 형!" 하고 들뜬 목소리로 외쳤다.

에두아르와 나루미야가 나타난 순간, 복도가 한층 밝아진 것 같은 착각에 빠졌다.

빛나는 플래티나 블론드와 카리스마를 갖춘 배우였던 어머니에게서 물려받은 화려한 미모. 또한 그와는 대조적으로 칠흑처럼 까만 머리와 흰 백합처럼 청초한 미모.

아키라는 아름다움의 종류가 다른 꽃 두 송이가 나란히 피어 있는 듯한 두 사람의 모습을 보며 남몰래 숨을 삼켰다.

정말로 한 폭의 그림 같은 두 사람이었다.

"루카, 레오, 막시밀리안, 아키라."

이쪽을 향해 다가온 에두아르가 몸을 굽혀 뺨에 루카의 키스를 받았다. 그러고 나선 답례를 하듯이 훤히 드러난 동생의 이마를 손가락으로 쿡 찔렀다. 루카가 간지러운 듯이 목을 움츠렸다.

"이로서 우선 우리 형제는 모두 모였군."

레오가 말했다.

"식이 시작하기까지……, 45분 정도 남았군."

에두아르가 웨이스트코트에서 회중시계를 꺼내 확인했다.

"결혼식은 정확하게 열두 시에 예배당에서 시작될 예정이야. 이미 신부님도 오셨어. 세리머니 자체는 30분 정도로 끝날 거고, 예배당이 좁기 때문에 친족 및 측근만 참석할 거야. 그 후 한 시쯤부터 근처 주민들과 관계자들이 모이는 가든 파티가 잡혀 있고, 밤에는 결혼식과 마찬가지로 가까운 가족과 측근만이 참석하는 만찬이 있을 거야."

에두아르와 나루미야가 아키라의 설명을 들으며 고개를 끄덕였다.

업무로 바쁜 그들은 어젯밤 늦게 도착했기 때문에 자세한 스케줄을 설명할 틈이 없었다.

"참석자는 벌써 다 모였어?"

계단을 내려가면서 루카가 묻자, 레오가 대답했다.

"그래, 엘자 고모와 안젤라 고모……. 친족 중에서는 카를로스만 아직 안 왔어."

카를로스는 돈 카를로의 동생인 안젤라의 외동아들이며, 카리스마 투우사였던 부친의 피를 이어받았다. 로셀리니 그룹이 경영하는 리스토란테 'DURAN'의 요리장을 맡고 있는 신진기예 셰프이며, 스페인 바르셀로나에 거주 중이다.

올해 가을에 도쿄 긴자에 노면점을 오픈하기에 앞서 세계 각지를 바삐 돌아다니고 있는지, 이번에도 출석은 하지만 결혼식 직전에 도착할 것 같다고 어제 연락을 받았다.

"어쩌면 결혼식이 끝나고 나서야 올지도 모르겠군."

레오가 중얼거렸다.

원래는 결혼식에 참가해야 할 사촌이 한 명 더 있다.

돈 카를로의 동생이자 이미 고인이 된 조르지오의 아들인 마리오는 레오를 습격한 혐의로 가문에서 추방당해 이번에는 초대되지 않았다. 애초에 부르려고 해도 행방불명 상태라 연락처를 몰랐지만.

여섯 명이 함께 계단을 내려가 1층에 도착한 그때, 단테가 장신의 남자를 데리고 이쪽으로 다가오는 모습이 보였다.

짧은 갈색 머리에 모델 같은 9등신. 가죽 라이더 점퍼와 스키니 팬츠를 세련되게 차려입은 젊은 체격으로 추측하건대, 나이는 20대 중반에서 후반 정도.

"어라……?"

루카가 작은 목소리로 말했다.

"혹시……, 카를로스?"

"아무래도 제때 온 것 같군."

그 모습을 확인한 레오가 혼잣말을 했다.

"카를로스!"

루카가 이름을 외치며 뛰어갔다. 남자가 달려온 루카를 보고 놀란 듯이 발걸음을 멈추었다.

"루카?!"

"와아, 오랜만! 이게 몇 년 만이야?!"

사촌끼리 얼싸안고 오래간만의 재회를 기뻐했다. 루카와 포옹을 나눈 남자는 눈을 가늘게 뜨고 루카를 내려다보았다.

"전화 통화는 자주 했지만, 얼굴 보는 건 3년 만인가? 루카의 스무 살 생일 파티에도 참석하지 못했으니……. 루카 너, 왠지 분위기가 많이 변했다?"

"그래? 아마 오늘 앞머리 올려서 그럴걸? 카를로스는 여전히 잘생겼구나. 그러고 보니 일본에 꽤 자주 오지? 항상 타이밍이 안 맞아서 만나지도 못하네."

"응, 가을에 오픈하는 가게 준비 때문에 올해 초에 처음 일본에 갔지……. 저저번 주에도 다녀온 참이야. 'Rossellini Giappone(로셀리니 자포네)' 스태프들한테 매번 많은 도움을 받고 있어. 4월부터는 막시밀리안이 총괄하지?"

"카를로스 님."

이름이 불린 막시밀리안이 카를로스에게 다가가선 오른손을 내밀었다.

"오랜만에 뵙습니다."

카를로스가 막시밀리안의 오른손을 꽉 잡았다.

"막시밀리안, 4월부터 신세 많이 지겠습니다."

"저야말로 잘 부탁드립니다. 츠카하라 씨의 설계도 순조롭게 진행 중이라고 들었습니다. 얼마 전에 모형을 볼 기회가 있었는데, 바르셀로나와 도쿄의 융합이라는 콘셉트가 아주 훌륭하게 표현되었더군요."

"맞아요. 저도 그 모형을 보고 어찌나 신이 나던지. 저는 츠카하라 씨의 건축 디자인을 참 좋아하거든요. 그래서 이번에 의뢰를 받아주셔서 얼마나 기쁜지 몰라요."

"지금은 세계에서도 손꼽히는 건축가이시니까요. 저도 츠카하라 씨께서 의뢰를 받아주신 건 매우 행운이었다고 생각합니다. 시공을 맡아주신 카시와기 씨도 만나 뵈었습니다만, 굉장히 성실하고 꼼꼼한 분이라 안심이 되고 마음이 든든하더군요. 저도 완성이 기대됩니다. 함께 'DURAN TOKYO'를 성공시키도록 하죠."

"네. 잘 부탁드려요."

"카를로스, 건강해 보이는구나."

막시밀리안의 등 뒤에서 레오가 말을 걸자, 카를로스가 밝은 갈색 눈동자를 반짝였다.

"레오나르도!"

두 사람은 두 팔을 벌려 포옹을 나누며 서로의 등을 탁탁 두드렸다. 몸을 뗀 카를로스가 레오의 얼굴을 가만히 응시했다.

"왠지 레오나르도도 분위기가 많이 변했네."

"변했어? 내가?"

"그래……. 여전히 오라는 굉장하지만……, 얼굴 표정이 살짝 부드러워진 것 같단 말이지. 혹시 좋아하는 사람이라도 생겼어?"

카를로스가 태평하게 묻자, 레오가 입가에 피식 웃음을 띠었다. 그러더니 사촌의 질문에는 대답하지 않고 뒤를 돌아보았다.

"카를로스, 이 친구는 아키라라고 해. 미카의 아들이자, 지금은 나의 브레인으로서 일해주고 있지."

레오가 소개를 끝내자, 아키라는 카를로스에게 악수를 청했다.

"반갑습니다. 하야세 아키라입니다."

"당신이 미카의 아들! 소문은 많이 들었어요. 카를로스 듀란이에요."

카를로스가 아키라의 손을 꼭 잡고 사람 좋아 보이는 미소를 지었다. 그의 오른쪽 귀에서 실버 피어스를 발견한 아키라는 그가 게이라는 사실을 떠올렸다. 아마 성적 취향을 친족들에게 공표했을 터.

긍정적이고 쾌활한 분위기만 봤을 때는 성소수자인지 알 수 없었다. 하지만 셰프로서 성공하기까지는 보이지 않는 곳에서 온갖 고생을 했을 것이다.

"우리 엄마는 벌써 와 계셔?"

"안젤라 고모라면 그저께 오후에 도착하셨어. 친족 중에서는 제일 먼저 오셨지."

"우리 엄마, 빨리 카를로 외삼촌의 아내 될 사람이랑 만나고 싶다고 노래를 불렀거든. 그래서 아마 제일 먼저 달려왔을걸?"

"카를로스."

에두아르가 말을 걸자, 카를로스가 오른손을 들었다.

"에두아르. 저번에는 이래저래 고마웠어."

"저번에?"

의아한 듯한 얼굴로 묻는 레오에게 에두아르가 설명했다.

"저번 달에 밀라노에 와서 같이 리스토란테 투어를 했거든. 사흘 동안 일곱, 여덟 군데는 돌았나?"

카를로스가 "아홉 군데." 하고 대답했다.

"지금 새로 오픈하는 가게 메뉴 고안을 위해 여기저기 먹으러 다니고 있거든……. 에두아르는 미식가라 맛있는 가게도 잘 아니까 같이 좀 다니자고 부탁했지."

"덕분에 체중이 늘었다고. ……뭐, 금방 원래대로 돌아왔지만."

"에두아르는 일을 너무 좋아해서 탈이야. 나도 남 얘기 할 처지는 아니지만, 워커홀릭은 로셀리니 일족의 특성일지도 몰라."

"카를로스 님, 안녕하십니까?"

에두아르의 뒤에서 나루미야가 조심스럽게 얼굴을 내밀자, 카를로스가 허를 찔린 듯한 목소리로 반응했다.

"나루미야 총지배인?! 당신도 와 있었군요!"

"돈 카를로께서 초대해 주셨습니다."

카를로스와 나루미야의 얼굴을 번갈아 보던 루카가 고개를 갸웃거렸다.

"두 사람, 아는 사이야?"

"카를로스 님께서 일본에 오실 때마다 카사호텔에 묵으시거든요."

"아, 맞다. 같은 로셀리니 그룹이지."

그러자 그때, 계단을 내려오는 몇 사람의 구두 소리가 울려 퍼지더니 얼마 안 있어 다크 슈트를 입은 세 남자가 모습을 드러냈다.

같은 남자라 해도 세 사람 중 한 명은 아직 성인이 된 지 얼마 지나지 않아 얼굴에 앳된 흔적이 남아 있는 가녀린 일본인 청년이었다.

다른 한 사람은 허니 블론드에 밀크 커피색 피부, 제비꽃색 눈동자를 가진 이국적인 풍모의 남자(영국인과 인도인의 피를 이어받았다고 한다).

그리고 세 사람 중에서 가장 키가 큰 남자는 그야말로 신사의 품격이 넘치는 미남이며, 실제로 영국 출신이었다.

"사이먼."

에두아르가 부르자, 영국 신사가 손을 가볍게 들어 인사했다.

사이먼 로이드는 영국의 명문 로이드 가문 출신이며, 할아버지는 '기사'의 칭호를 가진 세계적인 영화 감독이다. 사이먼 본인은 미술품 경매회사 '로이드 옥션'을 운영하고 있다.

지금은 세상을 떠난 사이먼의 부친이 돈 카를로와 친한 사이였고, 집안끼리 교류가 있었기 때문에 사이먼도 소년 시절에 이곳【팔라초 로셀리니】에서 바캉스를 보냈다고 한다.

삼형제와는 오랫동안 교우 관계가 이어지고 있으며, 이번에는 돈 카를로의 간곡한 희망에 따라 손님으로 초대하게 되었다.

워낙 바쁜 사람이라 과연 참석이 가능할지 걱정됐지만, 어젯밤 열두 시쯤에 비서인 크리스와 또 한 사람, 어시스턴트인 일본인 청년 미나세 유우를 대동하고【팔라초 로셀리니】에 도착했다.

듣자 하니 돈 카를로를 위해 만사를 제치고 옥스퍼드에서 달려와준 것 같았다.

"사이먼 로이드입니다. 당신이 미카의 아들이군요. 얼굴이 정말 비슷하네요."

어젯밤에 처음 만나 유창한 일본어로 말을 걸어주었을 때는 깜짝 놀랐지만, "어릴 적에 시칠리아에 놀러 올 때마다 당신의 어머니께서 가르쳐 주셨어요."라는 이야기를 듣고 어찌나 깊은 감회를 느꼈는지 모른다. 그러고 보니 카를로스도 일본어에 능통한 것을 보니 아마 그도 사촌들과 함께 어머니에게 일본어를 배운 듯했다.

사람과 사람의 관계는 생각지도 못한 곳에서 이어져 있다.

게다가 나루미야와 사이먼 일행 또한 카사호텔을 통해 절친한 사이가 됐는지 서로 재회를 기뻐했다.

"카를로스, 사이먼을 만난 적이 있던가?"

에두아르가 카를로스에게 새롭게 등장한 세 사람을 소개했다.

"사이먼 로이드와 비서인 크리스, 어시스턴트인 미나세야."

"처음 뵙겠습니다, 미스터 로이드. 카를로스 듀란입니다."

"반가워요. 당신이 마타도르(투우사)의 아들인 천재 셰프군요. 당신이 소유한 레스토랑의 평판은 익히 들어 알고 있어요. 좀처럼 자리 예약이 힘들다고 하더군요. 기회가 되면 한번 식사를 하고 싶긴 한데 말이죠."

"괜찮으시면 다음에 한번 가게에 오세요. 올해 가을에는 도쿄에도 가게를 낼 예정이거든요."

"호오, 도쿄에. 겨울에 도쿄에 갈 예정이 있으니, 그때 한번 들러도 될까요?"

"물론이죠! 오시기 전에 미리 연락 주세요. 테이블을 확보해 놓겠습니다."

대화가 무르익은 와중에 단테가 송구스러운 듯한 얼굴로 시간이 다가왔음을 알렸다.

"여러분, 슬슬 시간이……."

레오가 손목시계를 보며 "그렇군." 하고 대답했다.

"그럼 난 서둘러 옷을 갈아입고 나서 뒤따라가도록 할게."

"나중에 보자."

카를로스와 헤어진 일동은 신랑 신부가 기다리는 예배당으로 향했다.

*　*　*

[Felicitazioni vivissime!!]

[Auguri!!]

[Tanti auguri per il vostro matrimonio!!]

예배당에서 진행된 선서식 후, 천장이 뻥 뚫린 파티오에 나타난 신랑 신부를 향해 하객들이 입을 모아 축복의 말을 건네었다.

총 100명에 이르는 하객은 친족과 측근, 줄리오를 필두로 한 양조장 스태프, 포도원 농부들과 그 가족, 마구간 스태프, 보디가드, 전속 의사와 변호사, 단테와 저택 사용인 등으로 구성되었으며, 노인도 있는가 하면 어린아이도 있었다. 다들 한껏 차려입은 덕분에 파티 회장은 무척이나 활기를 띠었다.

[Grazie mille!]

하객들의 축복에 웃는 얼굴로 대답하는 신부의 배는 드레스 아래에서도 그 존재를 뚜렷하게 주장하고 있었다.

삼형제의 동생이 순조롭게 자라고 있다는 증거였다.

거대한 올리브 나무 밑동에 설치된 신랑신부석에 돈 카를로와 카테리나가 앉았다. 형형색색의 꽃과 리본, 그리고 레이스로 꾸며진 그 테이블 앞에 직접 축하 인사를 건네고자 하객이 줄을 이루었다.

악단의 연주가 시작되자마자 춤을 추는 성격 급한 하객의 모습이 보였다. 하얀 테이블 클로스가 덮인 테이블에는 산처럼 쌓인 요리가 접시에 담겨 쭉 놓였고, 위를 자극하는 맛있는 냄새가 주변 일대에 감돌았다.

"멍! 멍!"

많은 사람들과 음식 냄새에 파고도 잔뜩 흥분한 상태였다.

파고의 목줄은 신부가 들고 있는 부케와 같은 붉은 장미꽃으로 특별히 꾸며져 있었다.

카를로스와 루카, 그리고 미나세 셋이서 예쁘게 단장한 파고와 함께 서로 기념사진을 찍어주고 있었다.

에두아르, 사이먼, 크리스, 나루미야, 막시밀리안, 이렇게 어른 그룹은 세 사람과 한 마리가 장난치며 노는 모습을 흐뭇하게 지켜보며 이야기꽃을 피우고 있는 것 같았다.

"신부가 참 예쁘군."

주빈석에서 떠들썩한 파티 회장을 바라보던 아키라는 귓가에 속삭이는 목소리가 들리자 얼굴을 돌렸다.

옆자리에 앉은 레오의 시선이 축복을 받는 카테리나에게 향해져 있었다.

"응……, 참 반짝반짝 빛난다. 아주 행복해 보여."

"뭐, 아버지의 아내가 아무리 아름답다 한들, 너를 이길 수는 없지만."

레오가 의기양양한 말투로 당당하게 말하자, 아키라의 얼굴이 확 뜨거워졌다.

"그날, 미카의 베일을 쓴 넌 세상에서 제일 아름다운 신부였어. 평생 사랑하기로 맹세한 그날 밤의 일은 절대 잊지 못할 거야."

"……이런 곳에서 무슨 말을 하는 거야, 바보야."

붉게 달아오른 얼굴로 투덜거린 그때, "레오나르도 님." 하고 누가 말을 걸었다. 어느샌가 단테가 등 뒤에 조용히 서 있었다.

"샴페인 좀 더 드시겠습니까?"

"……아니, 이제 됐어. 이미 많이 마셨거든."

"알겠습니다."

단테는 그 후에도 자리를 뜨지 않고 레오의 뒤에 오도카니 서 있었다. 그리고 한동안 파티오의 모습을 말없이 응시하고 나선 천천히 입을 열었다.

"이 안뜰이 이렇게나 많은 사람들로 가득 찬 광경은……, 처음 봅니다."

"다들 아버지께서 새로운 가정을 갖게 되어 기뻐하고 있군."

"카테리나 님께선 출산하시면 자연이 풍요로운 시칠리아에 집을 지어 살고 싶다고 하시더군요."

"그래, 아버지께 들었다."

"그렇게 되면 돈 카를로께서도 가족분들을 데리고 자주 놀러 오실 테니, 또다시 이 저택도 예전처럼 떠들썩해지겠죠?"

"그러게. ……이제 곧 【팔라초 로셀리니】에도 어린아이의 웃음소리가 울려 퍼지겠군."

아키라는 음미하듯이 중얼거리는 연인의 온화한 옆얼굴을 마음에 찰랑찰랑 채워진 달달한 행복감을 느끼면서 언제까지고 바라보았다.

행복했던 지난 나날

새벽이 찾아오자 침대를 빠져나가 셔터를 연 창문에서 비쳐 들어오는 아침 해에 의지하여 재빨리 몸단장을 마쳤다.

방에서 나가기 전에 시계를 확인했다. 정확히 여섯 시 반이었다.

이미 알람 시계는 필요 없다. 10년에 걸친 생활 주기를 몸이 기억하고 말았기 때문이다.

자신의 방이 있는 3층에서 천장이 뻥 뚫린 대계단을 이용하여 1층까지 내려갔다.

1층 복도에는 이미 클래식한 디자인의 유니폼을 입은 사용인들이 바삐 오가고 있었다. 그들은 자신보다 더 아침 일찍 일어난다. 집사인 단테는 아침이 밝아 오기 한 시간 전에 이미 일어났을 것이다.

그 단테가 마침 주방에서 나왔다. 기장이 긴 검은 재킷에 날실줄무늬 바지. 얼룩 하나 없이 깨끗이 닦인 검은색 끈구두. 자신이 아는 한, 그의 구두가 지저분했던 적은 과거에 단 한 번도 없었다. 설령 비가 오는 날이라 해도 그 가죽구두는 항상 얼굴이 비쳐 보일 정도로 반짝반짝 빛났다.

시설에서 이 저택으로 거두어져 사용인을 통솔하는 수장인 그와 대면한 후 가장 처음 배운 것이 바로 청결한 몸가짐에 대해서였다.

우리 사용인의 복장이나 머리 모양이 흐트러져 있으면 주인의 관리 교육을 의심받고 만다. 주인의 명예를 위해서도 우리는 옷차림에 신경 쓰고, 로셀리니가의 사용인으로서 품격을 유지해야만 한다.

그렇게 철저히 교육받은 덕분에 옷차림은 남들보다 몇 배나 신경 쓰게 되었다. 대학 동기들은 티셔츠에 청바지라는 캐주얼한 복장을 즐겨 입는 이가 대부분이지만, 자신은 셔츠와 슬랙스에 재킷이라는 기본 아이템을 빼먹은 적이 없다.

[안녕히 주무셨습니까?]

말을 걸자, 오늘 아침도 완벽한 차림의 집사가 돌아보았다. 그리고 은으로 된 웨건에서 손을 떼더니, 이쪽으로 똑바로 몸을 돌려 인사를 받아주었다.

[좋은 아침이에요, 막시밀리안.]

[지금 돈 카를로께 가시는 길입니까?]

[네. 일어나시면 바로 드실 음료를 가져다드리는 참이에요.]

이 저택의 주인은 세계를 바삐 돌아다니는 사업가로 1년 중 절반은 본사가 있는 로마 아니면 해외에 나가 있지만, 어젯밤 늦게 이곳 【팔라초 로셀리니】가 있는 시칠리아에 돌아왔다.

그래서 저택 안은 한 달 만에 귀관한 주인을 맞이하기 위해 아침부터 어딘지 모르게 어수선한 것이다.

[막시밀리안은 지금 루카 님의 방에 가는 길인가요?]

[네. 우유를 가져다 드릴 생각입니다.]

단테가 생긋 미소를 지었다.

[루카 님께서 막시밀리안이 학교에 가 있는 동안 무척이나 쓸쓸해 하셨어요. 그저께 방학이 되어 막시밀리안이 돌아오고 난 뒤로는 하루 종일 달라붙어 한시도 떨어지지 않으려고 하시더군요. 많이 힘들겠지만, 직성이 풀릴 때까지 한동안 실컷 어리광을 받아주세요.]

알고 있었다는 듯이 고개를 끄덕인 막시밀리안은 눈앞에 있는 집사에게 물었다.

[미카 님의 방에는……?]

미카는 돈 카를로의 아내이지만, 거의 1년 가까이 병을 앓고 입원과 퇴원을 되풀이했다. 현재 돈 카를로의 귀관에 맞춰 【팔라초 로셀리니】에 돌아왔지만, 일어나서 걸어 다니는 것도 뜻처럼 되지 않아 거의 하루 내내 침대에서 누워 지내는 생활을 보내고 있었다.

[마리아가 봐드릴 예정이에요.]

마리아는 간호사 자격증도 소지하고 있기 때문에 미카를 돌보는 역할은 그녀에게 맡기는 경우가 잦았다.

[레오나르도 님과 에두아르 님은요……?]

돈 카를로의 세 아들 중 연년생인 장남과 차남은 스위스 기숙학교 기숙사에 들어갔지만, 지금은 방학이라 돌아와 있었다.

[클라리사와 다니엘라가 각각 마실 것을 들고 가서 옷 갈아입는 걸 도와드릴 거예요.]

[알겠습니다. 저도 루카 님께서 옷 갈아입으시는 것을 돕고 일곱 시 반에는 식당으로 모시고 가겠습니다.]

[부탁할게요.]

단테와 헤어진 막시밀리안은 주방에서 오렌지 벌꿀을 넣은 뜨거운 우유를 준비한 다음, 김이 나는 머그컵을 쟁반 위에 얹었다. 그 쟁반을 들고 2층으로 올라가서 목적지인 아이 방 문 앞에서 발걸음을 멈추었다.

잠기지 않은 문을 노크 없이 열고 주실에 발을 들여놓았다.

커튼, 소파 등의 직물이 노란색에서 오렌지색 그러데이션으로 통일된 그 방에는 목마와 나무블록, 미니카, 봉제인형 등 장난감이 잔뜩 놓여 있었다. 그 대부분이 돈 카를로가 해외 출장을 다녀올 때마다 아이들을 위해 세계 각국에서 사 온 선물이었다.

일 때문에 아들들과 지내는 시간이 적은 부친은 적어도 그 공백을 메우려는 양 출장을 갈 때마다 트렁크에 선물을 한가득 채워 돌아왔다.

자신을 시설에서 거두어 저택에서 살게 한 것도 아이들의 놀이 상대를 시키기 위해서였다.

처음에는 연년생인 두 소년을 상대했지만, 나이 차이가 많이 나는 삼남이 태어난 이후로는 주로 그를 보살피게 되었다. 현재는 장남과 차남이 학교 기숙사에 들어갔기 때문에 주로 아직 어린 삼남 전임이다.

일단 쟁반을 원탁에 놓은 막시밀리안은 소파 방석에 방치되어 있던 그림책을 책장에 도로 꽂았다.

그 후, 침실과의 사이에 있는 안쪽문으로 다가갔다. 문을 열자 달콤한 바닐라 크림 같은 냄새가 콧구멍을 간질였다. 방의 주인이 목욕을 하고 나서 사용하는 파우더 향기였다. 그 파우더를 그에게 발라주는 사람이 다른 누구도 아닌 자신이기 때문에 틀림없다.

어두컴컴한 침실 창가까지 걸어간 막시밀리안은 커튼을 젖히고 셔터를 열었다. 그 순간, 밝은 아침 해가 캐노피 침대를 환하게 밝혔다.

아이에게는 지나치게 큰 침대 위에서 이불을 둘둘 감고 있던 주인이 [으으, 응.] 하고 끙끙거리는 목소리를 냈다.

침대로 다가가 베개를 대고 누워 있는 작은 머리를 내려다보았다. 굵게 웨이브진 검은 머리가 규칙적으로 흔들렸다. 빼어난 이마에 통통한 장밋빛 뺨. 앙증맞은 분홍색 입술. 옆에는 그와 같은 크기의 테디베어가 함께 누워 있었다.

돈 카를로가 독일에 다녀오면서 선물로 사다준 테디베어는 그의 소중한 벗이며, 한때는 어딜 가든 함께였다. 그 당시에는 아직 그가 더 작았기 때문에 자신보다 덩치가 큰 테디베어를 질질 끌며 걸어

다니곤 했다. 누가 '주인'이고 누가 '부하'인지 얼핏 보면 알 수 없는 그 모습은 보는 이들로 하여금 미소를 짓게 했으며, 저택 사용인들의 위안이자 마음의 안식처였다.

[루카 님, 슬슬 일어나실 시간입니다.]

[음…….]

[루카 님.]

한 번 더 이름을 부르자, 이불이 꼼지락꼼지락 움직였다. 그러더니 얼마 안 있어 이쪽을 향해 몸을 뒹굴 뒤척인 그가 비쳐 들어오는 아침 햇살에 인상을 찌푸렸다.

[눈부셔…….]

그는 입을 삐죽 내밀고 투덜거리면서도 두 눈을 천천히 떴다. 그 얼굴을 들여다보고 있던 막시밀리안과 눈이 마주치자, 긴 속눈썹을 몇 번 깜박였다.

[막시밀리안……, 벌써 아침이야?]

아직 약간 발음이 분명치 않기 때문에 그가 자신을 부르는 혀 짧은 발음은 경우에 따라선 '막찌밀리안'이라고 들렸다.

그래도 요 1년 사이에 말도 많이 늘었다. 장남과 차남 두 사람에 비해 발육이 늦어 걱정이 이만저만이 아니었기에 그 점에는 크게 안도했다. 단, 그 두 사람과 비교하려니 가엽기도 했다. 또래보다 몸집이 큰 데다 유난히 똑똑한 형들은 누가 봐도 부친의 피를 이어받은 '특별한 아이'였기 때문이다.

그런 점에서 그는 평범한 아이였다. 적어도 지금 시점에서는…….

철이 들 즈음에 모친인 미카가 병상에 누워버리는 바람에 요 1년 동안은 그야말로 자신이 부모 대신 그를 키웠다. 현재 돈 카를로가 후의를 베풀어준 덕분에 로마 대학교에 다니고 있지만, 이탈리아의 대학은 대체로 쉬는 날이 많기 때문에 다행이었다.

[네, 아침입니다, 루카 님. 일어나서 우유 드세요.]

[응…….]

벌떡 일어난 루카가 포동포동한 손으로 두 눈을 쓱쓱 비볐다. 아직 반쯤 잠든 상태인 그가 하품을 하는 동안 주실로 돌아간 막시밀리안이 원탁에서 쟁반을 들고 되돌아와선, [드십시오.] 하고 딱 알맞는 온도로 식은 우유가 담긴 머그컵을 그에게 내밀었다.

두 손으로 머그컵을 잡은 루카가 꿀꺽꿀꺽 소리를 내며 우유를 마셨다. 루카가 입에서 머그컵을 떼자, 막시밀리안이 그의 입가에 묻은 우유를 냅킨으로 닦아주었다.

[다 드셨습니까?]

막시밀리안은 고개를 꾸벅 끄덕인 루카에게서 머그컵을 받아 들어 쟁반에 놓았다. 그러자 루카가 막시밀리안을 향해 두 손을 뻗었다.

안아달라는 신호였다.

조금씩 훈련하여 다섯 살이 되고 나서부터는 스스로 잘 일어났지만……, 아무래도 어리광 부리는 버릇이 도진 것 같다. 주말에는 돌아왔지만, 한동안 로마와 시칠리아에서 떨어져 지냈기 때문에 그도 어쩔 수 없을 것이다. 그동안 모친도 부친도 형들도 없이(단테와 유모, 보디가드는 있지만) 넓은 저택 안에 쭉 홀로 있었으니까.

막시밀리안이 말없이 몸을 앞으로 굽히자, 루카가 짧은 두 팔을 한껏 뻗어 목에 매달렸다. 작은 몸을 한 팔로 가뿐히 안아 든 막시밀리안은 파우더룸으로 향했다.

오랜만에 안아줘서 어지간히 기뻤는지, 이동 중에도 루카는 줄곧 막시밀리안의 목에 얼굴을 부비부비 비비며 앙탈을 부리는 듯한 콧소리를 냈다. 바닥에 내려놓으려 했지만 칭얼거렸다. 하지만 역시 이 자세로는 아무것도 할 수 없었다.

[이렇게 고집을 부리시다니, 루카 님은 아직 아기시군요.]

[난 이제 아기 아니야.]

[맞아요. 루카 님은 이제 훌륭한 로셀리니가의 남자이십니다. 로셀리니가의 남자라면 스스로 서셔야죠.]

[으으……, 그치만.]

[만약 아직 아기라면 다시 기저귀를 차셔야겠네요.]

[……기저귀 싫어.]

[그렇다면 스스로 서십시오.]

어르고 달래자, 떨떠름해하면서도 겨우 바닥에 내려섰다.

세면대에서 세수하는 루카를 도와주고 제대로 닦는지 양치질을 감시한 뒤, 자면서 뻗은 머리를 정돈해주었다.

그런 다음, 침실로 돌아가 전신거울 앞에서 옷을 갈아입는 루카를 도와주었다.

하얀 블라우스에 서스펜더가 달린 울 반바지. 흰색 하이삭스에 가죽구두. 전부 몸에 딱 맞아 입고 있으면 쾌적하고, 소재도 전부

고급품이다. 루카가 사용하는 물건을 엄선하는 것도 막시밀리안의 일 중 하나였다.

[있잖아.]

카펫에 무릎을 꿇은 채 목에 리본을 매어주고 있으려니, 루카가 말을 걸어왔다.

[아버지는 벌써 돌아오셨어?]

[어젯밤 늦게 돌아오셨습니다.]

[선물은 뭘까?]

[글쎄요……. 저도 모르지만, 돈 카를로께선 항상 루카 님께서 원하시는 것을 들고 돌아오시니까요.]

루카가 간지러운 듯이 후후 웃으며 목을 움츠렸다. 하지만 곧바로 걱정스러운 듯한 표정을 지었다.

[오늘 어머니 상태는 어떨까?]

[……가족분들이 모두 모이셨으니, 미카 님께서도 기운을 되찾으시지 않을까요?]

[응……, 그럼 좋겠다.]

[……루카 님.]

아직 모친이 그리운 나이인데도 용태가 걱정되어 마음대로 어리광을 부리지 못하는 아이가 가엾게 느껴졌다. 자신도 그와 같은 나이에는 이미 육친이 없었기 때문에 그 마음은 충분히 이해할 수 있었다.

최대한 그의 곁에 있으면서 그의 외로움을 달래주고 싶다.

루카의 쓸쓸한 얼굴을 볼 때마다 그런 생각이 절실하게 들었다.

막시밀리안은 반짝반짝 윤기가 감도는 검은 머리를 쓰다듬은 다음, 어떠한 제안을 입에 담았다.

[루카 님, 아침 식사를 마치시면 어머님 방에 가서 선물을 보여드릴까요?]

[그래. 그러자.]

루카가 방긋 웃었다.

막시밀리안 또한 작은 주인에게 미소를 지어 보였다.

[자, 리본 다 맸습니다. 슬슬 다들 모이실 시간이니 식당으로 가시죠.]

* * *

1층 식당에는 이미 병상에 누워 있는 미카를 제외한 가족이 모두 모여 있었다.

[돈 카를로, 안녕히 주무셨습니까.]

루카의 손을 끌고 식당에 발을 내딛은 막시밀리안은 우선 난로를 등지고 앉은 로셀리니가 4대 당주에게 인사를 했다.

[그래, 막시밀리안. 좋은 아침이다.]

중년의 영역에 접어든 지금도 경이적인 젊음을 유지하고 있는 돈 카를로가 쩌렁쩌렁한 목소리로 대답했다.

그의 오른쪽 옆에는 검은 곱슬머리가 근사한 소년이 앉아 있었다. 흑요석처럼 반짝반짝 빛나는 눈동자와 약간 거무스름한 피부

색은 이국적인 외모를 더더욱 돋보이게 했다.

[루카, 막시밀리안, 좋은 아침.]

이제 막 변성기에 접어든 약간 쉰 목소리로 인사한 사람은 장남 레오나르도 로셀리니였다. 모친은 시칠리아 귀족의 후예였지만, 그가 아직 어렸을 때 세상을 떠났다. 언젠가 로셀리니 가문을 이어받을 레오나르도에게서는 이미 사람들의 위에 서는 자 특유의 오라가 감돌고 있었다.

한편 돈 카를로의 왼쪽 옆에는 레오나르도와 대조적인 플래티나 블론드의 소년이 앉아 있었다. 매끄러운 크림색 피부와 아이스블루색 눈동자. 그야말로 흡사 그림책 안에서 튀어나온 왕자님 같은 미소년이었다.

[꼬맹이, 막시밀리안, 좋은 아침.]

시원시원하고 달콤한 목소리의 소유자는 차남 에두아르 로셀리니. 그의 모친은 프랑스 배우였지만, 마찬가지로 불행한 사고를 당해 젊은 나이에 세상을 떠났다. 시칠리아노와 파리젠느 사이에서 태어난 그는 열두 살이라고는 여겨지지 않는 조숙한 분위기를 뿜고 있었다.

[레오나르도 님, 에두아르 님, 안녕히 주무셨습니까.]

[레오 엉아, 에두 엉아, 안녕?]

일본인 미카를 포함해 삼형제는 각각 모친이 다르다. 그들의 외모는 모친의 유전자가 짙게 반영되어 저마다 각기 다른 개성을 갖고 있었다.

[루카, 잘 잤니?]

[아버지! 다녀오셨어요!]

이탈리아 제일의 미남이라 불리는 아름다운 남자가 막시밀리안의 손을 놓고 자신의 곁으로 달려온 루카에게 부드러운 미소를 지어 보였다.

작은 몸을 안아 올려 무릎 위에 앉힌 돈 카를로가 사랑하는 아들의 뺨에 자신의 뺨을 대고 비볐다.

[우리 천사, 얌전히 잘 있었어?]

[네, 얌전히 집 잘 보고 있었어요. 막시밀리안한테 물어보세요.]

[루카 님께선 【팔라초 로셀리니】를 아주 늠름하게 지키고 계셨습니다.]

막시밀리안의 말을 들은 루카가 가슴을 활짝 폈고, 돈 카를로는 만족스러운 듯이 고개를 끄덕였다.

[그렇구나, 그럼 착한 아이에게는 이 아빠가 선물을 주마. 단테.]

대기하고 있던 단테가 커다란 꾸러미를 들고 한 발짝 앞으로 나왔다.

[이게 뭐예요?]

[열어보렴.]

루카가 설레는 얼굴로 선물을 받아 들자, 그의 부친이 어서 열어보라고 재촉했다.

막시밀리안의 도움을 빌려 엄중한 포장을 뜯자, 안에서 세로로 긴 가죽 케이스가 나타났다.

그 케이스를 열고 안을 들여다본 루카가 [바이올린이다!] 하고 얼굴을 반짝였다.

[갖고 싶었지?]

[네.]

[루카, 잘됐구나.]

레오나르도가 장남다운 말을 건네었다.

[근데 꼬맹이한테는 아직 이르지 않나?]

에두아르가 의문을 던지자, 돈 카를로가 [어린이 사이즈니까 괜찮다.]라고 대답했다.

그 바이올린은 루카의 몸에 맞춰 특별 주문했는지, 보통 바이올린보다 상당히 작은 사이즈였다.

[들어보렴.]

바이올린을 케이스에서 꺼낸 돈 카를로가 루카에게 건네었다.

두 손으로 바이올린을 받아 든 루카가 손을 벌벌 떨며 바이올린을 어깨에 얹은 다음, 손가락으로 현을 튕겼다. 물론 지금 단계에서는 제대로 된 소리가 날 리 없었다.

[선생님한테 배우면서 연습하면 틀림없이 멋진 연주를 할 수 있을 거다.]

루카가 부친의 말에 고개를 꾸벅 끄덕였다. 그리고 한동안 바이올린을 가만히 응시하더니, 얼굴을 홱 들고 돈 카를로에게 물었다.

[아버지, 어머니한테 보여주러 가도 돼요?]

[지금? 아침은 다 먹고…….]

그렇게 말하던 돈 카를로가 문득 생각에 잠긴 듯이 침묵하더니, 잠시 후 [그래.] 하고 중얼거렸다.

[모처럼 가족이 다 모였으니, 오늘 아침은 미카의 방에서 아침 식사를 하도록 하자. 단테, 갑자기 미안하지만 준비해주겠나?]

단테는 주인의 요구에 조금도 동요하지 않고 [알겠습니다.] 하고 수락했다.

[시간은 조금 걸리지만, 그래도 괜찮으시다면 미카 님의 방에 아침 식사를 준비하도록 하겠습니다.]

*　　*　　*

30분 후, 준비가 끝났다는 말을 전해 듣고 다 같이 미카의 방으로 이동했다.

햇볕이 잘 드는 창가 침대에 누워 있던 미카는 베개를 등받이 삼아 상반신을 일으켜 세워 앉아 있었다. 숱이 풍부한 탐스러운 검은 머리를 한데 묶고 땋아 가슴 언저리에 얹었다. 병상에 누운 지 1년이 지났지만 화장기 없는 그 하얀 얼굴은 투명한 아름다움이 넘쳐흐르고 있었다.

[미카, 기분은 좀 어때?]

돈 카를로가 아내에게 다가가선 뺨에 키스를 했다.

[오늘은 아주 좋아요, 카를로. 여기서 아침 식사를 하기로 했다면서요?]

[그래. 모처럼 가족이 한데 모였으니, 당신도 한자리에 있는 게 좋을 것 같아서 말이야.]

남편의 제안을 들은 미카가 기쁜 듯이 얼굴에 환한 미소를 지었다.

[피크닉 같아서 참 근사하네요.]

[미카, 좋은 아침.]

머리맡에 다가간 레오나르도가 미카의 이마에 키스를 했다.

[몸은 어때?]

[덕분에 오늘은 괜찮아.]

[다행이다. 이거, 아까 정원에서 꺾어 왔어.]

미카가 레오나르도가 내민 작은 꽃다발을 보며 [고마워, 예쁘다.] 하고 미소를 지었다. 레오나르도의 얼굴이 어렴풋이 발그레해졌다.

[미카, 좋은 아침.]

형의 뒤에서 얼굴을 내민 에두아르가 미카의 손을 잡아 그 손등에 입을 맞추었다.

[에두아르, 좋은 아침. 학교는 어때?]

[여러 나라에서 학생들이 모여서 그런지, 인종도 국적도 다양해서 애들과 어울리다 보면 질릴 새가 없어. 아주 즐거워.]

[그래? 다행이다.]

[근데 보스는 레오야. 다들 레오는 거스르지 못하겠대.]

[에두, 쓸데없는 소리 하지 마!]

레오나르도가 점점 얼굴을 붉히며 동생에게 호통을 쳤다. 미카가 킥킥 웃었다.

타이밍을 살피던 막시밀리안은 루카의 손을 끌고 침대로 다가갔다.

[미카 님, 안녕히 주무셨습니까.]

[응, 막시밀리안. 좋은 아침.]

[루카 님, 어머님께 인사 드리셔야죠.]

하지만 루카는 막시밀리안의 뒤에 숨어 머뭇거렸다. 자신이 말을 꺼냈으면서 막상 모친의 얼굴을 보니 멋쩍음이 앞서는가 보다. 가엾게도 친모를 상대로 낯을 가리고 있는 것이다.

[루카.]

아마 그 사실을 알고 있는 미카가 다정한 목소리로 이름을 불렀다.

[이쪽으로 오렴, 루카.]

루카가 모친의 부름에 막시밀리안의 다리 뒤에서 얼굴을 반쯤 내밀었다.

[루카, 이리 오렴.]

또다시 그렇게 애원하자, 겨우 막시밀리안에게서 떨어진 루카가 조심스레 모친의 머리맡으로 다가갔다. 몸을 앞으로 내민 미카가 루카의 머리를 사랑스러운 듯이 쓰다듬었다.

그 손동작에 넋을 놓고 눈을 가늘게 뜬 루카가 걱정스러운 듯이 물었다.

[어머니, 오늘은 안 아파요?]

[응, 안 아파. 우리 식구가 다 같이 있으니까.]

[다행이다.]

안도한 표정을 보인 루카가 [어머니, 아버지가 주신 선물 보여드릴게요!] 하고 신이 난 목소리로 말했다. 그 목소리를 신호로 막시밀리안이 바이올린 케이스를 루카에게 건네었다.

[이거 보세요!]

[어머, 귀여운 바이올린이구나.]

[루카의 팔 길이에 맞춰 밀라노 장인에게 만들어달라고 부탁했어.]

돈 카를로가 약간 득의양양하게 설명했다.

[저, 연습 많이 할 테니까, 나중에 어머니는 피아노를 쳐주세요.]

루카가 그렇게 부탁하자, 미카가 두 눈을 크게 떴다.

[어머니랑 저랑 둘이서 같이 연주하는 거예요. 아버지와 엉아들 앞에서 연주해요.]

아직 병에 걸려 쓰러지기 전, 형제가 피아노 주위를 에워싸고 미카를 지켜보던 행복한 광경을 막시밀리안도 기억하고 있었다.

[루카…….]

[약속.]

루카가 작은 새끼손가락을 세워 미카에게 약속하자고 졸랐다. 이 새끼손가락과 새끼손가락이 서로 얽히는 의식은 막시밀리안도 미카에게서 '약속을 지킨다는 일본식 맹세'라고 배워 알고 있었다.

한순간 미카가 울 것 같은 표정을 지었다. 정말로 울음을 터뜨리는 게 아닐까 싶었지만, 그 걱정은 기우로 끝났다. 미카는 다정한 미소를 지어 보이며 새끼손가락을 세워 루카의 손가락에 걸었다.

[새끼손가락 걸고 약속~.]

[약속~!]

둘이서 함께 '약속~' 하고 복창하고는, 루카가 기쁜 듯이 웃었다.

[연주회, 기대하마.]

돈 카를로가 눈을 가늘게 뜨고 루카의 머리에 손을 얹었다. 그러더니 부드러운 머리를 쓱쓱 헝클었다.

[그러려면 얼른 나아야겠군.]

[네……, 여보.]

미카가 남편의 말에 깊이 동의했다.

[그럼 슬슬 아침 식사를 할까? 단테가 언제 카푸치노를 준비해야 할지 타이밍을 재다 지쳐 난감해하고 있을 테니까 말이야.]

돈 카를로가 밝은 목소리로 말하자 다 같이 웃었다.

막시밀리안은 침대 옆에 설치된 원탁을 에워싸고 잠깐의 단란을 즐기던 가족을 조금 떨어진 위치에서 바라보면서 이 행복한 시간이 조금이라도 오래 이어지기를 가슴속으로 기도했다.

한밤중의 피크닉

최근 들어【팔라초 로셀리니】에서 가장 활기차고 떠들썩했던 하루가 지났다.

오늘 하루 동안 아키라가 인사를 나눈 손님은 아마 백 명은 족히 넘을 것이다.

친족과 측근, 줄리오를 필두로 한 양조장 스태프, 포도원 농부들과 그 가족, 마구간 스태프, 보디가드, 전속 의사와 변호사 등, 예전부터 알고 지내던 사람도 있는가 하면, 멀리서 방문한 처음 만나는 손님도 있었다.

최연소자는 모친에게 안긴 0살 갓난아기, 최연장자는 휠체어를 탄 93살 노인까지 연령대도 다양했다. 하지만 그들 모두 오늘의 주인공인 신랑과 신부를 축복하는 따뜻한 마음을 갖고 있다는 공통점이 있었다(아무리 그래도 0살 갓난아기가 두 사람을 축하하기 위해 자진해서 왔을 리는 없지만).

이 지역 사람들은 모두 돈 카를로의 전처 세 사람이 모두 먼저 세상을 떠난 사실을 알고 있다. 물론 그가 그 부인들을 진심으로 사랑했고, 생전에 얼마나 소중히 여겼는지도 잘 알고 있다. 그렇기 때문에 그가 세 번째 부인의 죽음 후 10년이라는 세월이 지나 새로운 인생의 반려자를 찾은 것에 대해서 진심으로 기뻐하고 있는 것이다.

더욱이 신부의 배 속에 새 생명이 있다는 사실도 밝은 화제가 되어 많은 손님들 입에 오르내렸다.

[정말 다행이야. 아기는 남자아이든 여자아이든 상관없으니 건강한 아이가 태어나기를 매일 기도하겠어.]

[어느 쪽이든 틀림없이 귀엽겠지. 돈 카를로는 여전히 남자다우신 데다, 새 신부도 미인이시잖아.]

[레오나르도 님과 에두아르 님, 그리고 루카 님도 어렸을 때는 엄청나게 귀여우셨다고.]

[그러게……, 천사 같으셨지.]

[저택에 또다시 어린아이의 목소리가 울려 퍼질 날이 정말 기대되는군.]

아키라도 상기된 얼굴로 입을 모아 이야기하는 지역 주민들의 목소리를 들으면서 진심으로 그날이 기다려졌다.

먹고 마시고 춤추고 노래하며 가든 파티는 포도 수확제 이상으로 성황리에 끝났고, 그 후 휴식을 취하고 나서 저녁부터 친족과 최측근만 모여 신랑 신부를 둘러싸고 만찬회가 열렸다.

식당에서 이루어진 이 만찬회도 시종일관 온화한 분위기 속에서 진행되었고, 웃음이 끊이지 않는 가운데 막을 내렸다.

만찬회가 끝나자, 참가자의 대부분이 2차를 위해 살롱으로 이동했다.

한 시간 정도 화기애애하게 담소를 나눈 후, 오늘의 주인공인 신랑과 신부가 일어섰다.

[다들 오늘 우리 결혼식에 참석해줘서 정말 고맙다. 여러분 덕분에 추억에 남는 멋진 결혼식을 올릴 수 있었다. 카테리나도 나도 진심으로 감사의 말을 전하지.]

그렇게 말한 돈 카를로가 한 사람 한 사람의 자리를 돌며 악수를 나누었다.

[아내가 몸이 무거워서 먼저 일어나겠네. 다들 느긋하게 있다 가도록 하게.]

그러더니 상냥하게 말을 남기고는 오늘 정식으로 아내가 된 여성을 에스코트하며 퇴장했다.

그것을 계기로 사이먼 일행 ―― 비서 크리스, 어시스턴트 미나세 ―― 도 자리에서 일어났다.

[멋진 결혼식에 참석하여 오랜만에 반가운 사람들과도 이야기를 나눌 수 있어서 굉장히 즐거웠어. 밤새도록 이야기를 나누고 싶은

마음은 굴뚝 같지만, 아쉽게도 내일 일찍 가봐야 해서 우리도 이만 실례하지.]

그렇게 말한 사이먼은 비서와 어시스턴트를 이끌고 2층 객실로 물러갔다. 사이먼 일행은 내일 아침 일찍 일어나자마자 영국으로 돌아간다고 한다. 정말로 바쁜 일정 중에 겨우 시간을 내서 참석해 준 것이다.

[저도 어머니와 참 오랜만에 만나서……, 잠깐 얼굴 좀 내밀고 올게요.]

이어서 카를로스도 효도를 하기 위해 살롱을 뒤로했다.

결국 살롱에 남은 사람은 로셸리니가 삼형제와 아키라, 나루미야, 막시밀리안 총 여섯 명이었다.

'벌써 열 시구나.'

왼쪽 손목에 찬 손목시계를 힐끔 확인하고는 마음속으로 혼잣말을 했다.

이 시간이 되니 역시 요 일주일 동안 축적된 피로가 한꺼번에 몰려오면서 몸이 무겁고 나른해졌다. 낮부터 스푸만테를 마신 데다, 만찬회에서 와인까지 연거푸 마셨기 때문일지도 모른다. 눈꺼풀도 기분 탓인지 무거웠다.

실질적으로 세 시간밖에 잠을 자지 못했기 때문에 수면 부족 또한 원인일 것이다.

'슬슬…….'

그렇게 생각하고 난로 앞 팔걸이의자에 앉은 레오를 쳐다보았지만, 거무스름한 얼굴은 자신과는 대조적으로 아직 충분히 팔팔했다. 마르살라도 이미 세 잔이나 마셨지만, 말투나 눈빛에서는 취기가 조금도 느껴지지 않았다.

오히려 알코올이 살짝 들어간 덕분에 혀가 잘 돌아가는지, 막시밀리안, 에두아르, 나루미야, 루카를 상대로 아까부터 수다스럽게 이야기를 하고 있었다. 그 화제 또한 시시각각 변동하는 세계 각국의 정세, 앞으로 주목해야 할 비즈니스, 지금 구입을 생각 중인 서러브레드, 지금 시즌 세리에 A[2] 스쿠데토[3]의 행방 등등 다양했다.

레오도 자신과 똑같이 빡빡한 스케줄을 소화했지만, 애초에 기초 체력이 다른 건지 언제 봐도 강인하다. 나이 차이라고는 생각하고 싶지 않지만.

'보아하니……, 당분간 일어날 것 같지 않은걸.'

그렇게 판단한 아키라는 먼저 자리에서 일어나기로 결심했다.

주인공 두 사람과 멀리서 온 손님들은 퇴장한 데다, 내일 아침에는 일찍 일어나서 사이먼 일행을 배웅해야 한다. 그러니 오늘 밤은 이만 목욕을 하면서 이번 한 주 동안 쌓인 피로를 풀고 싶었다.

"레오."

의자에서 일어난 아키라는 레오에게 말을 걸었다.

"나 먼저 방에 가서 쉴게. 오늘 아침 일찍부터 움직였으니까."

그러자 루카가 "아, 그럼 저도." 하고 소파에서 일어났다.

---

2 세리에 A: 이탈리아의 프로축구 최상위 리그.

3 스쿠데토: 세리에 A의 우승 팀이 다음 시즌 유니폼 중앙에 붙이는 문양.

아까부터 루카는 형들의 이야기에 열심히 귀를 기울이고 있는 것처럼 보였지만, 그 또한 오늘은 신랑신부의 들러리로 대활약을 해주었기 때문에 피곤할지도 모른다.

"그럼 저도."

그런 생각을 하고 있으려니 이번에는 뜻밖에도 나루미야가 일어섰다.

"방에 갈 거야?"

역시 뜻밖이라고 느꼈는지, 옆에 있던 에두아르가 한쪽 눈썹을 치켜 올렸다.

"죄송합니다. 약간 취기가 올라온 것 같아서요. 먼저 실례하겠습니다."

나루미야가 미안한 듯이 사과했다.

"그렇구나……. 그럼 나도."

연인을 걱정한 듯한 에두아르가 자리에서 일어나자, 레오가 "넌 아직 괜찮잖아?" 하고 동생을 붙잡았다.

"이런 기회는 거의 없으니 더 남아 있어."

"확실히 평소에는 시간이 맞을 때가 좀처럼 없긴 하지만……."

에두아르가 말을 머뭇거리며 나루미야를 보았다.

"저는 괜찮습니다. 목욕을 하면 술기운도 달아날 테니, 레오나르도 님과 여유롭게 환담을 나누도록 하십시오."

나루미야가 생긋 웃으며 말하자, 에두아르는 그의 안색을 살피고는 괜찮다고 판단했는지 "그럼 그렇게 할게."라고 대답했다.

만족스러운 듯이 고개를 끄덕인 레오가 얼굴을 돌려 막시밀리안에게도 못을 박았다.

"막시밀리안, 너도 마지막까지 남도록. 알았지?"

*　　*　　*

샤워를 하고 나서 오렌지 배스오일을 넣은 욕조에 한쪽 발을 담갔다. 목욕물이 찰랑찰랑 물결치면서 오렌지 향기가 살랑 피어 올랐다.

"후우……."

다리를 뻗고 적당한 온도의 목욕물에 가슴까지 잠긴 순간, 저도 모르게 목에서 탄식이 새어 나왔다. 얼굴을 위로 들고 뒤통수를 욕조 가장자리에 얹어 가만히 목욕물 속에 앉아 있는 사이에 아야토는 알맞게 열린 모공에서 술기운이 차츰차츰 빠져나가는 것을 느꼈다.

'다행이다. 숙취는 안 남을 것 같아.'

오늘은 웬일로 과음을 하고 말았다.

평소에는 설령 사적인 자리라 하더라도 낮부터 술을 마시는 일은 일단 없다. 건배를 하고 나서 술잔에 살짝 입을 대는 정도이며, 그 후에는 미네랄 워터로 끝낸다. 호텔리어의 직업병인지, 대낮부터 사람들 앞에서 얼굴이 벌개지거나 술에 취해 행동거지가 흐트러지는 데에 거부감이 있기 때문이다.

하지만 오늘은 축하 자리였던 데다, 진심으로 돈 카를로가 새로운 반려자를 얻은 것이 기뻤기 때문에 그만 스푸만테 글라스를 비우고 말았다. 게다가 만찬회에서도 즐거운 분위기에 기분이 고양되는 바람에 정신을 차려 보니 어느새 와인을 꽤나 마신 상태였다. 그리고 살롱에서도 마르살라를 한 잔 마셨다.

'역시 오늘은 술을 너무 많이 마셨어.'

눈에 띄는 추태를 부리지 않았기에 망정이지.

반성하면서 어깨까지 목욕물에 잠겼다.

그건 그렇고……, 참 예쁜 신부였다.

처음 만났을 때는 굳이 말하자면 지적인 여성이라는 인상이 강했지만, 오늘의 카테리나는 안에서부터 환히 빛나듯이 아름다웠다.

여성에게 결혼식이란 특별한 행사이며, 웨딩드레스는 여성을 가장 아름답게 보여주는 의상이라는 것을 새삼스레 실감했다.

카테리나의 배 속에 있는 아이도 순조롭게 크고 있는 것 같아 다행이었다. 아직 성별은 모르지만(일부러 의사에게 확인하지 않는 듯하다), 무사히 태어나주기를 간절히 바랄 뿐이다.

파티오에서 열린 가든 파티도 매우 흡족했고, 참석한 손님들도 다들 즐거워 보였다. 그 개방적인 분위기는 카사호텔의 웨딩 플랜에도 꼭 한번 도입해보고 싶다.

가든 채플홀 건설 기획서를 다시 한 번 재구성하여 에두아르에게 제안해보자.

그러자 그때, 문득 살롱을 나올 때 에두아르가 속삭였던 말을 떠올렸다.

"컨디션 안 좋으면 바로 말해. 알았지?"

마음을 쓰게 하고 말았지만, 역시 먼저 방에 돌아오길 잘했다. 그대로 그곳에 있었다면 분명히 두통 때문에 에두아르에게 걱정을 끼치고 말았을 것이다.

게다가……, 결과적으로 자신들이 자리에서 물러난 덕분에 형제끼리 오붓한 시간을 보낼 수 있게 되어 다행이지 않았을까? 레오나르도도 말했지만, 바쁜 두 사람에게는 거의 없는 기회이다.

삼남 루카는 함께 자리를 떴지만, 막시밀리안이 남았기 때문에 인원수도 딱 알맞을 것이다.

이 기회에 형제끼리 서로 속내를 털어놓을 수 있다면 좋을 텐데…….

두서없이 이런저런 생각을 하면서 10분 정도 목욕물에 잠겨 술기운이 꽤나 빠져나간 것을 느낀 아야토는 욕조에서 일어났다.

타월로 물기를 살짝 닦아 낸 다음, 목욕 가운을 걸치고 파우더룸을 나왔다.

젖은 머리를 타월로 닦고 있으려니, 누가 주실 문을 노크했다.

에두아르인가?

벌써 살롱에서 올라온 걸까?

'설마 레오나르도와 싸우기라도 한 건 아니겠지……?'

불안에 사로잡힌 아야토는 서둘러 침실에서 주실로 이동하여 문을 열었다.

"앗……."

그곳에는 예상외의 인물이 서 있었다. 하얗고 작은 얼굴, 눈망울이 까맣고 커다란 눈——.

"루카 님……?"

파자마에 카디건을 걸친 루카가 머리를 꾸벅 숙여 인사했다.

"밤중에 죄송해요. 아직 안 자고 계셨어요?"

잠시 허를 찔려 눈을 휘둥그렇게 뜨고 있던 아야토는 그 질문에 퍼뜩 정신을 차리고 되물었다.

"무슨 일이십니까? 무슨 문제라도 있으신지요?"

하지만 루카는 고개를 좌우로 흔들었다.

"목욕하고 일찍 잘 생각이었는데, 왠지 그냥 자기 조금 아깝더라구요……."

"아깝다니요?"

루카가 무슨 말을 하고 싶은 건지 좀처럼 파악하지 못한 아야토는 의아한 표정으로 루카의 말을 그대로 되뇌었다. 그러자 루카가 커다란 눈으로 가만히 쳐다보았다.

"이런 기회는 여간해선 없잖아요. 예전부터 나루미야 씨와 한번 느긋하게 이야기를 나눠보고 싶었거든요."

"저와?"

"네. 하지만 나루미야 씨 곁에는 항상 반드시 에두아르 형이 있으니까요."

듣고 보니 루카와 만날 때는 반드시 에두아르 아니면 막시밀리안, 혹은 두 사람 다 있었기 때문에 단둘이 이야기를 나눌 기회는 거의 없었다.

"근데 지금이라면 에두아르 형도 막시밀리안도 살롱에 있으니까 마침 잘됐다 싶어서 한번 와봤어요."

완전히 방해꾼 취급을 받은 두 사람에게는 미안하지만, 아야토 또한 루카와 친밀한 시간을 보내는 것에 매력을 느꼈다. 뭐라 형용할 수 없는 사랑스럽고 매력적인 그의 내면을 좀 더 자세히 알고 싶었기 때문이다.

"괜찮다면 들어오시겠습니까?"

그렇게 권하자, 루카는 또다시 고개를 가로저었다. 그리고 그 직후, 작은 동물처럼 고개를 갸웃거렸다.

"이왕이면 둘이서 아키라 씨 방에 가서 셋이 같이 얘기 나눌까요?"

* * *

솔직히 준비는 힘들었지만, 그래도 그 덕분에 추억에 남는 근사한 행사가 된 것 같다. 주인공인 돈 카를로도 그렇게 말해주었으니 꼭 자화자찬만도 아닐 것이다.

'다들 만족해준 것 같아서 정말 다행이야.'

오늘은 많은 사람들의 행복한 듯한 얼굴과 웃는 얼굴을 볼 수 있었다.

그래서 그런지 몸은 피곤하지만 마음은 흡족했다.

오늘 밤엔 꿈자리가 좋을 것 같다.

기분 좋은 만족감에 빠져든 상태로 느긋하게 목욕을 한 다음, 물기를 닦은 몸에 목욕 가운을 걸치고 있으려니 누군가가 주실 문을 노크했다.

'이런 시간에 누구지?'

살롱에서 올라온 레오가 자기 방으로 돌아가기 전에 들른 걸까?

재빨리 다가가서 문을 연 아키라는 복도에 서 있는 루카와 나루미야의 모습을 확인하고는 천천히 눈을 크게 떴다.

"두 사람 다……, 어쩐 일이야?"

우선 의외의 조합에 놀랐고, 두 사람이 매우 캐주얼한 차림이라는 점에 더더욱 놀랐다.

루카는 파자마에 카디건을 걸쳤고, 나루미야 역시 파자마 위에 커다란 스톨을 걸치고 있었다. 두 사람 다 목욕을 하고 난 후인지, 머리가 아직 축축하게 젖은 상태였다.

루카는 그렇다 쳐도 항상 헤어스타일과 복장에는 한 치의 빈틈도 없는 나루미야의 파자마 차림은 굉장히 신선했다……. 게다가 두 사람 다 아주 달콤하고 좋은 향기가 났다.

"지금 잠깐 방에 들어가도 돼요?"

루카가 태평한 말투로 묻자, 아키라는 당혹스러워하면서도 "……그래, 들어와." 하고 두 손님을 방 안으로 들였다.

"실례하겠습니다~."

"잠시 실례하겠습니다."

"오오……. 아키라 씨의 방은 이런 느낌이네요!"

주실을 한 바퀴 휙 둘러본 루카가 들뜬 목소리로 말했다.

"여긴 원래 할머니가 쓰던 방이었어요."

"뭐, 정말?"

생각해보면 자신이 시칠리아에 오기 전에는 당연히 다른 누군가의 방이었겠지만, 그에 대해 지금까지 레오에게 확인해본 적은 없었다.

"적어도 제가 【팔라초 로셀리니】를 나가기 전까지는요. 할머니는 제가 어렸을 적에 돌아가셨지만……. 천장에 있는 프레스코화는 그대로 남겨 뒀지만, 전체적으로 리모델링을 꽤 많이 했어요. 벽지랑 직물 배색 때문인지 예전에 비해 생기발랄한 분위기가 느껴져요. 틀림없이 형이 아키라 씨의 이미지에 맞춰 엄청 공들여 꾸몄을 거예요."

그렇게 말한 루카가 후후 소리 내어 웃었다.

"……글쎄. ……뭐, 서서 얘기하는 것도 그러니, 앉아."

그들이 방문한 이유는 도무지 모르겠지만 방에 세운 채로 이야기를 나눌 수도 없었기에 아키라는 두 사람에게 소파를 권했다.

"대충 편하게 앉아."

두 사람이 아키라가 권하는 대로 소파에 앉았다. 아키라는 자신과 마주 본 상태에서 오른쪽에 루카가, 한 사람이 앉을 수 있는 간격을 두고 왼쪽에 나루미야가 앉은 모습을 보고 나서 물었다.

"뭐 마실래?"

"아, 신경 쓰지 않으셔도 돼요. 이걸 가져왔거든요."

루카가 카디건 안에서 에티켓이 붙어 있지 않은 와인병을 꺼냈다.

"이건……?"

저도 모르게 와인병을 들고 유심히 살펴보았다.

"귀부 와인이에요. 줄리오가 스무 살 생일 선물로 준 걸 그대로 지하 셀러에 보관해 놨어요."

"우리 양조장에서 귀부 와인 같은 걸 만들었어?"

귀부 와인은 마르살라와 마찬가지로 디저트 와인의 일종이다.

일부러 포도 수확을 늦춰 늦가을의 습기가 만들어 내는 곰팡이를 이용하여 당도를 높인 와인으로, 발상지인 헝가리와 더불어 독일, 프랑스가 3대 산지지만, 최근 들어 이탈리아 중부 지방에서도 생산되기 시작했다는 것은 알고 있었다.

"아키라 씨도 처음 보시는구나. 줄리오도 시행 착오 단계라 상품화까지는 아직 멀었다고 했지만……."

현재 상태에서 만족하지 않고 일흔을 넘는 나이에도 도전 정신을 잊지 않는 마에스트로 줄리오에게는 그저 탄복을 금치 못했다.

"제가 단것을 좋아해서 특별히 선물해준 거에요."

줄리오는 자존심이 강하기 때문에 자신이 완성품이라고 납득하지 않는 한 시장에 내놓지 않겠지만, 개인적인 선물은 가능했을 것이다.

줄리오가 만든 얼마 안 되는 디저트 와인의 정체를 알자 갑자기 흥미가 솟구쳤다.

"맛이 어떨지 기대되는걸."

"그 귀부 와인의 안주로……, 저는 이걸 가져왔습니다."

나루미야가 스톨 안에서 랩에 돌돌 말린 하얀색 덩어리 두 개와 작은 병을 꺼냈다. 하얀색 덩어리는 치즈, 즉 포르마지오(이탈리아 치즈)였다.

"단테 씨께서 주신 마스카르포네 치즈와 리코타 치즈입니다. 이쪽 병에 들어 있는 것은 오렌지꽃 꿀. 둘 다 이 지역에서 만들었다고 하는데, 예전에 제가 아침 식사에 올라온 치즈와 꿀이 맛있다고 얘기했던 걸 기억해주고 계셨던 것 같더라구요."

"정말 맛있어 보여요. 빵이 있으면 더 좋겠지만."

루카의 요청을 들은 아키라는 "로제타라면 있어."라고 말했다.

로제타는 이탈리아의 전통적인 테이블 빵으로, 맛은 소박하지만 올리브 오일을 찍어 먹으면 매우 맛있다. 특히 【팔라초 로셀리니】의 주방에 있는 가마에서 구운 로제타의 맛은 각별하다……고 손님들에게서도 호평을 받았다. 크림 치즈에도 잘 어울릴 것이다.

"그리고……, 우리 과수원에서 수확한 올리브 오일도 있어. 올리브 열매와 아몬드도."

테이블 위에 쭉 놓인 빵과 귀부 와인, 치즈, 올리브, 아몬드를 바라보며 루카가 들뜬 목소리로 말했다.

"왠지 피크닉 온 것 같아요!"

"피크닉을 시작하기 전에 옷 갈아입고 올 테니까 잠깐만 기다려 봐."

아키라가 그렇게 말하고는 침실로 이동했다.

남자끼리이긴 하지만, 아무리 그래도 알몸에 목욕 가운만 걸친 차림으로 있으려니 마음이 불편했기 때문이다.

침실에서 속옷을 입은 다음, 목욕 가운에서 항상 실내복으로 입는 기모노로 갈아입었다.

그건 그렇고 이런 시간에 피크닉이라니, 예상치도 못한 일이 벌어지고 말았다.

'게다가 멤버도 왠지 신기하단 말이지.'

그런 생각을 하면서 주실로 돌아가자, 아키라를 본 루카가 "와아." 하고 탄성을 터뜨렸다.

"예뻐요……!"

솔직한 칭찬을 듣자마자 얼굴이 달아올랐다. 이런. 이미 버릇이 된 바람에 그만…….

잘 생각해보니 여자 옷인 데다, 무늬 또한 엄청나게 화려한 기모노였다.

"혹시 어머니가 입던 기모노예요?"

아키라는 루카의 질문에 "응." 하고 대답했다.

"레오가 실내복으로 쓰라고 줬거든……. 여자 옷이라 처음에는 거부감이 있었지만, 한번 익숙해지니 편하더라고……."

"역시 그랬구나. ……왠지 어머니가 살아 돌아온 것 같아요."

그렇게 중얼거린 루카의 눈이 기분 탓인지 촉촉하게 젖은 것처럼 보였다.

"굉장히 잘 어울리세요."

루카의 옆에서 나루미야도 황홀한 목소리로 말했다.

"그래요? 나루미야 씨가 더 잘 어울릴 것 같은데."

쑥스러운 나머지, 아키라는 얼떨결에 화살을 나루미야에게 돌렸다.

"아, 듣고 보니 나루미야 씨도 잘 어울릴 것 같아요! 나루미야 씨는 청초하고 한 송이 백합 같으니 시로무쿠[4]도 분명히 잘 어울릴 거예요!"

"……시로무쿠요?"

나루미야가 당황한 얼굴로 되물었고, 아키라는 저도 모르게 웃음을 풉 터뜨렸다.

"루카, 시로무쿠는 신부가 입는 거야."

"알아요. 근데 잘 어울릴 것 같지 않아요?"

"그야 그렇지만."

아키라는 웃으면서 그들의 앞쪽 소파에 앉았다.

'재미있네. 원래 이런 성격인가……?'

생각보다 유니크한 루카의 캐릭터를 마주하고 흐뭇한 기분이 드는 것과 동시에 예전보다 자신에게 마음을 터놓은 것을 느끼고는 마음에 기쁨이 퍼졌다.

4 시로무쿠: 일본 신부의 전통 의상으로, 위아래가 전부 순백색인 기모노.

지금까지는 형제라고는 해도 실제로 만난 적은 손에 꼽히는 정도였던 데다, 루카도 나이 차이가 많이 나는 자신의 눈치를 보며 깍듯한 존댓말을 사용했다.

앞으로도 이런 식으로 만나서 대화하는 기회가 늘어나면 서로의 성격이나 버릇, 사고방식을 조금씩 파악하고, 언젠가는 루카와 흔한 형제 사이가 되는 날이 올지도 모른다.

"받으세요."

세 사람은 나루미야가 따라준 귀부 와인이 담긴 와인글라스를 저마다 손에 들고 얼굴 앞으로 치켜 올렸다.

"돈 카를로의 행복한 결혼을 위하여."

"앞으로 태어날 아기를 위하여."

"가족 여러분의 건강과 행복을 위하여."

건배 ──! 하고 한 목소리를 내며 와인글라스를 살짝 맞댔다.

그러고 나서 곧바로 귀부 와인을 한 모금 마셨다.

"호오……, 이건."

"단맛만이 아니라……, 자기 주장이 확실한 산미와 독특한 쓴맛이 있네요."

아키라도 나루미야의 적확한 표현에 공감하며 수긍했다.

"『예리한 단맛』이라고 할까? 뒷맛도 지속성이 있어요."

"우아하고 고급스러운 맛이 감도는 게 참 맛있네요. 정말 디저트 대신으로 마셔도 될 것 같아요."

루카도 와인글라스 안에 담긴 액체를 할짝할짝 핥으면서 감상을 입에 담았다.

그 후, 세 사람은 치즈와 올리브 오일을 바른 로제타를 안주 삼아 귀부 와인을 맛있게 마시면서 담소를 나누었다.

술이 적당하게 들어가서 세 사람 다 마음이 편해진 무렵, 루카가 화제를 다시 되돌렸다.

"아까 하던 얘기 말인데요, 나루미야 씨는 식을 올린다면 일본식이 좋으세요?"

"일본식?"

"결혼식 말이에요. 에두아르 형과."

나루미야가 눈을 휘둥그렇게 떴고, 와인을 마시던 아키라는 사레가 들려 캑캑거렸다.

"339도[5] 같은 것도 엄숙한 분위기라 참 근사하단 말이죠. 시로무쿠도 청초한 데다, 신랑 의상도 멋있고."

"루카, 나루미야 씨가 난처해하잖아. 애초에 남자끼리 결혼식을 올리는 게 말이……."

"네? 그치만 아키라 씨와 레오나르도 형은 우리 집 예배당에서 식을 올렸잖아요?"

예상치도 못한 반격에 놀라 숨을 삼켰다.

"그……그건……."

"조상님들 앞에서 평생을 함께하겠다고 맹세하셨다면서요?"

5 339도: 세 잔의 술잔을 두고 신랑이 먼저 한 잔을 마신 뒤 신부가 그다음, 마지막으로 신랑이 마신다. 이렇게 세 차례 반복하여 9잔을 마심으로써 두 사람의 완전한 결합을 알린다는 의식.

"……그건 그렇지만, 정말로 둘이서 선서만 했을 뿐이야."

그러자 루카가 횡설수설하는 아키라를 향해 아무렇지도 않게 추격타를 가했다.

"아키라 씨가 어머니 베일을 썼다는 얘기도 들었어요."

"누가 그래?"

"레오나르도 형이요."

"윽……."

"아주 예뻤다고……, 자기 신부는 세상에서 제일 아름다웠다고 엄청 자랑하던데요? ……부럽다, 나도 어머니 베일을 쓴 아키라 씨를 보고 싶었는데. 사진이라도 찍어 두지 그러셨어요."

아키라는 부러운 듯이 말하는 루카의 앞에서 속으로 레오를 욕했다.

'그 녀석……, 술술 떠들고 다녔구만.'

하지만 파란의 씨앗을 뿌린 루카는 아키라의 동요를 아는지 모르는지 생글생글 웃었다.

"정말 사이가 좋으시네요."

"……."

"솔직히 레오나르도 형이 팔불출처럼 보일 때도 있지만, 행복한 것 같으니까 저는 만족해요. 줄곧 장남으로서 혼자 중압감을 짊어지고 살아왔으니, 자랑쯤이야 조금 할 수도 있죠. 안 그래요?"

루카가 동의를 구하자 말문이 턱 막혔다.

"……."

빨갛게 달아오른 얼굴로 입을 다문 아키라에게서 시선을 돌린 루카가 "그러고 보니." 하고 나루미야의 얼굴을 들여다보았다.

"예전부터 여쭤보고 싶었는데요, 나루미야 씨와 에두아르 형은 가까워지게 된 계기가 뭐예요?"

"계……계기……요?"

루카는 당황스러워하는 나루미야에게 어깨를 가까이 갖다 대며 졸랐다.

"궁금해요."

"아니……, 하지만."

"나루미야 씨, 궁금해요! 가르쳐주세요!"

"그건……, 나도 궁금하다."

아키라도 무심결에 동조하자, 나루미야가 하얀 도자기 같은 얼굴을 확 붉혔다. 한동안 망설이는 것처럼 보였지만, 한껏 기대가 담긴 두 사람의 뜨거운 시선에 용기를 얻었는지 띄엄띄엄 이야기하기 시작했다.

"에두아르와는 11년 전, 뉴욕에 있는 한 호텔에서 처음 만났어요."

"11년 전?! 그렇게 예전에?"

루카가 놀란 목소리로 말했다. 아키라도 깜짝 놀랐다. 당연히 로셀리니가 카사호텔을 매수하고 나서 만났다고 생각했기 때문이다.

"네. 그 당시 저는 대학 인턴십의 일환으로 아로마호텔에서 보이로 일했어요. 그 호텔에서 어느 날 밤 영화 프로듀서가 주최하는 파티가 열렸고, 에두아르가 그 파티에 참석했죠."

손님과 보이로서 파티 회장에서 만나, 엘리베이터에서도 우연히 재회. 그 엘리베이터가 정전으로 멈추는 바람에 어둠 속에서 혼란 상태에 빠진 나루미야를 에두아르가 품에 안아주었다.

그 후, 답례를 하기 위해 찾아간 에두아르의 방에서 두 사람은 육체 관계를 나누었다.

"우와, 굉장하다! 그렇게 드라마틱한 전개가?!"

"그보다 에두아르……, 손이 참 빠르네."

아키라가 나지막이 중얼거리자, 루카도 "그러게요." 하고 고개를 끄덕였다.

"그, 그래서 어떻게 됐어요?"

"손님과 깊은 관계를 가지는 것은 호텔리어로서 가장 저질러선 안 되는 행위이기 때문에 그의 매력을 거스르지 못하고 금기를 어긴 자신을 밤새도록 나무랐어요. 그리고 그러는 사이에 날이 밝아 호텔에 출근해보니, 그는 이미 체크아웃하고 호텔을 떠난 후였어요. 제 앞으로 메시지도 남기지 않았길래 하룻밤 상대로 버려진 줄 알고 무척이나 상심했죠."

"너무해! 에두아르 형, 진짜 너무하다! 그쵸, 아키라 씨?"

루카가 울분을 풀 길이 없다는 듯한 표정으로 소리치며 아키라의 얼굴을 보았다.

"……그러게. 너무하다."

"아뇨."

나루미야는 고개를 가로저었다.

"전부 다 오해였어요."

그 뒤에 이어진 그의 이야기는 마치 영화의 줄거리 같았다.

에두아르에 대한 마음을 가슴 깊숙이 봉인하고 10년이라는 세월을 보낸 나루미야에게 찾아온 극적인 재회.

호텔 본관의 존속을 둘러싼 대립.

막무가내로 나가는 에두아르를 미워하는 마음과는 반대로 또다시 어이없이 끓어오르는 연정.

선대 오너의 아들이 저지른 횡령 발각과 경질.

되레 원한을 사서 보일러실에 갇혔지만, 다른 누구도 아닌 에두아르가 구하러 와주면서——.

"그리하여 겨우 10년에 걸친 서로의 오해를 풀게 되었습니다."

나루미야가 이야기를 끝내자, 루카와 아키라의 입에서 한숨이 새어 나왔다.

"굉장하다. 한 편의 영화 같아."

"정말."

흥분한 얼굴로 맞장구를 친 루카가 문득 생각이 났다는 듯이 말을 이었다.

"이야기를 들으면서 깨달았는데요."

"네, 말씀하세요."

"형은 아무튼 외모가 출중하니까 엄청 인기가 많지만, 어떤 여자에게도 다 진심인 것 같지 않았거든요……. 그래서 혹시 진심으로 사랑하는 사람이 있는 게 아닐까 의심한 적은 있는데, 지금 생각해

보니 나루미야 씨였네요.”

“그건…….”

나루미야의 하얀 얼굴이 점점 더 붉게 물들었다. 루카가 그 상기된 뺨을 손가락으로 쿡쿡 찔렀다.

“에두아르 형이 푹 빠지는 것도 이해가 가요. 나루미야 씨는 이렇게나 귀여운걸요.”

“루카 님……, 저를 괴롭히지 말아주세요.”

“후후, 귀여워라.”

“이 녀석, 어른을 놀리면 못 써.”

아키라가 타이르자, 루카는 “네 ―― .” 하고 어깨를 움츠리며 진지한 표정을 지었다.

“이렇게 되고 나서 보니 두 사람은 반드시 만날 운명이었네요. 동생 입장에서는 두 사람이 재회해서 얼마나 다행인지 몰라요. 그대로 만나지 못했다면 에두아르 형은 불쌍한 인생을 보냈을 테니까요. 나루미야 씨, 떨어져 있는 동안에도 계속 에두아르 형을 마음에 그려주셔서 고맙습니다.”

“무슨 말씀이세요……. 저야말로……, 이런 저를 택해주셔서 감사할 따름인걸요.”

나루미야가 깊이 감동한 표정으로 루카에게 머리를 숙였다.

소파에 나란히 앉은 두 사람을 흐뭇하게 바라보고 있던 아키라는 문득 어떠한 사실을 번뜩 떠올렸다.

“그러고 보니 루카도 재회하고 나서 사귀게 된 것 아니야? 막시밀리안하고 10년 동안 떨어져 있었지?"

루카가 아키라의 질문에 고개를 꾸벅 끄덕였다.

"네. 제가 열 살 때 막시밀리안이 【팔라초 로셀리니】를 나가 로마에서 살게 됐는데, 그 이후로 왠지 모르게 사이가 어색해지면서……, 이제 막시밀리안은 나 같은 건 아무래도 좋구나, 하고 계속 어린애처럼 토라져 있었어요."

"하지만 막시밀리안은 루카의 후견인으로 일본 유학을 갈 때 동행해 주었잖아? 자기 일도 있는데."

"맞아요. 같이 가서 낯선 곳에서 잘 지낼 수 있도록 제대로 된 생활 기반을 잡아주었어요……. 그런데도 저는 잔소리만 해대는 시끄러운 감시역이라고 성가시게 여기기나 했어요."

루카는 그 당시 자신이 했던 행동을 떠올렸는지 풀이 죽었다.

"뭐, 막시밀리안도 무슨 생각을 하는지 알기 힘든 타입이니까."

아키라가 위로하자, 나루미야가 "그런가요?" 하고 고개를 갸웃거렸다.

"확실히 막시밀리안 씨는 얼굴에 감정이 드러나지 않지만, 그만큼 눈으로 마음을 표현하는 분이신걸요."

"눈으로?"

루카가 중얼거렸다. 아키라도 막시밀리안의 청회색 눈동자를 떠올려보았다.

얼핏 보면 쿨하지만, 그 깊은 곳에 파란 정열의 불빛을 품은 두 눈동자.

"항상 루카 님의 동향을 좇는 그 눈빛에서 루카 님을 지키겠다는 강한 의지와 깊은 애정이 느껴진답니다."

"그래요?"

루카가 순식간에 기쁜 듯이 얼굴을 환하게 빛냈다.

"그야말로 수호신이구나. 소중히 여겨."

그러더니 아키라의 말에 고개를 끄덕였다.

"줄곧 보호만 받았으니, 이것저것 더 많이 경험하고 하루 빨리 어른이 되어 이번에는 제가 막시밀리안의 버팀목이 되어주고 싶어요."

"이미 충분히 버팀목이 되고 있는 것 같은데?"

아키라의 의견에 나루미야도 "맞아요." 하고 동의했다.

"실은 얼마 전에 막시밀리안이 너무 성급하게 어른이 되지 말라고 그러더라구요."

"그 마음도 이해가 되는걸. 나도 루카가 이대로 있어줬으면 좋겠거든."

"아키라 씨도?"

"좀 더 응석꾸러기 막내로 있어줬으면 좋겠어."

"그럼 막내가 아니게 될 때까지는 실컷 응석 부릴게요. 형이나 오빠가 되기 전까지."

"루카에게 동생이 생기다니."

아키라가 감회 깊은 목소리로 중얼거리자, 루카가 "제가 형이나 오빠가 되는 게 그렇게 믿어지지 않으세요?" 하고 토라졌다. 나루미야도 그 옆에서 웃음을 터뜨렸다.

한밤중의 피크닉은 아직 당분간 끝날 것 같지 않았다.

*　　*　　*

한편 그 무렵, 살롱에서는…….

아키라와 루카, 그리고 나루미야가 퇴실하고 레오나르도, 에두아르, 막시밀리안 세 사람이 남은 지도 한 시간 남짓 지났다.

레오나르도는 이미 꽤 많은 양의 와인을 마신 상태였다.

애초에 대주가이긴 하지만, 오늘 밤은 특히나 기분이 좋은지 속도가 빨랐다.

자기 혼자 마시기만 하지 않고 막시밀리안에게도 연거푸 술을 권했다. 주인이 권하니 거절할 수도 없었던 막시밀리안은 그가 따라주는 와인을 묵묵히 들이켰다.

에두아르도 얼굴색 하나 변하지 않고 와인을 마치 물처럼 계속해서 흘려 넣었고……, 정신을 차려 보니 셋이서 마르살라를 한 병, 와인 풀보틀을 다섯 병이나 비웠다.

살롱에 오기 전에도 낮부터 마셨기 때문에 전부 합치면 어마어마한 양이었다.

이렇게까지 과음했으니 당연히 취기가 돌 법도 하다.

막시밀리안이 자신의 사고가 약간 둔해졌다는 것을 의식하고 있으려니, 레오나르도가 그렇게 마셨는데도 아직 기분 좋게 살짝 취한 듯한 표정으로 "그러고 보니." 하고 말을 꺼냈다.

"에두아르, 네가 가장 의외였단 말이지."

팔걸이의자에서 긴 다리를 고고하게 꼬고 앉은 에두아르가 "의외?" 하고 되물었다.

"그렇게나 여자들에게 인기 있던 네가 남자에게 빠지다니."

형의 야유를 받은 에두아르가 어깨를 움츠렸다.

"그저 이 세상에 있는 그 어떤 미녀도 아야토의 매력에는 필적할 수 없다는 뜻이야."

"나루미야가 아름다운 건 인정한다. 그의 미모야말로 진정한 오리엔탈 뷰티라 할 수 있겠지."

에두아르의 눈썹 끝이 꿈틀 움직였다. 그리고 꼬고 있던 다리를 푼 다음, 등받이에서 일어나 몸을 앞으로 기울였다. 그러더니 눈앞에 있는 형을 똑바로 응시하며 "레오." 하고 낮은 목소리로 이름을 불렀다.

"말해 두겠는데 아야토에게 손댔다간……, 설령 형제라 하더라도 가만 안 둬."

레오나르도가 그답지 않은 엄포에 큭 웃으며 입술을 일그러뜨렸다.

"네가 그렇게까지 기를 쓰고 달려들 줄이야. 나루미야도 제법이군."

에두아르가 플래티나 블론드를 쓸어 올리며 또다시 자세를 되돌렸다.

"특별하니까. 내 운명의 상대거든. 아키라에 대한 레오의 마음도 똑같잖아?"

"뭐, 그렇지."

"하지만 처음에는 아키라에게서 미카의 모습을 보고 있는 줄 알았어. 아키라는 미카의 젊었을 때와 꼭 닮았으니까."

"얼굴은 비슷하지만……, 알맹이는 달라. 미카는 따뜻하고 큰 사람이었어. 다른 사람을 포근히 감싸주는 강인함을 갖고 있었지. 아키라는 어떤 운명이든 받아들이고 달아나지 않는……, 바람에 나부끼는 버들가지 같은 강인함의 소유자야. 그 아름다움도 뚝심 있고 깨끗한 정신에서 배어 나오는 것이지……."

"아키라 얘기만 나오면 진짜 말이 많아지네."

"너야말로 스스로는 깨닫지 못한 것 같지만, 나루미야 얘기 할 때마다 얼마나 혼자 실실거리는지 알아?"

"품위 없는 말투로 말하지 마."

"그럼 뭐라 말해야 되는데? 히죽히죽 웃는다고 할까?"

"히죽히죽 웃는 건 형이지. 아키라를 보는 얼굴, 완전히 넋이 나가 있던데 뭐. 꼴사나워서 못 봐주겠더라."

"누가 넋이 나간 아저씨라고?!"

더 이상 방치했다간 위험 수역에 도달할 것 같은 기분을 감지한 막시밀리안은 들으라는 듯이 어흠 헛기침을 했다. 형제가 이쪽을 돌아보았다.

"슬슬 정리하고 올라가도록 하죠. 저희 세 사람도 술이 꽤나 들어간 것 같습니다."

레오나르도가 냉정한 목소리로 제안한 막시밀리안을 노려보며 물었다.

"너야말로 말해봐."

느닷없이 자신에게 화살이 향해지자 불길한 예감을 느끼면서 "무슨 말씀이신지요?" 하고 되물었다.

"옛날부터 로리콤이었나?"

낯선 단어를 듣고 눈살을 찌푸린 막시밀리안은 의아한 듯이 앵무새처럼 레오나르도의 말을 그대로 입에 담았다.

"로리콤?"

"그러니까 그런……, 어린애 같은 게 좋은 거지?"

어린애 같다――는 말이 루카를 가리키는 것을 깨닫고는 점점 더 미간에 주름이 잡혔다.

"루카 님은 이미 성인이십니다."

"그건 나도 알아. 하지만 그 녀석은 나이치고는 어린애 같으니까 말이야. 안 그래?"

레오나르도가 동생에게 동의를 구했다. 에두아르도 "그러게." 하고 인정했다.

"귀엽긴 하지만 얼굴도 어리게 생긴 데다, 삐쩍 말랐잖아."

자신들의 연인과 비교하는 듯한 묘사를 들으며 울컥한 막시밀리안은 안경테를 가운뎃손가락으로 밀어 올리며 "외람된 말씀입니다만." 하고 반론을 제기했다.

"확실히 루카 님의 얼굴은 아직 앳되지만, 현재 눈부시게 성장 중이십니다. 꽃에 비유하자면 활짝 피기를 기다리는 단단한 꽃봉오리라고 할 수 있겠죠. 또한 몸매도 가냘프긴 하지만, 나름대로 살이 붙어야 할 곳은 확실하게 살이 붙어 있기 때문에 안는 느낌은 결코 나쁘…….”

퍼뜩 정신이 들어 입을 다물었지만, 때는 이미 늦었다.

‘이런!’

“……그렇군.”

팔짱을 낀 레오나르도가 반쯤 뜬 눈으로 막시밀리안을 가만히 노려보았다.

“할 건 다 하고 다니나 보네.”

마찬가지로 기분이 매우 언짢은 듯한 에두아르가 매서운 저음을 이어받아 말했다.

“고지식해 보이지만……, 의외로 여간내기가 아니군.”

막시밀리안은 목 뒤로 식은땀을 어렴풋이 흘리며 고개를 푹 숙였다.

“죄송합니다. 제가 주제넘는 짓을…….”

“사과할 필요 없다. 그 대신 이실직고해. 루카와는 어디까지 갔지?”

거듭 식은땀이 확 배어 나왔다.

“……말씀드릴 수 없습니다.”

“말해. 이건 당주의 명령이다.”

“그것만은……, 부디 봐주십시오.”

"레오, 그만해. 짓궂게 뭐 하는 짓이야?"

보다 못한 에두아르가 도움을 준 것까지는 좋았지만, 그 뒤에 생각지도 못한 말을 입에 담았다.

"왜 그래? 욕구 불만이야?"

동생의 지적을 받은 레오나르도가 금세 언짢은 표정을 지었다.

"무슨 바보 같은 소리를……. 나와 아키라의 사이는 최고로 순조롭다고."

"아, 그러셔……? 그럼 아키라도 틀림없이 만족하고 있겠네."

"당연하지. 너와는 달라."

에두아르의 어깨가 흠칫 떨렸다.

"본 적도 없으면서 형이 뭘 알아?"

"볼 필요도 없어. 어차피 청결한 시트 위에서 이미지 비디오처럼 미적지근한 섹스나 하겠지."

"형이야말로 아무런 예술성도 독창성도 없는 판에 박은 듯한 구닥다리 섹스나 하면서 혼자 만족하고 살겠지."

두 사람이 동시에 의자를 박차고 일어나 거리를 확 좁혔다. 그러더니 서로를 노려본 채로 얼굴을 조금씩 가까이 가져갔다.

'이대로 가다간……, 한바탕 난리가 나겠어.'

두 사람 사이에 감도는 험악한 분위기에 초조함을 느낀 막시밀리안도 덩달아 일어섰다.

그러나.

"레오나르도 님, 에두아르 님, 정말로 이제 슬슬 올라가서 쉬시는 편이 좋으실 것 같습니다."

"넌 잠자코 있어, 막시밀리안."

"그래. 너한테만은 그런 소리를 듣고 싶지 않다. 우리의 소중한 루카를 빼앗은 너한테만은 말이야."

형제는 가시 돋친 말투로 잇따라 막시밀리안을 견제했다.

약점을 지적당한 막시밀리안은 양심의 가책을 느끼며 어금니를 꽉 깨물었다.

"그 문제에 관해서는 다른 날 다시 사과 드리겠으니, 오늘은 이만 두 분 다 방으로 올라가시죠."

하지만 두 사람은 막시밀리안의 중재 따윈 듣지 않았다.

당장이라도 코끝이 달라붙을 듯이 얼굴을 가까이 대고 서로를 도발했다. 마치 두 마리의 대형 육식 동물이 서로를 위협하는 광경 같았다.

"잘 들어. 난 충분히, 아니 충분하고도 넘칠 만큼 아키라를 만족시키고 있다고."

"과연 그럴까? 본인한테 확인해봤어? 마음 상하지 말라고 그냥 느끼는 척하고 있는 것 아니야?"

"너야말로 사실은 불만이지만 상사니까 심기를 불편하게 할까 봐 말 못하는 것 아니야? 나루미야는 성격이 진중하니까 말이지."

"그렇게까지 의심되면 본인한테 직접 확인해보든가."

"후회하기 없기다."

"흥, 바라는 바라고."

"좋아! 그럼 지금 2층으로 올라가서 누가 위인지 모두의 앞에서 결판을……."

"레오!!"

분노에 찬 목소리가 살롱에 쩌렁쩌렁 울려 퍼지자, 세 사람의 몸이 일제히 흠칫 떨렸다.

"……."

조심스레 돌아본 살롱 입구에서 우뚝 버티고 선 아키라의 모습을 발견한 레오나르도가 "앗." 하고 허를 찔린 듯한 목소리를 냈다.

멀리서 봐도 미간에 뚜렷하게 주름이 잡힌 것을 알 수 있었다. 여성용 기모노를 입은 아키라의 등 뒤에는 파자마 차림의 나루미야와 루카의 모습도 보였다.

왜 세 사람이 나란히 이곳에 있는 거지?

아니, 그보다 가장 큰 문제는 '언제부터 여기에 있으면서', '어디까지 들었냐'는 것이다.

막시밀리안의 머리에 떠오른 의문과 똑같은 생각을 레오나르도 또한 품은 듯했다.

"어, 언제부터 거기……."

아키라는 당황한 기색이 역력한 연인의 질문에 대답하지 않고 말없이 살롱 안으로 성큼성큼 들어왔다. 그러더니 얼어붙어 있는 레오나르도의 바로 근처까지 다가가선, 고개를 들고 매섭게 노려보았다.

"술 먹고 헛소리 그만해."

땅을 기는 듯한 저음으로 일갈하자마자 레오나르도의 한쪽 팔을 덥석 잡았다. 그런 다음, 그를 난폭하게 끌고 갔다.

"자……잠깐. 난 아직……."

"주정뱅이는 입 다물어."

"아키라."

"시끄러워!"

질질 끌려가는 레오나르도를 멍하니 지켜보던 에두아르가 곧바로 쓴웃음 섞인 말투로 혼자 중얼거렸다.

"……레오도 힘들겠어."

그리고 어느샌가 옆에 다가온 나루미야를 돌아보며 어깨를 움츠렸다.

"완전히 잡혀 사는구만."

"에두아르. 외람된 말씀입니다만, 당신도 술을 많이 드신 것 같군요."

차가운 대답이 돌아오자, 에두아르의 뺨이 살짝 굳어졌다.

"아야토, 난……."

"저희도 이만 가죠."

막무가내로 말을 뚝 끊어버리자, 에두아르가 약간 압도된 표정으로 고개를 끄덕였다.

"아야토, 말해 두겠는데, 난……."

"말씀은 방에서 듣겠습니다."

에두아르 또한 나루미야에게 팔을 잡힌 채 맥없이 퇴장했다.

네 사람이 나가고 급격히 조용해진 살롱에 남겨진 막시밀리안과 루카는 천천히 얼굴을 마주 보다가 눈과 눈이 마주친 순간 동시에 웃음을 터뜨렸다.

"아하하……, 레오나르도 형 얼굴 봤어?!"

"큭……, 에두아르 님도……, 그런 얼굴은 난생 처음 봤습니다."

두 사람은 큭큭큭, 하하하, 오랜만에 배를 잡고 웃었다. 그리고 얼마 안 있어 발작처럼 일어났던 웃음이 진정되자, 루카가 시원시원한 말투로 중얼거렸다.

"그래도 형들 말이야, 참 행복해 보여."

"네. 두 분 다 멋진 파트너를 얻으셨네요."

루카가 즉각 덧붙였다.

"물론 우리도!"

"네, 당연하죠."

막시밀리안도 곧장 대답하고 미소를 지었다.

"그럼 저희도 슬슬 2층으로 갈까요?"

막시밀리안이 재촉하자, 루카가 동의 대신 팔을 휘감았다.

사이좋게 팔짱을 낀 두 사람은 가벼운 발걸음으로 문을 지나 아직 '최근 들어 가장 활기차고 떠들썩했던 하루'의 여운이 남아 있는 살롱을 뒤로했다.

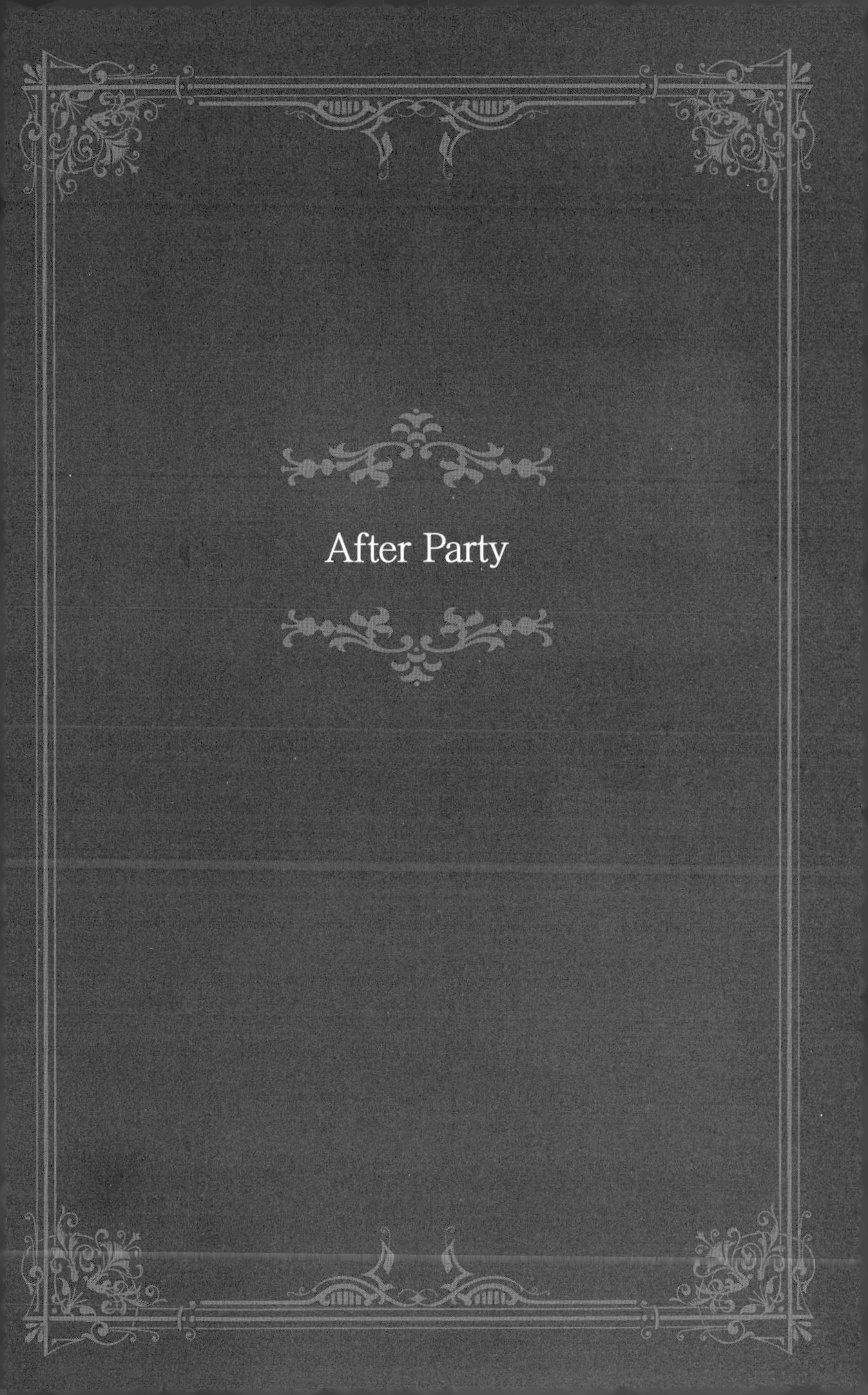

After Party

자신이 추태를 저질러 버렸다는 것은 잘 알고 있었다.

아침부터 계속 엄청난 양의 술을 단속적으로 마신 탓에 웬일로 취하고 말았지만, 자신의 앞을 걸어가는 연인이 화가 난 이유는 이해가 갔다. 그리고 그 분노의 원흉이 방금 전에 자신이 보인 언동이라는 것도…….

살롱을 나와 복도를 걸어가는 동안에도, 2층으로 이어지는 대계단을 올라갈 때도 연인은 한 번도 뒤를 돌아보지 않았다. 앞을 똑바로 향한 채 약간 빠른 걸음으로 나아갔다.

호텔리어의 습성 때문인지 평소에는 항상 자신의 한 발짝 뒤로 물러나 따라오는 그치고는 드문 일이었다.

이런 그는 처음 봤다. 처음 만난 지 10년, 연인 사이가 된 지 반년이 지났지만, 그가 이렇게까지 감정 —— 그것도 분노와 같은 부정적 감정 —— 을 드러낸 적은 처음이었다.

그만큼 살롱에서 자신과 형이 다투는 모습을 보고 화가 났다는 뜻일 것이다.

그렇게 추측한 에두아르는 초조함을 느꼈다.

연인이 보는 앞에서 '그런 얘기'를 하다니, 추태도 이런 추태가 없다.

—— 잘 들어. 난 충분히, 아니 충분하고도 넘칠 만큼 아키라를 만족시키고 있다고.

—— 과연 그럴까? 본인한테 확인해봤어? 마음 상하지 말라고 그냥 느끼는 척하고 있는 것 아니야?

—— 너야말로 사실은 불만이지만 상사니까 심기를 불편하게 할까 봐 말 못하는 것 아니야? 나루미야는 성격이 진중하니까 말이지.

—— 그렇게까지 의심되면 본인한테 직접 확인해보든가.

—— 후회하기 없기다.

—— 흥, 바라는 바라고.

—— 좋아! 그럼 지금 2층으로 올라가서 누가 위인지 모두의 앞에서 결판을…….

'……대체 어디서부터 들었을까?'

형과의 다툼을 되새기면 되새길수록 초조함이 밀려왔다.

아니, 어디서부터 들었든 변명할 여지가 없다.

몇 분 전으로 돌아가서 레오의 도발에 넘어가 그만 '본인에게 직접 확인해보라'고 입을 잘못 놀린 자신의 멱살을 잡고 싶었다. 하지만 이제 와서 아무리 후회해도 이미 늦었다.

좀처럼 맛보지 못한 초조한 감정에 당황하고 있는 사이에 대계단을 전부 올라가버렸다. 목적지인 방의 문까지는 이제 코앞이다.

"아야토."

에두아르는 연인의 등이 뿜어내는 무언의 압박을 차마 견디지 못하고 마침내 말을 걸었다.

이런 어색한 분위기를 방까지 끌고 가긴 싫었다.

두 사람은 떨어져서 지내기 때문에 만날 수 있는 시간이 한정된다. 안 그래도 레오에게 붙잡혀 귀중한 시간을 헛되이 보내고 말았는데.

"아까 살롱에서 있었던 일 말인데, 그건 어쩌다 보니 그렇게 됐다고나 할까, 레오가 집요하게 시비를 걸어오길래 그만 말이……."

"말씀은 방에서 듣겠습니다."

에두아르가 말을 다 끝내기도 전에 일찍이 들어본 적이 없는 낮은 목소리로 가로막았다.

"윽……."

에두아르는 이도 저도 아니게 된 변명의 말을 꾹 삼켰다.

눈을 쓱 돌려 연인을 힐끗 살펴보았지만, 연인의 얼굴에서는 감정을 찾아볼 수 없었다. 그저 가면처럼 하얀 얼굴에서 뿜어져 나오는 뭐라 반박할 수 없는 박력에 압도당해 "……알았어." 하고 대답했다.

나루미야가 문손잡이를 잡고 문을 철컥 열었다. 자신은 복도에 대기하며 에두아르에게 방으로 들어가라고 재촉했다.

"들어가십시오."

"고마워."

먼저 방으로 들어간 에두아르는 주실 가운데까지 나아갔다.

파란색이 베이스인 방은 에두아르가 대학교에 들어가기 전까지 사용하던 방이었다. 다만 그때도 스위스에 있는 기숙학교 기숙사에서 생활했기 때문에 제대로 방을 사용했던 것은 방학 정도였다. 파리에 있는 대학에 진학한 이후로는 일부러 시칠리아를 등지고 지내 왔던 탓에 이곳을 사용한 기억이 거의 없다.

하지만 주인이 없는 동안에도 하우스메이드들이 구석구석까지 세심하게 청소를 해준 덕분에 낡은 부분도, 지저분한 곳도 전혀 없을 뿐더러, 현재도 늘 청결함을 유지하고 있었다. 그 점에 관해서는 단테를 필두로 한 근면한【팔라초 로셀리니】스태프들에게 감사해야만 할 것이다.

올해 초, 가족의 집결에 맞춰 에두아르도 연인을 동반하고 시칠리아를 찾았다. 그리하여 오랜만에 자신의 방에서 며칠을 보냈다.

그 후로 두 달이 지난 이번에는 아버지의 결혼식에 참석하기 위해 시칠리아를 방문했고, 어젯밤에는 연인과 둘이서 이 방을 사용했다. 두 사람이 연인으로서【팔라초 로셀리니】를 찾은 것은 이번이 두 번째였다.

저번에는 주위의 눈을 의식하여 연인과 다른 방에서 잤지만, 이번에는 사전에 '나루미야의 방은 준비하지 않아도 된다'고 형에게 전해 두었다. 형제들은 이미 자신들의 관계를 알고 있는 데다, 저택에 머무는 손님이 많기 때문에 안 그래도 부족한 하우스메이드들을 번거롭게 할 필요는 없다고 생각했기 때문이다. 당주인 레오도 같은 생각을 했는지, 간결하게 '알았다'고만 대답했다.

파란 방 중간쯤에서 걸음을 멈춘 에두아르는 뒤돌아 약간 떨어진 곳에 멈춰 선 연인과 마주 보았다.

호텔리어라는 직업 성격상 흐트러짐 없는 슈트 차림으로 지내는 시간이 많은 연인은 지금 매우 보기 힘든 차림을 하고 있었다.

실크 파자마를 입은 어깨에 커다란 스톨을 걸치고, 발에는 캐시미어 룸 슈즈.

난데없이 살롱에 나타난 연인이 레오와의 대화를 들었다는 데에 동요하고 놀란 나머지 머리가 돌아가지 않았지만, 다시 한 번 찬찬히 살펴보니 꽤나 무방비한 차림이었다.

까만 비단 같은 머리는 촉촉하게 젖어 한층 윤기가 감돌았으며, 파자마 목 언저리에서는 하얀 도자기처럼 투명한 피부와 쇄골이 엿보였다.

'이런 흐트러진 모습을 나 이외의 남자가 봤구나.'

뒤늦게 그 사실을 깨닫고는 머리에 피가 확 솟구쳤다.

흥분이 이끄는 대로 연인에게 성큼성큼 다가갔다.

"너, 왜 그런 차림을 하고 있는 거지?"

나루미야가 자신의 소행은 제쳐 놓고 비난하는 말투로 추궁하는 에두아르를 보며 울컥한 것을 알 수 있었다. 그래도 천성이 성실하고 정직한 연인은 진지한 얼굴로 경위를 설명하기 시작했다.

"목욕을 마친 무렵, 루카 님께서 방에 오셔서 잠깐 이야기 좀 하자고 말씀하시더군요. 그러더니 루카 님께서 모처럼의 기회이니 셋이서 이야기를 나누자고 하시길래 둘이서 아키라 님의 방을 찾아갔습니다. 목욕을 한 뒤라 셋 다 편한 차림이긴 했지만, 남자끼리만 있으니 특별히 문제는……."

"루카나 아키라는 그렇다 쳐도, 레오나 막시밀리안에게까지 그런 모습을 보이면 어떡해?"

스스로도 억지스러운 트집이라는 것을 알고 있었지만, 머리로 그렇게 생각하는 것과 감정은 별개이다.

평소에는 쿨하고 총명하기로 평판이 자자한 자신이 연인에 대한 문제만 되면 감정이 앞서고 만다. 도저히 억제가 불가능한 것이다. 오늘 밤엔 특히 술이 들어간 탓에 통제가 마음대로 잘되지 않았다.

아니나 다를까, 나루미야는 떼쓰는 아이처럼 트집을 잡는 에두아르를 보며 눈살을 찌푸렸다.

"무슨 말씀을 하시는 건지 잘 모르겠습니다. 루카 님과 아키라 님은 되는데, 왜 레오나르도 님과 막시밀리안 씨는 안 되는 거죠?"

그 점을 추궁당하니 뜨끔했다. 스스로도 그 경계의 기준을 알 수 없었다.

하지만 어째선지 그 두 사람은 싫었다.

사실은 그 두 사람만이 아니라 아무에게도 보여주고 싶지 않을 뿐더러, 가능하다면 사람들 눈에 띄지 않도록 가둬 놓고 싶다.

성별을 불문하고 다른 사람의 눈에 보이고 싶지 않았다. 하물며 스킨십은 더더욱 당치도 않다. 손가락 하나라도 닿는 꼴은 보고 싶지 않다.

다른 사람에게 말하면 자신을 속이 좁은 남자라고 비난할지도 모르지만, 그것이 진심이었다.

하지만 그렇게 하지 않는 이유는 연인이 호텔 일을……, '카사호텔'을 진심으로 사랑하는 사실을 알고 있기 때문이다.

소중한 존재를 지키기 위해 가녀린 몸을 의연하게 내던져 행동하는 그를 자신도 사랑하기 때문이다.

그렇기 때문에 이성을 죄다 그러모아 지금 당장 납치해서 밀라노 저택 한곳에 깊숙이 가둬버리고 싶은 욕망을 억누르고 있었다…….

'지금은 어떻게든 간신히.'

가슴속의 음침한 감정을 입에 담는 건 역시 꺼려졌기에 에두아르는 "아무튼." 하고 말을 이으며 이 논쟁을 재빨리 수습하려 했다.

"너의 그런 흐트러진 모습을 봐도 되는 사람은 나뿐이야. 알았어?"

거부를 허락하지 않는 말투로 다그쳤다.

평소 같으면 어른인 연인은 다소 이치에 맞지 않는 명령이라 하더라도 거스르지 않는다. 순순히 "네." 하고 대답하며 따라준다. 유연한 포용력으로 자신의 고집을 너그러이 받아들여준다.

그런 연상의 연인이 베풀어주는 포용력에 익숙해져 그의 호의를 당연한 듯이 받아들였던 에두아르는 다음 순간, 자신의 귀를 의심했다.

"싫어요."

"……아야토?"

"싫어요."

연인이 철없는 어린아이 같은 말투로 되풀이했다.

"저한테는 이거 하지 말아라, 저거 하지 말아라 하시면서 당신은 아무 제약도 없다니 치사해요."

토라진 말투로 열을 올리며 말하는 연인의 모습에 머리가 핑 돌았지만, 그의 귀여움에 정신이 팔려 있을 때가 아니었다.

"너……, 왜 그래?"

상태가 이상한 연인에게 무심코 물었다. 그러자 시원하게 치켜 올라간 눈이 위를 노려보았다.

"저는 아무렇지도 않아요. 그저 불공평하다고 느꼈을 뿐이에요. 당신은 예쁜 여자와 즐거운 듯이 대화를 나누시면서."

"여자? 즐거운 듯이?"

"낮에……, 가든 파티에서 수많은 아름다운 여성들에게 둘러싸여 계시던걸요. 화려한 회장에서도 유난히 그곳만 어찌나 눈부시게 반짝반짝 빛나던지……."

"아아……."

생각났다. 그러고 보니 낮에 가든 파티 초대객 여성들과 이야기를 나누었다. 아버지의 지인인 영애와 먼 친척인 소꿉친구 등 10여 년 만에 보는 반가운 얼굴뿐이라 한동안 시간 가는 줄 모르고 담소를 즐겼다.

확실히 그녀들은 나름대로 아름다우며, 파티를 위해 화려하게 차려입고 오긴 했다. 여럿이 모여 있었기 때문에 눈에 띄기도 했을 것이다.

하지만 그뿐이다. 자신에게는 그 이상도 그 이하도 아니다.

"반가운 얼굴들이길래 옛날이야기 좀 했을 뿐이야. ……근데 너, 설마."

에두아르는 눈앞에 있는 하얗고 작은 얼굴을 빤히 쳐다보았다.

지금까지 연인이 그런 감정을 적나라하게 드러낸 적은 한 번도 없었는데.

그리고 자신만 독점욕이니 질투니 하는 상스러운 감정에 휘둘리는 것 같아 안타까웠는데.

차츰차츰 복받치는 환희를 억누르고, 미소가 번질 것 같은 입가에 힘을 꾹 주며 물었다.

"질투하는 거야?"

그렇게 지적하자, 연인은 더더욱 언짢아졌다.

"……질투하는 것 아니에요."

연인이 고개를 옆으로 홱 돌렸다. 평소라면 있을 수 없는 신선한 반응에 등골이 오싹오싹했다.

청초하고 순종적인 그도 좋지만, 오늘 밤의 그는 더더욱 각별했다.

이 귀여운 남자를 어쩌면 좋지? 잘 익은 복숭아처럼 껍질을 쏙 벗겨 머리부터 먹어버릴까? 아니, 너무 억지로 밀어붙이면 토라져서 말을 듣지 않을지도 모른다. 오늘의 그는 평소와 조금 다르다. 그 또한 구미를 돋우었지만.

몹시 괴로워하며 갈등한 끝에 백기를 들었다. 저항해봤자 소용없다.

에두아르는 고개를 옆으로 돌린 연인의 가는 팔목을 잡고 쭉 끌어당겼다. 비틀거린 그가 품 안에 쓰러졌다.

"거짓말. 질투하면서."

감은 지 얼마 되지 않은 젖은 머리에서 피어 오르는 달콤한 향기를 만끽하면서 예쁘게 생긴 귀에 속삭였다. 평소에는 혈관이 비쳐 보일 만큼 새하얀 귀가 오늘 밤엔 어렴풋이 핑크색으로 물들어 있었다.

"놔주……세요."

몸을 비틀며 저항하는 그에게 깊은 미소를 지으며 더더욱 세차게 끌어안으려고 하던 에두아르는 문득 어떠한 사실을 깨달았다.

그가 평소와 다른 이유.

몹시 자제심이 강한 그가 유달리 인간적인 모습을 보이고, 평소보다 훨씬 귀여운 이유.

"혹시 너……, 취했어?"

에두아르가 묻자, 품속에 있는 마른 몸이 흠칫 떨렸다.

"……."

한순간 굳어 있던 연인이 주뼛주뼛 얼굴을 들었다.

가까이서 자세히 보니 눈가가 어렴풋이 발그스름하고, 검은자가 촉촉하게 젖어 있었다.

늘 자기 스스로를 억압하는 경향이 있는 연인이 섹스할 때만 보여주는, 자신을 미친 듯이 부추기는 요염한 표정에 가까웠다.

맞닿은 살은 열을 띠고 있었으며, 얇게 벌어진 입술 사이에서 새어 나오는 숨도 뜨거웠다.

'그랬구나.'

취해 있다면 평소와 다른 언동의 이유도 전부 납득이 갔다.

"……루카 님께서 여기 양조장에서 제조된 희귀한 귀부 와인을 대접해 주셨거든요……."

"오늘은 평소치고 많이 마셨으니까. 그 귀부 와인을 마시고 완전히 취했구나."

"……죄송해요."

연인이 사과를 했다. 갑자기 취기가 가시기라도 한 것처럼 얼굴 표정이 점차 굳어졌다.

"꼴사나운 모습을 보였습니다. 정말 죄송합니다."

에두아르는 창피한 듯이 입술을 깨물고 몸을 뒤로 빼려던 연인을 반대로 꽉 끌어당겼다.

한 손으로 허리를 끌어안고, 다른 한 손으로 가녀린 턱을 들어 올렸다. 눈이 마주치기 직전에 연인이 시선을 쓱 돌렸다.

"왜 사과해?"

"……당신을 불쾌하게 만들었으니까요."

"불쾌?"

"그런 말은……, 해선 안 됐어요. 정말 죄송합니다."

"그런 말이라니, 여자랑 얘기했다고 나무랐던 거?"

스스로도 짓궂다고 생각했지만, 그만 사디스트적인 심리가 발동하는 바람에 추궁하고 말았다.

"……죄송해요."

아름다운 얼굴을 어딘가 아픈 듯이 일그러뜨린 연인이 기어 들어갈 듯한 갈라진 목소리로 말했다.

"분수에 맞지 않게 주제넘는 말을 해서 죄송합니다. ……용서해 주세요."

에두아르는 진심으로 반성하고 있는 듯한 그를 향해 "……바보구나." 하고 중얼거렸다.

그런 다음, 얼굴을 들여다보며 시선을 약간 억지로 맞추었다.

"사과할 필요도, 반성할 필요도 없어. 난 아주 기뻤는걸."

"기뻤……다고요?"

연인이 시원하게 치켜 올라간 눈을 크게 떴다.

"네가 마음 깊은 곳에 숨기고 있던 진심을 보여줘서 기뻤어. 나만 독점욕을 주체하지 못하는 줄 알았거든."

"……."

"도도하고 너그럽고 금욕적인 널 사랑해. 강한 자제심으로 감정을 통제할 수 있는 점도 존경하고, 그렇기 때문에 호텔리어로서도 일류인 사실을 잘 알고 있어. ……하지만 연인인 너에게는 조금 불만이 있었지."

품속에 있는 가녀린 몸이 흠칫 떨렸다.

"윽……."

충격을 받은 것을 확실히 알 수 있는 표정. 에두아르는 동요를 숨기지 않고 드러낸 품속의 연인을 애달프고 달콤씁쓸한 기분으로 쳐다보았다.

물론 불만은 그의 외모나 인간성이 아니다. 그 점에 관해서는 어디 하나 나무랄 데 없이 완벽했다. 침대 안에서 보이는 행동은 아직 약간 서툴지만, 그 점은 오히려 개발의 여지가 충분히 남아 있는 영역이기에 기대가 되기도 했다.

"넌 나에게 좀 더 '자신'을 보여주도록 해. 이렇게 해줬으면 좋겠다, 반대로 이러지 말았으면 좋겠다, 하고 요구하도록 해. 참지 말고 감정을 더 부딪쳐봐."

"……."

"난 네가 날 더 필요로 했으면 좋겠어. 지금보다 더 어리광 부렸으면 좋겠고, 몸도 마음도 나에게 기댔으면 좋겠어."

"그렇게 말씀해주시는 건 굉장히 기쁘지만……, 당신은 안 그래도 많은 것을 짊어지고 계시잖아요. 더 이상 부담을 늘리는 건."

에두아르는 눈살을 찌푸렸다.

"내가 그렇게 못 미더워?"

"에두아……."

"만약 네가 너의 전부를 맡기기엔 어딘가 부족하다고 느꼈다면 그건 내 실력이 부족한 탓이야."

연인이 황급히 고개를 가로저었다.

"절대……, 절대 그렇지 않아요!"

"나도 지금의 내가 완성형이라고는 생각하지 않아. 아직 성장의 여지는 있어. 그리고 그를 위한 노력을 아끼지 않을 생각이야."

"부족하다고 생각한 적은 한 번도 없어요. 그게 아니라……."

어떻게 설명해야 될지 망설이듯이 한동안 하얀 얼굴에 고뇌의 표정을 짓고 있던 연인이 얼마 안 있어 결심한 듯이 입을 열었다.

"진정한 자신을 드러내는 게 무서워요. 가슴속에 있는 추악한 감정을 보이면……, 당신이 저를 싫어하게 될지도 몰라요."

"어떤 너를 보여줘도 이제 와서 흔들릴 일은 없어. 고작 하룻밤 살을 맞댔을 뿐인 상대를 다시 만난다는 보장도 없이 10년이나 마음속에 그려 왔던 나의 깊은 집념을 얕보지 말라고."

우스꽝스러운 말투로 반론했지만, 연인은 여전히 고민에 빠진 표정이었다. 표정이 좋아지기는커녕 한층 심각한 얼굴로 간절히 호소했다.

"당신이 저에게 품고 있는 이미지와 진정한 저는 달라요. 진정한 저는 결코 도도하지도 않고, 감정을 전혀 통제하지 못하는걸요. 가령 그렇게 보인다면 오랜 세월에 걸친 훈련을 통해 표정만 간신히 잘 꾸미고 있는 것뿐이에요. 진정한 저는……."

거기서 일단 말을 끊은 연인은 에두아르의 눈을 바라보면서 말을 이었다.

"카사호텔의 총지배인이라는 중책을 당신이 맡겨 주셨는데도 불구하고 하루에 몇 번이나 당신 생각을 하느라 일이 손에 잡히지 않는 순간이 있는 데다, 이따금 지금 당장 모든 걸 내던지고 당신의 곁으로 급히 달려가고 싶은 충동에 사로잡힐 때가 있어요. 떨어져 있는 동안에도 당신의 마음이 멀어지고 마는 것은 아닐까, 지금 이 순간에도 아름다운 여성에게 마음이 돌아서는 것은 아닐까, 그런 생각을 할 때마다 불안에 사로잡히고 말죠……. 당신이 언제 저에게 질려 버림을 받을지 생각만 해도 몸이 바들바들 떨릴 만큼 무서워요."

"겨우 본심을 말했구나."

감정을 확 터뜨린 듯이 가슴에 품고 있던 심정을 드러낸 연인이 숨을 헉 삼켰다. 두 눈을 휘둥그렇게 뜬 다음 순간, 얼굴을 일그러뜨렸다.

"죄……송합……."

"괜찮아."

에두아르는 자신을 책망하는 연인의 뒤통수를 손바닥으로 감쌌다. 그리고 목덜미까지 쓸어내린 후, 축축한 머리 사이에 손가락을 넣고 달래듯이 두피를 주무르고 나서 까만 눈동자를 들여다보았다.

"너의 불안은 그야말로 기우이지만, 이렇게 말해주면 딱 잘라 부정할 수 있으니까. 겉으로는 아무렇지도 않은 척하고 그럴싸하게 넘어가봤자 어차피 오래 이어지지 않아. 우린 몸이 떨어져 있으니 서로에게 숨김 없이 본심을 털어놓는 게 중요하다고."

"……에두아르."

"다음부터는 참지 말고 무슨 생각을 했는지 전부 나한테 말해. 괜찮아. 네가 무슨 생각을 하든 다 받아들일 테니까. 고작 그런 걸로 내 사랑은 흔들리지 않아. 그건 믿어줘."

"……."

"약속이야. 알았지?"

"……네."

거듭 확인한 에두아르에게 고개를 끄덕이며 대답한 연인이 그 직후, 약간 쑥스러운 듯한 미소를 지어 보였다.

가슴에 쌓여 있던 것을 전부 토해 냈기 때문인지 몹시 후련한 듯한 그의 얼굴을 보며 에두아르도 미소를 지었다.

취해서 쓸데없는 추태를 저지르고 말았지만, 결과적으로는 다행이었던 것 같다.

몇 겹이나 되는 단단한 벽을 허물고, 마음속 깊은 곳에 간직하던 연인의 본심을 들을 수 있었으니까.

에두아르에게는 그의 말 —— 본인은 속내를 털어놓는 것에 죄책감을 느끼고 있는 듯하지만 —— 이 감미로운 선율처럼 들렸다.

자신을 생각하면 일이 손에 잡히지 않는다고?

어쩜 이렇게 귀여울까? 이보다 사랑스러운 사람이 또 있을까?

연인의 빗나간 질투만큼 자신을 달콤하게 취하게 하는 것은 또 없다는 것을 알았다. 할 수만 있다면 영원히 듣고 싶을 정도였다.

다른 여자 따윈 아무리 미녀라 하더라도 눈에 들어오지 않는다.

연인의 앞에서는 그 어떤 아름다운 여성도 희미해진다.

아무리 아름답다 하더라도 나루미야가 아니면 의미가 없다.

온갖 미사여구를 동원해 설명한들 아마 그의 불안이 완전히 없어지지는 않을 것이다. 그건 자신도 마찬가지이기 때문에 잘 안다.

하지만 생각하기에 따라서는 물리적인 거리가 있기 때문에 지우기 어려운 이 불안이야말로 장거리 연애의 유일한 이점이 아닐까?

하루 중 몇 분 동안만이라도 그의 마음을 독점할 수 있는 것이다.

일보다, 카사호텔보다 자신이 우위에 설 수 있는 시간.

'참 멋지군.'

에두아르는 오늘의 가장 큰 수확인 연인의 본심을 뇌 속에서 재생하고 환희를 곱씹으면서 사랑하는 사람에게 얼굴을 가까이 가져다 댔다.

연인이 에두아르의 요구에 응하며 천천히 눈을 감았다. 에두아르는 자신의 입술에 닿은 부드러운 입술을 살며시 빨았다. 쪽 소리를 내며 한 번 떼고는, 각도를 바꿔 또다시 입술을 포개었다. 몇 번 닿기만 하는 키스를 반복하고 있는 사이에 연인의 입술이 살짝 벌어졌다.

칠칠치 못하게 벌어진 윗입술과 아랫입술 사이의 매혹적인 틈으로 빨려 들어가듯이 혀를 쑥 집어넣었다.

"……음."

그 찰나, 달콤한 한숨이 새어 나오면서 품속에 있는 몸이 바르르 떨렸다. 등골이 저려 오는 듯한 뜨거운 점막을 맛보면서 서로의 혀를 휘감았다. 고막에 질척질척, 젖은 소리가 울려 퍼졌다.

"흐……읏……."

어딘가 망설임이 느껴지는 혀놀림에 부채질당한 에두아르는 가는 허리를 세차게 끌어안았다.

빈틈없이 밀착한 연인의 몸이 서서히 열을 띠기 시작한 것이 천 너머로도 느껴지자, 에두아르도 덩달아 뜨거워졌다.

이대로 그의 입 안에 계속 있고 싶다. 뜨거운 입안을 점령하고 싶다.

얼마든지……, 그를 원한다.

더 깊이 맛보고 싶다…….

욕망이 이끄는 대로 그의 입안을 탐하고 서로의 타액을 섞어 대는 것과 동시에 매끈한 보디 라인을 손바닥으로 이리저리 어루만졌다.

애무에 반응한 품속의 연인이 실룩실룩 떠는 감촉을 실컷 맛보았다.

"응……, 흐, 읏……."

너무 정신없이 어루만진 탓인지, 입술을 떼고 나니 연인이 약간 축 늘어졌다.

"아야토……, 사랑해."

늘어진 몸을 자신에게 기대고 턱에 닿는 숨을 고르는 연인을 껴안으며 귓바퀴에 속삭였다.

"저도……, 사랑……해요……."

한숨 사이로 그렇게 속삭인 연인이 에두아르의 등에 팔을 둘렀다. 사랑스러움에 젖어 가슴이 벅차오른 에두아르는 가녀린 몸을 힘껏 껴안았다.

지금 당장 안고 싶다. 연인을 느끼고 싶다. 하나가 되고 싶다.

이대로 안아 들고 침대로 직행하고 싶었지만, 아직 샤워를 하지 않은 상태였다.

오늘은 술이 꽤나 들어간 데다, 가든 파티 때 땀도 흘렸다.

한시라도 빨리 안고 싶은 충동과 연인을 위해 샤워를 해야 한다는 이성 사이에서 갈등하고 있으려니, 문득 살롱에서 들었던 말이 머릿속에 되살아났다.

——볼 필요도 없어. 어차피 청결한 시트 위에서 이미지 비디오처럼 미적지근한 섹스나 하겠지.

레오는 아무것도 모른다. 파트너의 긴장을 풀어주지 않으면 질 높은 쾌감을 얻을 수 없다. 그리고 그를 위해서는 분위기도 필요하다는 것을.

'뭐, 전형적인 마초남인 레오에게 이해하라고 말해봤자 알아먹지도 못하겠지. 매번 전시대적 섹스를 상대해주는 아키라도 참 불쌍하군.'

"에두아르?"

형의 파트너를 진심으로 동정하고 있으려니, 연인이 이름을 불렀다.

"왜 그러세요?"

"아니, 레오가 했던 무례한 말이 생각나서."

"무례한 말이요?"

연인이 의아하다는 듯한 목소리로 되물었다.

"우리가 이미지 비디오처럼 미적지근한 섹스나 할 것 같다고 그러더군."

입 밖으로 복창하는 동안 또다시 짜증이 치밀었다. 미간을 찌푸린 찰나, 약간 날카로운 목소리가 들려왔다.

"레오나르도 님께서 그런 말씀을……?"

그 목소리에 끌려 연인의 얼굴을 살펴보았다. 레오의 생각 없는 말에 충격을 받았는지, 두 눈을 크게 뜬 연인이 곧이어 서서히 뺨을 붉혔다.

수치로 물든 하얀 얼굴을 보니 마음이 변했다.

"……그래."

자신들도 분위기 중시는 물론 기본으로 삼고 슬슬 다음 단계로 나아가야 할 때일지도 모른다.

"다른 사람도 아니고 레오한테서 그런 말을 들으니 울화가 치밀어서 말이지. 오늘은 약간 취향을 바꿔보자."

"취향을……?"

에두아르는 이상하다는 듯한 표정을 보이는 연인의 입술을 훔친 다음, 포옹을 풀었다. 그리고 옆에 나란히 서서 허리에 팔을 두르며 "같이 샤워하자." 하고 말했다.

"같이요?"

당혹스러운 목소리로 묻는 연인을 욕실로 유도하면서 어르고 달래듯이 말을 이었다.

"목욕하고 나서 또 와인을 마셨으니, 너도 침대에 들어가기 전에 샤워를 하는 것이 좋을 것 같아서. 기왕이면 같이 샤워하는 편이 시간도 절약되고 좋잖아? 아니, 걱정하지 마. 여기 욕실은 둘이서 같이 들어가도 전혀 비좁지 않으니까. 괜찮아."

* * *

탈의실에서 옷을 벗어던진 후, 연인의 파자마도 벗겼다. 둘 다 실오라기 하나 걸치지 않은 모습으로 욕실에 들어갔다. 전체가 타일로 뒤덮인 넓은 욕실이었다. 아까 두 사람이 들어가도 문제없다고 했던 말은 거짓이 아니었다.

시간이 절약된다는 설득에 응하긴 했지만, 연인은 아직 당혹감을 지울 수 없는 것 같았다.

밝은 욕실에서 함께 알몸으로 있는 상황에 거부감이 드는지, 창피한 듯이 다리 사이를 가린 채 에두아르에게서도 눈을 돌리고 있었다.

일본인의 사고방식을 잘 모르겠다.

만약 자신이 연인처럼 어디 할 것 없이 아름다운 몸 —— 새하얀 피부, 쭉 뻗은 팔다리, 분홍빛 유두, 예쁜 굴곡을 그리는 엉덩이를 갖고 있다면 틀림없이 자랑스러운 기분으로 더 당당히 다닐 것이다. 물론 아무에게나 보여주지는 않겠지만, 적어도 연인 앞에서까지 가리진 않을 것이다.

단, 부끄러움을 잘 타는 점 또한 확실히 그의 매력 중 하나이다. 수치심이 강하기 때문에 창피한 부분이 들춰졌을 때 관능이 한층 타오르는 것 또한 알고 있다.

'게다가……, 부끄러워하는 아야토는 아주 섹시하니까.'

에두아르는 예상했던 연인의 반응에 만족하면서 그의 손을 끌고 유리 칸막이로 나뉜 샤워 부스를 향해 다가갔다.

문을 열고 먼저 연인을 들여보낸 다음, 자신도 뒤따라 들어갔다. 샤워 부스도 공간에 충분한 여유가 있었기에 성인 남성 두 사람이 들어가도 전혀 비좁지 않았다.

수도꼭지를 꽉 비틀어 돌리자, 샤워기에서 물방울이 비처럼 쏟아졌다. 처음에는 수온이 약간 낮았기 때문에 연인이 몸을 흠칫 떨었다.

"괜찮아?"

말을 걸며 연인을 끌어안았다. 그러자 전신이 품속에 쏙 들어왔다. 이상적인 볼륨과 키. 그 몸은 너무 딱딱하지도, 그렇다고 너무 말랑거리지도 않았으며, 적당히 탄력이 있었다. 촉감도 매끄럽고, 품에 안은 느낌도 최고였다.

가늘게 떨리는 몸을 감싸 안고 있는 사이에 위에서 내리쏟아지는 물이 온수로 바뀌었다.

"따뜻하다……."

연인이 한숨과 함께 목소리를 냈다.

"그래……, 네 몸도 따뜻해졌군."

타이밍을 살피던 에두아르는 수도꼭지를 잠갔다. 그리고 비누를 손에 들어 스펀지로 거품을 냈다.

"씻겨줄게."

"네? 괜찮습니다. 제가 알아서 씻을게요."

"됐으니까, 벽 보고 뒤로 돌아."

주저하는 연인의 몸을 약간 억지로 돌린 다음, 뒤로 향한 몸에 크림처럼 부푼 거품을 구석구석 발랐다. 목덜미에서 어깨, 날개뼈, 두 팔, 그리고 앞으로 넘어간 손이 가슴에서 배로……, 골고루 거품을 발라 나갔다.

이어서 손바닥을 사용하여 거품 위에서 피부를 부드럽게 어루만졌다. 몸이 굳은 연인은 그 상태로 숨을 죽이고 있었다.

"긴장 풀어."

손바닥을 미끄러뜨리면서 속삭이듯이 타일렀다.

"나에게 몸을 맡겨."

귀 연골에 쪽 입을 맞추었다.

잠시 후, 닿을락 말락 한 부드러운 애무에 조금씩 익숙해졌는지 연인이 힘을 빼기 시작했다. 긴장이 서서히 풀어졌다.

"앗……."

연인이 목소리를 높이며 몸을 떨었다. 에두아르의 손이 젖꼭지를 스쳤기 때문이다.

그러자 연인이 생각보다 욕실에 크게 울려 퍼진 목소리에 놀란 듯이 입가에 손을 가져다 댔다.

"죄송……."

에두아르는 사과하려는 연인의 가슴 돌기를 부드럽게 뭉갰다. 손끝으로 단단한 심지를 파내려는 듯이 앞뒤로 뒤흔들고, 작은 원을 그리며 빙글빙글 자극했다. 자극에 반응한 젖꼭지가 일어서기 시작했다. 그러면서 씩씩하게 에두아르의 손가락을 밀어냈다.

"저……저기……."

연인이 당황한 목소리로 말했다.

"응? 왜?"

"거, 거기만……?"

"아아, 중요한 곳이니까. 깨끗이 잘 씻어야지."

"하, 하지만……, 응……, 아앗."

손가락으로 잡기 딱 좋을 정도로 단단해진 젖꼭지를 잡아당기자, 평소보다 앙칼진 목소리가 욕실에 메아리쳤다.

"에……에두아르!"

역시 '씻는다'는 행위에서 벗어났다는 것을 깨달은 듯했다.

"이제……, 나머지는 제가……."

도망치려 하는 연인의 몸을 한 손으로 끌어안은 다음, 다른 한 손을 다리 사이로 뻗었다. 손에 쥔 그것은 이미 단단해진 상태였다.

"젖꼭지를 애무하기만 했는데 벌써 이렇게 딱딱해진 거야?"

연인은 고개를 절레절레 흔들었다.

"아, 아니……."

"아니지 않잖아? 봐봐, 실룩실룩 떠는 거."

귓바퀴에 입을 바짝 붙이고 낮은 목소리로 속삭이자, 연인의 욕망이 움찔 뛰어올랐다.

"하……하지 마세요."

저항하는 가냘픈 목소리는 듣는 척도 하지 않고 손안에 있는 물건을 천천히 위아래로 애무했다.

"앗……, 아앗……."

가늘게 끊기는 교성이 새어 나오고, 가는 허리가 흔들렸다. 애무가 가해지자 점점 몸집을 부풀리더니, 얼마 지나지 않아 한껏 휘어졌다.

하늘을 향한 선단에서 쿠퍼액이 스르르 흘러넘쳤다. 에두아르는 물방울이 볼록 맺힌 투명한 꿀을 귀두에 쓱쓱 발랐다. 그와 동시에 꿀주머니를 주물러 댔다.

"하앗……, 으……응."

연인이 목을 크게 뒤로 젖혔다. 더는 돌이킬 수 없는 곳까지 왔다는 것을 충분히 알고 있는 에두아르는 연인의 귓가에 속삭였다.

"이대로 있으려니 힘들지? 편하게 해줄 테니까 두 손으로 벽을 짚어봐."

한시라도 빨리 해방되고 싶은 욕구 때문인지, 연인이 순순히 두 손으로 앞쪽 벽을 짚었다. 그 뒤에서 타일 바닥 위에 무릎을 꿇고 앉자, 쭉 뻗은 예쁜 다리와 하얀 엉덩이가 마침 에두아르의 눈앞에 보였다. 에두아르는 절묘한 볼륨을 가진 두 언덕에 손을 갖다 댄 다음, 양쪽으로 쭉 갈랐다.

다소곳하게 피어 있는 은밀한 분홍색 꽃이 훤히 드러났다. 에두아르는 벌써 몇 번이나 자신을 받아들였는데도 때묻지 않은 색을 유지한 그곳에 빨려 들어가듯이 얼굴을 가져다 댔다. 그리고 혀를 뻗어 쓱 핥았다.

“흐앗…….”

비명을 지르며 달아나려는 연인의 허리를 꽉 잡고는, 뾰족하게 세운 혀를 꾹 찔러 넣었다.

“하앙……, 싫어.”

연인이 울먹이는 목소리를 내며 몸을 비틀었다.

하지만 에두아르가 다리 밑에서 손을 넣어 꿀주머니와 욕망을 함께 움켜잡자 몸을 흠칫 떨며 굳었다. 그렇게 저항하지 못하게 한 다음, 혀를 안쪽까지 더 깊이 꽂아 넣었다.

“흣, 읏, 흐읏.”

할짝할짝, 안을 적시는 물소리와 연인의 숨결이 하모니를 이루며 부스에 울려 퍼졌다. 손안의 욕망은 점점 단단해졌고, 선단에서 쿠퍼액이 흘러 떨어져 손이 미끌미끌했다. 몇 번이나 혀를 넣었다 빼기를 반복하는 사이에 속살이 끈적하게 녹아들어 가는 것을 알 수 있었다.

“에두……아르……, 이, 제…….”

곧이어 애달픈 호소가 귀에 닿자, 에두아르는 얼굴을 떼고 일어섰다. 그런 다음, 방금 전까지 혀로 적시던 곳에 사납게 흥분한 자신의 분신을 꾹 가져다 댔다. 연인의 추태와 신음만으로 한 번도 만지지 않았는데도 이미 그것은 폭발 직전까지 흥분한 상태였다.

"넣을게."

두 손으로 허리를 고정한 채 천천히 삽입했다. 혀로 듬뿍 애무한 덕분인지 비좁지만 비교적 원활하게 들어갔다.

비좁은 통로가 바짝 조이는 탓에 중간에 실수로 사정하지 않도록 인상을 찌푸리며 견뎌 냈다.

"흣……."

뿌리 끝까지 밀어 넣고 나선, 참고 있던 숨을 토해 냈다. 전부 받아들인 연인 또한 어깨를 헐떡이며 숨을 쉬고 있었다.

비좁고 뜨거운 연인의 안은 촉촉하게 젖어 최고의 쾌감을 선사했다.

너무나도 기분 좋은 나머지 계속 이대로 이곳에 있고 싶을 정도였다.

하지만 그 소원은 허락되지 않았다.

"응……, 흐응……."

연인이 달콤한 한숨을 내쉬며 재촉하듯이 조여 왔다. 그의 요구에 부응하기 위해 에두아르는 빠지기 직전까지 허리를 뒤로 뺀 다음, 단숨에 도로 꾹 밀어 넣었다.

"아앗……, 아으응."

연인의 몸이 젖은 검은 머리를 헝클어뜨리며 활처럼 휘어졌다.

어깨뼈가 뚜렷하게 떠오른 아름다운 등을 보고 있으려니 등골에 오싹오싹 소름이 끼쳤다.

"큭……."

청초한 외모와는 달리 연인의 '안'은 더 찔러달라고 조르듯이 탐욕스럽게 에두아르를 원했다.

뜨거운 점막이 에두아르를 꽈아아악 조이더니, 무의식중에 쥐어짰다.

'……미치겠군.'

정신을 차려 보니 에두아르는 정신없이 허리를 앞뒤로 흔들고 있었다. 좁은 속살을 파헤쳐 안쪽까지 꿰뚫고 휘저어 댔다.

"앗, 앗……, 아앗."

연인이 정신을 놓은 듯이 신음을 한껏 질러 댔다. 이곳이 어딘지도 머릿속에서 지워진 것 같았다.

반응이 좋은 곳을 겨냥하여 집중적으로 그곳을 찔렀다. 연인의 가는 허리를 괴롭혀 대며 잘 익은 속살을 실컷 탐했다.

"아……, 응응……, 앗, 응……, 이……, 앗……, 이제……!"

욕실에 공명하는 교성을 통해 연인이 절정으로 향하는 길을 뛰어 올라가고 있다는 것을 알 수 있었다. 그가 느끼고 있는 쾌감을 자신의 쾌감처럼 느끼자 더더욱 흥분됐다. 허리를 흔드는 속도가 올라갔다. 이미 들리는 것은 결합부가 맞닿아 퍽퍽 울려 퍼지는 소리뿐이었다.

"에두아르!"

은밀한 곳이 에두아르를 한층 더 세차게 조이면서 연인이 절정에 달한 것을 깨달았다. 한 박자 늦게 에두아르도 연인의 깊은 곳에 자신을 해방했다.

"헉……, 헉."

절정의 여운에 떠는 가녀린 몸을 뒤에서 꽉 껴안았다.

"아야토……."

얼굴을 비틀어 그 입술을 입술로 틀어막았다. 그리고 몇 번이나 빨아 올린 후, 아쉬운 듯이 떨어졌다. 에두아르는 까만 눈동자를 뚫어지게 쳐다보며 확인했다.

"……지금 그건 '느끼는 척'이 아니지?"

질문의 의미를 이해하지 못했는지 한동안 멍한 표정을 짓고 있던 연인이 느닷없이 웃기 시작했다. 에두아르가 무엇을 신경 쓰고 있는지 짐작이 갔는지 웃으면서 고개를 살래살래 흔들었다.

"그런 '척'할 여유 따윈 없었는걸요. ……너무 좋아서."

그 대답을 듣고 기분이 좋아진 에두아르는 활짝 미소를 지었다. 그리고 연인의 귀에 입술을 가까이 대고 속삭였다.

"그렇게 말해주니 영광이야. ……사랑해, 아야토."

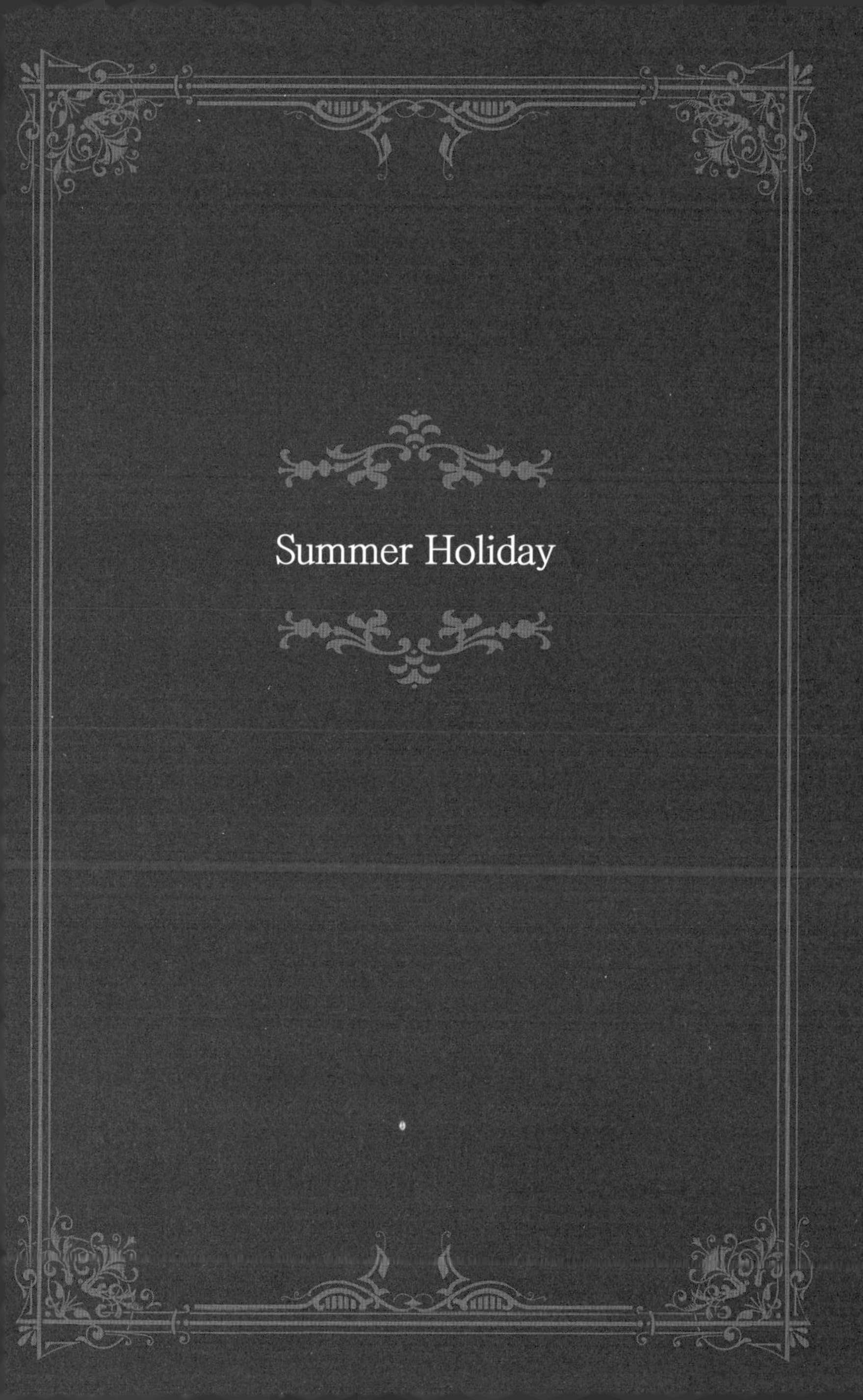

Summer Holiday

나 루카 에르네스토 로셀리니가 일본에 온 뒤로 두 번째 여름이 찾아왔다.

첫 번째 여름은 아직 일본에 그리 익숙하지 않기도 했던 데다, 막시밀리안과 떨어져서 혼자 지내기 시작했기 때문에 매일이 긴장의 연속이었다. 그렇게 안간힘을 다해 지내는 동안 어느새 가을이 되고 말았다.

지금 돌이켜봐도 아무튼 푹푹 찌는 더위였다. 그리고 여름 방학 동안에는 아르바이트만 했던 기억밖에 남아 있지 않았다.

그런 연유로 작년에는 바다, 불꽃놀이, 캠프 등 여름다운 이벤트에 참가하지 못했기 때문에 올해야말로 일본의 여름을 만끽하고 싶다!

무엇보다 올해 여름은 막시밀리안도 함께한다.

올해 4월 하순, 막시밀리안이 예정보다 조금 늦게 다시 일본을 찾았다. 예정대로 오지 못한 이유는 일을 매듭짓지 못했기 때문이다. 역시 핵심 부문에서 중요한 직책을 맡고 있는 막시밀리안이 현장을 떠나는 것은 쉬운 일이 아니었나 보다.

업무 처리 능력이 슈퍼 컴퓨터급인 막시밀리안이 전력을 다해 처리해도 다 처리하지 못한 안건이 몇 개나 있었기에 업무 내용 전달과 인수인계를 하느라 생각보다 시간이 걸린 것 같았다.

그런 사정으로 인해 약간의 오차는 있었지만 4월 22일, 막시밀리안은 일본 땅을 밟았다.

이번에는 자가용 제트기를 타고 일본을 찾았기 때문에 로마 집에서 마음에 드는 가구도 몇 개 가져왔다.

둘이서 살 아자부 아파트에 가구와 컨테이너박스가 옮겨지는 것을 보며 정말로 막시밀리안이 일본에서 산다는 실감이 나서 기뻤다.

작년에 처음 일본에 왔을 때는(난 몰랐지만) 길어도 3개월 체류 예정이었기 때문에 막시밀리안은 자신의 짐을 별로 가져오지 않았다. 그에 비하면 이번에는 꽤나 본격적인 이사였다.

하지만 전부 다 들어가지 않기 때문에(이탈리아에 비하면 일본의 주택은 크기가 많이 작다.) 대부분의 살림살이는 로마에 있는 집에 두고 왔다고 한다.

막시밀리안 왈, "필요하면 언제든지 가지러 갈 수 있으니까요." .

도쿄로 주축을 옮기긴 했지만 업무를 보러 빈번히 이탈리아에 돌아가기 때문에 그땐 로마에 있는 집에서 묵는 것 같다.

4월 내내 이사 여파로 인해 정신이 없었지만, 5월이 되니 둘만의 동거 생활에도 제법 익숙해졌다. 공백이 1년 있었던 데다, 나도 완전히 혼자 생활하는 데에 익숙해져버린 탓에 처음에는 약간 당혹스럽기도 했지만, 그 부분은 막시밀리안이 능숙하게 조절해주었다.

막시밀리안의 제안에 따라 동거를 위해 필요한 규칙을 정한 것이다.

예전에 함께 지냈을 때는 내가 아무것도 하지 못했기 때문에 생활 전반을 전부 막시밀리안에게 당연한 듯이 의지했다. 하지만 지금은 나도 웬만한 건 어느 정도 할 수 있게 되었다.

그래서 둘이서 의논하여 집안일을 분담하기로 했다. 단, 능력의 차이가 있기에 반반으로 나누지 않고 막시밀리안이 7, 내가 3 정도의 비율이다.

분담한다고 쳐도 둘 다 낮에는 일과 학교와 아르바이트가 있기 때문에 예전부터 계약한 도우미분이 계속 일주일에 두 번 와주시기로 했다. 이로써 도우미분이 기본 청소는 커버해주시기 때문에 생활이 꽤나 편해졌다.

공유하는 곳은 먼저 알아챈 사람이 알아서 치운다. 방 청소는 각자 알아서 한다.

막시밀리안은 요리 전반(아침 식사와 저녁 식사)을 담당. 낮에는 각자 밖에서 먹는다. 시간에 여유가 있을 때는 막시밀리안이 도시락을 싸준다. 나도 가끔씩 간단한 아침 식사를 준비하거나 저녁 식사 반찬 중 하나를 담당한다.

장은 휴일에 같이 나가서 한꺼번에 본다. 그리고 인터넷 쇼핑을 이용하기도 한다. 도우미분에게 메모를 남겨 부탁하는 것도 가능하다.

식사 후 뒷정리(뒷정리라고 해봤자 물로 대충 씻어서 식기세척기에 넣기만 할 뿐이지만)는 내가. 쓰레기 버리는 것도 내가.

빨래하고 너는 작업, 그리고 마른 빨래 개기는 막시밀리안(이건 양보할 수 없다고 한다. 아무래도 자신만의 방식이 있는 듯하다.).

그리고 가장 중요한 문제. 바로 돈 관리.

월세와 전기세 및 가스 요금과 같은 공과금, 생활비는 막시밀리안이 관리해주기로 했다.

1년 전, 혼자 생활하기 시작하는 데 앞서 나는 내 앞으로 은행 계좌를 만들었다. 그 계좌에 아르바이트비를 조금씩이지만 저금해 놓으면서 필요한 물건이 생기면 거기서 돈을 꺼내 구입하고 있다. 친구와 차 한잔 하러 가는 돈이나 교제비도 아르바이트비에서 충당하고 있다.

막시밀리안은 '필요한 물건이나 갖고 싶은 물건이 있으면 어려워 말고 말하라'고 하지만, 비싼 물건 중에 딱히 갖고 싶은 것도 없는 데다, 옷이나 신발이나 가방 등 필요한 물건은 대체로 막시밀리안이 먼저 예상하고 전부 준비해준다. 포장을 뜯어보고 나서야 '아, 그러고 보니 이거 갖고 싶었는데.' 하고 깨달을 정도였다.

막시밀리안은 정말 나보다 나를 더 잘 알고 있다.

그리고 집안일 분담과는 별개로 일주일에 한 번 미팅 시간을 갖고 다음 한 주의 예정을 서로에게 보고하는 것도 의무로 정해 놨다.

나의 경우, 주로 강의와 아르바이트 근무 시간으로 채워진다. 막시밀리안은 업무 외에 저녁 회식이 있거나 국내 및 해외 출장이 잡히곤 한다.

두 사람의 스케줄을 함께 쓰는 달력에 적어 넣고 눈에 띄는 곳에 걸어 놓으면 서로의 행동을 일목요연하게 알 수 있다.

스케줄로 말할 것 같으면, 일요일에는 되도록 아르바이트를 잡지 않기로 했다. 막시밀리안도 일요일에는 해외 출장이 잡히지 않는 이상 될 수 있는 한 제대로 쉬겠다고 말해주었다.

일주일에 최소 한 번은 둘이서 함께 외출하거나 집에서 느긋하게 지낸다.

주말에 막시밀리안과 데이트를 할 수 있다고 생각하니 평일에도 힘이 났다.

그리하여 막시밀리안은 도쿄 지사 'Rossellini Giappone(로셀리니 자포네)'의 최고 책임자로서 일하고, 나는 대학교를 다니면서 카페 아르바이트를 하는 동안 눈 깜짝할 사이에 7월이 되었다. 학교도 여름 방학에 들어갔다.

대학교 친구들은 합격 통지를 받은 회사 인턴십에 참가하는 것 같지만, 나는 취직을 하지 않기 때문에 마음 편히 지냈다. 졸업에 필요한 학점도 이미 거의 다 따 놓은 상태이기에 남은 것은 졸업 논문뿐.

그런 이유로 지금 나의 가장 큰 관심사는 여름 방학을 어떻게 지내면 좋을지에 대한 문제였다.

절친이자 아르바이트 동료이기도 한 토도가 이번 여름 방학을 이용하여 형이 체류 중인 중동에 있는 마라크라는 나라에 놀러 가기 때문에 그만큼 그의 공백까지 메워야 하지만, 아르바이트가 없는 날은 기본적으로 자유로웠다.

그리고 일본에 온 지 얼마 지나지 않은 데다 바쁜 것 같아서 스케줄이 어찌 될지 걱정이었던 막시밀리안도 무사히 여름 휴가를 확보할 수 있었다.

"신청한 대로 휴가를 잡을 수 있을 것 같습니다."

그 말을 들은 순간, "신난다!" 하고 외치며 막시밀리안에게 달려들어 안기고 말았다. 웃고 있는 막시밀리안의 얼굴도 역시 기뻐하는 것처럼 보였다.

막시밀리안의 여름 휴가는 일주일, 7월 넷째 주라고 한다. 조금 이른 서머 홀리데이였다.

한정된 날수를 최대한 유효하게 쓰고 싶다. 그렇게 생각한 나도 그 일주일은 아르바이트를 완전히 쉬기로 했다.

같이 살기 전에 "다시 한 번 같이 살게 되면 둘이서 여기저기 다니고 싶다."라고 말한 대로 막시밀리안이 여름 휴가에 들어가자마자 우리는 2박 3일로 교토 여행을 떠났다.

막시밀리안은 업무차 와본 적이 있는 듯하지만, 나는 처음이었다.

처음 방문한 교토는 어딜 가도 다 멋졌다.

대학교 2학년 때까지 살던 피렌체도 오래된 거리였지만, 같은 고도(古都)라고 해도 정취가 전혀 다르다.

지금 살고 있는 도쿄는 대도시이기 때문에 일본의 역사적 측면을 느끼는 경우가 거의 없지만……, 교토는 그렇지 않았다.

아름답고 정서가 감도는 것이 마치 영화 속에 있는 느낌이었다.

막시밀리안이 늘 그렇듯이 완벽한 계획을 세우고, 숙소도 예약하고, 식사 예약까지 해준 덕분에 2박 3일을 알차게 만끽할 수 있었다.

주택가에 있는 카페에서 말차 파르페를 먹고 나서 카모가와 강가에 있는 나무로 만든 테라스에서 일식을 즐긴 후, 우연히 마주친 마이코[6]와 함께 사진을 찍거나 숨이 막힐 정도로 아름다운 일본 정원을 관람하고, 물론 절과 신사도 여러 군데 돌며 불상도 잔뜩 보면서…….

시죠도오리 거리, 기온, 니시키 시장, 산넨자카와 니넨자카, 아라시야마 산의 대나무 숲, 토게츠쿄 다리, 교토 타워 등, 관광지도 꽤나 제패했다.

밤에는 노포 여관에 묵었다.

일본식 방도, 다다미 바닥에 이불을 깔고 자는 것도 처음이라 흥분한 나머지 잠을 제대로 이루지 못했다.

무엇보다 막시밀리안과 함께 여행을 왔다는 사실이 너무나도 기뻐서 잠자는 시간이 아까웠다…….

6 마이코: 게이샤가 되기 전인 수습 과정에 있는 예비 게이샤인 소녀를 가리킴.

*　*　*

“교토, 정말 즐거웠어…….”

한숨을 내쉬며 혼잣말을 했다.

즐거운 추억이 가득한 교토 여행에서 돌아온 것이 어제 저녁. 그 후로 하루 가까이 지났는데도 나는 현실에서 돌아오지 못한 채 여행의 여운에 흠뻑 잠겨 있었다.

거실 소파에서 스마트폰으로 찍은 교토 사진을 바라보곤 즐거웠던 추억을 곱씹는……, 벌써 몇 번째인지 모르는 작업을 되풀이하고 있으려니, 메시지 착신음이 울렸다.

“어라? 메시지 왔다.”

스마트폰을 조작하여 메시지를 열었다.

“레오나르도 형이 보냈어.”

팔걸이의자에 앉아 영자신문을 읽고 있던 막시밀리안이 나의 중얼거림을 듣고 반응했다.

“레오나르도 님께서요?”

“응…….”

이탈리아어로 된 글을 읽던 도중에 저도 모르게 큰 소리를 냈다.

“다음 달에 레오나르도 형과 아키라 씨가 일본에 온대!”

막시밀리안이 탁자에 신문을 놓았다. 그러더니 의자에서 일어서서 내가 앉은 소파까지 다가왔다.

"두 분께서 일본에 오신다고요?"

소파 뒤로 돌아간 막시밀리안은 나의 어깨 너머로 스마트폰 화면을 들여다보았다.

"업무차 오나 봐. 근데 이번 기회에 할아버지한테 인사 가고 싶대."

레오나르도 형의 파트너인 하야세 아키라 씨는 나의 이부형에 해당한다. 우리 어머니가 처음 결혼했을 때 태어난 자식이 바로 아키라 씨인 것이다. 하지만 안타깝게도 그 결혼은 이혼이라는 형태로 종지부를 찍었고, 그 후 어머니는 시칠리아로 건너가서 아버지와 재혼하여 나를 낳았다.

어머니의 첫 번째 결혼은 상대가 야쿠자 조직의 보스였기 때문에 친정의 맹렬한 반대를 받았다. 어머니가 절연당한 탓에 아키라 씨는 혈육인 할아버지를 한 번도 만난 적이 없다.

나도 일본에 오고 나서 할아버지를 처음 만났지만, 아키라 씨도 꼭 한 번 할아버지를 찾아가주길 바라 왔다.

할아버지 본인이 직접 말한 적은 없지만, 아마 틀림없이 또 한 명의 손자인 아키라 씨를 만나고 싶어 하실 테니까.

간신히 그 바람이 실현될 것 같다는 예감이 들자 점차 마음이 들떴다.

'어머니와 꼭 닮은 아키라 씨를 보면 할아버지도 무척 기뻐하시겠지…….'

"할아버지께 알려드려야지. 분명히 엄청 기뻐하실 거야."

"네. 마침 내일 찾아 뵐 예정이니, 타이밍이 딱 좋네요."

"응."

이시다 씨로부터 할아버지가 약간 더위를 먹은 것 같다는 이야기를 듣고 얼음과자라도 들고 찾아 뵐 생각이었지만, 이 소식이 아마 가장 큰 선물이 되겠지? 틀림없이 기운을 내실 것이다.

"레오나르도 님의 메시지는 그게 다인가요?"

막시밀리안의 재촉을 받아 이어지는 문장을 훑어보았다.

"……카테리나 씨와 아기는 건강하대. 저번에 레오나르도 형하고 아키라 씨가 로마에 만나러 갔었는데, 배가 엄청 불러서 당장이라도 아기가 나올 것 같았나 봐."

"예정일은 다음 달 중순이죠?"

"응……. 아버지가 카테리나 씨는 첫 출산이니까 걱정되는 마음에 안정을 취하라고 하는데도 카테리나 씨는 아버지 말도 안 듣고 엄청 씩씩하게 돌아다니는 것 같아."

"오히려 운동을 하는 편이 좋다고들 하던데요."

"그러게. 자세한 방문 일정이 정해지면 또 연락 준대."

메시지를 다 읽은 나는 "후우……, 예정일까지 2주 정도밖에 안 남았다고 생각하니 벌써부터 가슴이 두근거려."라고 말하며 가슴에 손을 얹었다.

"남자아이일까……, 여자아이일까?"

이 시점이 되어서도 아기의 성별을 알 수 없었다.

아버지와 카테리나 씨는 담당의에게 출산 전까지 성별을 묻지 않기로 결심한 듯했다.

확실히 태어날 아기의 성별을 모르니 남동생을 만날지 여동생을 만날지 생각하기만 해도 설레긴 하지만.

남동생이든 여동생이든 아기가 이 세상에 태어난 순간, 자신은 로셀리니가의 막내를 졸업한다.

지금까지는 자신이 가장 나이가 어렸기 때문에 어리광을 부릴 수 있었지만, 이제 앞으로는 그럴 수 없다.

형으로서 동생의 작은 손을 잡고 이끌어줘야만 한다.

형들이 자신에게 그랬듯이.

막시밀리안이 그랬듯이.

그렇게 생각하자 저절로 허리가 쭉 펴지면서 마음이 바짝 긴장되는 듯한 기분이 들었다.

'성별은 어느 쪽이든 좋아. 건강하게 태어나주기만 한다면…….'

여동생이든 남동생이든 당연히 엄청나게 귀여울 것이다.

"빨리 태어났으면 좋겠다."

"그러게요."

막시밀리안이 나의 혼잣말에 맞장구를 쳤다.

"루카 님께서 태어나시기 전에는 저도 같은 마음이었답니다."

나는 고개를 뒤로 돌려 막시밀리안의 얼굴을 밑에서부터 가만히 들여다보았다.

"두근거렸어?"

"네……, 얼마나 두근거렸는지 모릅니다."

연인이 그때의 심정을 떠올리고 있는지 약간 먼 곳을 바라보았다.

나는 기억나지 않지만, 처음 만났을 때 갓난아기였던 나는 막시밀리안의 손가락을 꼭 잡고 꺄르르 웃었나 보다. 이제 막 태어난 상태에서 완전히 무의식적으로 막시밀리안을 택했다고 생각하니 스스로도 왠지 대단하다며 감탄하고 말았다.

── 어머나, 루카는 막시밀리안이 좋은가 보구나.

어머니는 그 모습을 보며 그렇게 말했다고 한다.

── 저는 가슴속이 꽉 죄어드는 것 같기도 하고 서서히 따뜻해지는 것 같기도 한 신비한 느낌을 맛보았습니다.

── 그때가 태어나서 처음으로 사람을 '사랑스럽다'고 생각한 순간이었습니다.

처음 맺어진 날 밤에 막시밀리안이 했던 말을 떠올리자, 나야말로 가슴이 꽉 죄어들었다.

나도 사랑스럽다는 감정을 막시밀리안에게서 배웠다.

"내가 태어나서 기뻤어?"

왠지 갑자기 어리광을 부리고 싶어서 그렇게 물어보았다.

나의 시선 끝에서 막시밀리안이 두 눈을 천천히 가늘게 떴다.

"만약 당신이라는 존재가 이 세상에 없었다면……. 그런 생각을 하기만 해도 소름이 끼칩니다. 당신이 없는 세계는 살 가치가 없으니까요."

애달프게 속삭이자, 가슴이 꽉 죄어들었다.

"막시밀리안……."

막시밀리안이 나의 어깨에 손을 얹었다. 나도 그 손 위에 손을 포개었다.

막시밀리안의 곁에 태어나서 다행이야.

'하느님, 감사합니다.'

한동안 말없이 포개진 손으로 서로의 온기를 전하고 나서 막시밀리안이 입을 열었다.

"이번에는……, 아마 누구보다도 레오나르도 님께서 가장 기뻐하실 것 같습니다."

"응……."

우리 삼형제가 모두 동성을 인생의 반려자로 택하고 만 지금, 다음 달에 태어나는 아기는 여러 가지 의미에서 로셀리니가의 희망이다.

특히 책임감이 강한 장남 레오나르도 형에게는 구세주나 다름없다…….

물론 아기에게 혼자 로셀리니가를 짊어지게 할 생각은 없다.

아기의 인생은 아기의 것.

그렇기에 아기의 의지를 존중하면서 형제 모두가 힘을 합쳐 패밀리의 결속을 다음 세대로 이어 나갈 것이다.

가슴에 간직한 마음을 새삼스레 곱씹고 있으려니, 막시밀리안이 "슬슬 준비하시죠." 하고 말했다.

"아, 그렇지."

오늘은 지금부터 동네 여름 축제에 다녀올 예정이다.
"옷 갈아입는 것을 도와 드리겠습니다."
"응."
나는 막시밀리안의 말에 고개를 끄덕였다.

* * *

실은 이날을 위해 교토에서 유카타를 지어 왔다. 첫날에 포목점을 방문하여 치수를 재고 주문한 뒤, 돌아오는 신칸센을 타기 직전에 완성된 유카타를 받아 왔다.

내 유카타는 하얀색 바탕에 커다란 남색 무늬가 들어갔다. 또한 뒤에도 같은 무늬가 한 치의 오차 없이 염색되어 있었으며, 포목점 직원의 말에 따르면 '숙련된 장인의 솜씨가 담긴 전통 공예품'이라고 한다. 거울 앞에서 옷감을 몇 종류 대본 결과, 막시밀리안이 택한 옷감으로 의뢰했다.

태어나서 처음 경험하는 일본옷 체험에 신이 난 나는 전신거울 앞에 서서 막시밀리안이 유카타를 입혀주길 기다렸다.

막시밀리안은 어머니에게서 기모노 입는 방법을 배웠다고 한다. 어머니는 고향을 잊지 않으려는 마음에서인지 이따금 기모노를 입곤 했다. 나는 기모노를 입은 어머니를 무척 좋아했다.

하지만 지금까지 직접 입어볼 기회는 좀처럼 얻지 못했다. 아니, 입어보겠다는 발상이 없었다.

그래서 막시밀리안이 '교토에서 유카타를 짓자'고 제안했을 때는 그게 가능하구나! 하고 어찌나 놀랐는지 모른다.

물론 기성품도 있지만, 소매 길이나 기장이 입는 사람의 사이즈에 딱 맞지 않기 때문에 입었을 때의 완성도가 별로인 듯했다.

그리하여 마침내 교토에서 맞춘 유카타를 입을 때가 찾아왔다.

우선 하얀 브이넥 속옷 위에 유카타를 걸치고 두 팔을 소매에 끼워 넣었다.

"이때, 등의 바늘땀이 등줄기를 타고 똑바로 오도록 맞춥니다."

막시밀리안이 나에게 유카타를 입혀주면서 강의를 해주었다.

기모노는 옷자락이 오른쪽 위로 와야 하기 때문에 오른쪽 섶을 허리뼈 언저리에 넣은 다음, 그 위에 왼쪽 섶 순으로 앞자락을 몸에 감듯이 포개었다.

"다음엔 허리끈을 묶어줍니다."

가느다란 끈을 허리에 칭칭 감은 후, 배보다 약간 아래 부근에서 묶었다.

"허리끈을 묶고 나면 주름을 펴줍니다."

막시밀리안이 유카타 앞과 옆, 그리고 등 구석구석까지 잡아당겨 주름이 지지 않도록 조절했다.

"마지막으로 띠를 묶어줍니다."

남색으로 염색한 폭이 좁은 남자용 유카타 띠를 허리끈 위에 둘둘 말고 난 뒤, 몸 뒤쪽에서 꽉 묶어주었다.

"다 됐습니다."

막시밀리안이 등을 툭 두드리자, 나는 몸을 홱 돌려 뒤를 돌아보았다. 거울에 비친 유카타 띠는 보아하니 복잡한 모양으로 묶여 있었다. 완성된 매듭을 보기만 했을 때는 뭘 어떻게 묶은 건지 전혀 모르겠다.

"조개의 입이라는, 가장 대중적인 매듭입니다."

"그렇구나. 근데 왠지 멋있다……. 시대극 무사 같아."

"갑갑하진 않으십니까?"

"괜찮아. 입혀줘서 고마워."

"별 말씀을요."

막시밀리안이 약간 떨어진 지점에서 나의 전신을 체크했다. 그리고 잠시 후, 안경테를 쓱 들어 올리며 "문제없습니다."라고 딱 잘라 말했다.

나는 거울 속의 나와 마주 본 채 오른쪽으로 반 바퀴, 이어서 왼쪽으로 반 바퀴 돌았다. 옆에서 보니 띠는 뒤쪽이 약간 올라가 있었고, 앞쪽은 내려가 있었다. 아무래도 이게 올바른 위치인 것 같다. 나는 전방위를 체크하고 나서 또다시 정면을 향했다.

자신이 기모노를 입고 있는 것이 왠지 신기하게 느껴졌다. 쑥스럽기도 하고, 자랑스럽기도 한 기분이 들면서.

"이 무늬로 고르길 잘했네요. 싱싱하고 시원시원해 보이는 하얀 바탕과 남색이 참 잘 어울리십니다."

나는 막시밀리안의 어딘가 만족스러운 듯한 목소리를 듣고는 "그래?" 하고 고개를 갸웃했다.

"아키라 씨의 발뒤꿈치에도 따라가지 못하지만."

아키라 씨는 어렸을 때부터 자주 입었기 때문에 항상 기모노를 맵시 있게 소화한다.

나는 늠름한 아키라 씨의 기모노 차림을 남몰래 동경했다.

"어색하지 않아?"

"무슨 말씀이십니까. 아주 자연스러우십니다. 루카 님께서도 일본인의 피를 이어받으셨기 때문이겠죠."

그렇게 말해주니 기뻤다. 할아버지와 어머니, 아키라 씨와 같은 일본인의 피가 자신의 몸속에도 흐르고 있다는 생각이 들었기 때문이다.

"헤헤……."

수줍은 마음에 그만 웃음이 나왔다. 막시밀리안이 그런 나를 보고 미소 짓더니 "저도 옷을 갈아입고 오겠습니다." 하고 자신의 방으로 물러갔다.

나는 거실 소파에서 막시밀리안을 기다렸다. 그러자 10분 후, 유카타로 갈아입은 막시밀리안이 나타났다.

"와아……."

저도 모르게 감탄의 소리를 내고 말았다.

함께 교토에서 지어 온 막시밀리안의 마직 유카타는 겉면에 오글오글한 잔주름이 잡혀 있었고, 검은색에 가는 회색 줄무늬가 랜덤으로 들어가 있었다. 띠는 흰색이었다. 허리 한참 아래에 띠를 맨 모습에서 세련된 매력이 돋보였다. 남자의 기모노는 허리가 생명이라는 말의 의미를 실감했다.

'멋있어……!'

항상 넥타이를 꽉 매는 막시밀리안은 목 언저리를 밖으로 드러내는 일이 거의 없기 때문에 쇄골이 보이기만 했는데도 가슴이 뛰었다. 옷 틈새에서 어른의 향기가 확 피어 올랐다.

다가오는 막시밀리안의 걸음걸이에도 두근거렸다. 걸을 때마다 옷자락이 말려 올라가면서 언뜻 보이는 탄탄한 장딴지가 무척이나 섹시한 나머지…….

'옷 사이로 언뜻언뜻 보이는 게 다 벗은 것보다 야해 보일 때가 있구나.'

평소보다 몇 배나 요염한 연인의 모습에 멍하니 넋을 놓고 있으려니, 막시밀리안이 의아한 듯한 목소리로 말을 걸었다.

"왜 그러십니까?"

"아, 아, 아니……, 아무것도 아니야."

고개를 절레절레 흔드는 나를 안경알 너머로 얼핏 본 막시밀리안이 천천히 재촉했다.

"그럼 갈까요?"

* * *

밖에 나가고 나서도 나는 옆에 있는 막시밀리안을 곁눈으로 힐끔힐끔 쳐다보기만 했다.

'까만 끈 나막신도 잘 어울려.'

맨발인 막시밀리안도 신선했다. 조금씩 찾아오는 저녁 노을에 서늘한 빛을 발하며 떠오른 하얀 맨다리에는 요염함이 한껏 감돌았다.

이렇게 기모노가 잘 어울릴 줄은 몰랐다.

아마 막시밀리안이 가진 금욕적인 분위기와 자세가 기모노와 잘 맞는 것일 테다.

그리고 이건 정신적인 요소지만, 어느 때나 어떤 차림이든 항상 당당하기 때문일지도 모른다. 막시밀리안의 그런 면모는 정말 본받고 싶다. 나에게 가장 부족한 점이니까.

이미 질리도록 봐 온 막시밀리안이 왠지 딴 사람처럼 보이는 탓에 아까부터 계속 두근거림이 멈추지 않는다.

내가 몰래 심박수를 올리고 있는 동안에도 막시밀리안은 망설임 없는 발걸음으로 목적지를 향했다. 스쳐 지나가는 사람들(주로 여성)의 반응 —— 막시밀리안을 보고 눈을 휘둥그렇게 뜨거나, 옆에 있는 친구와 숙덕거리거나 —— 을 확인하고는, 막시밀리안이 멋있어 보이는 것은 나 혼자만이 아니라는 확신을 가졌다.

살짝 자랑하고 싶어졌다.

이렇게 멋진 막시밀리안이 내 연인이라고.

'아무한테도 말할 수 없지만.'

하지만 딱히 상관없다. 나와 정말 친한 몇 사람만 알고 있으면 되니까.

그런 생각을 하고 있으려니 초롱불이 드문드문 보이기 시작했다. 축제에서 울리는 음악도 들려오고 사람이 점점 많아졌다. 축제가 열린 신사가 가까워진 것이다.

"사람 엄청 많다~."

보통 차림의 사람이 대부분이었지만, 우리처럼 유카타 차림인 사람도 간간히 보였다. 특히 그중에서도 젊은 사람이 많은 것 같았다. 유카타를 맞춰 입은 커플과 그룹 외에도 아이를 동반한 가족이 많았다.

항상 조용한 신사가 이렇게 붐비는 건 처음 본다. 오가는 사람들의 얼굴도 반짝반짝 빛나고, 즐거워 보였다.

'어느 나라든 축제는 역시 떠들썩하구나.'

인파를 따라 어슬렁어슬렁 걷고 있는 사이에 식욕을 자극하는 좋은 냄새가 났다. 큰길을 따라 야점이 쭉 나와 있었다. 가게마다 오코노미야키와 볶음국수, 솜사탕과 사과 사탕 등을 팔고 있었다.

"포장마차도 많다!"

나도 점점 신이 나기 시작했다. 그런 나의 기분을 알아챘는지, 막시밀리안이 신신당부했다.

"해도 져서 깜깜해진 데다 사람도 많으니 길 잃어버리지 않도록 조심하십시오."

"알았어. 아! 나, 저 가면 갖고 싶어!"

나는 막시밀리안의 유카타 소매를 잡아당기며 가면이 일렬로 쭉 놓인 야점으로 향했다. 어린이용 플라스틱 가면이 아니라 고급 종이를 붙여 만든 전통 가면이었다.

"종류가 많네."

둥근 여자 얼굴, 웃기게 생긴 남자 얼굴, 원숭이, 캇파[7], 텐구[8]도 있었다.

찬찬히 살펴보고 나서 목표를 한 가지로 정해 손을 뻗었지만 닿지 않았다. 발돋움을 해도 마찬가지였다. 보다 못한 막시밀리안이 "어떤 것을 꺼내 드릴까요?" 하고 도움의 손길을 내밀었다.

"저기 제일 위에 있는 여우 가면."

그렇게 대답하자, 막시밀리안이 손을 뻗어 여우 가면을 꺼내주었다. 나는 건네받은 여우 가면을 얼굴에 대고는 "어때?" 하고 물었다.

"굉장히 잘 어울리십니다."

"정말? 그럼 이거 살래."

아르바이트를 해서 모은 용돈으로 여우 가면을 샀다. 막시밀리안이 자기가 내겠다고 말해줬지만 고개를 가로저었다.

"스스로 번 돈으로 사는 데 의미가 있단 말이야."

나의 주장을 들은 막시밀리안은 약간 복잡한 표정이 되었다.

"훌륭한 마음가짐이지만, 조금 섭섭하기도 하군요."

"섭섭해?"

"너무 성급하게 어른이 되지 말라고 말씀드리지 않았습니까."

7 캇파: 일본의 상상의 동물. 물에 살며, 정수리에 물이 담긴 접시가 있음.
8 텐구: 일본 전설에 나오는 요괴로, 산을 지키는 신. 코가 매우 크고 얼굴이 붉으며 날개가 있음.

막시밀리안이 애달픈 목소리로 그렇게 말하자, 가슴이 쿡쿡 쑤셨다.

"괜찮아. 어른이 되어도 막시밀리안과는 쭉 함께할 거니까."

내가 속삭이자, 막시밀리안은 미소를 짓더니 마음을 다잡은 듯이 말했다.

"음식값은 제가 내겠습니다. 저녁밥 대신이니까요."

그렇다. 오늘 저녁은 야점에서 해결하기로 했다. 평소에는 직접 준비해야 직성이 풀리는지 외식조차 거의 하지 않는 막시밀리안이 "오늘 하루만입니다." 하고 허락해주었다. 오늘 저녁에도 외식을 금지하면 축제를 즐길 수 없다고 판단한 것 같다.

"하지만 제가 봤을 때 위생면에서 문제가 있는 듯한 가게는 안 됩니다."라고 못을 박았지만. 그래도 충분히 기뻤다.

막시밀리안의 감시하에서 여우 가면을 목 뒤에 건 나는 한 손에 사과 사탕, 다른 한 손에 초콜릿 바나나를 들고 번갈아 가며 입에 넣었다. 이건 막시밀리안과 반씩 나눠 먹었다.

이른바 '군것질'이라는 것을 처음 해본 신선함도 더해 나는 전부 다 맛있다고 느꼈지만, 막시밀리안은 "맛 평가는 접어 두도록 하겠습니다."라고 말한 이후로 별다른 얘기가 없었다.

음식 파는 곳이 아닌 야점도 즐거웠다. 물풍선 낚시와 금붕어 건지기, 장난감 총 쏘기.

그 결과.

물풍선은 겨우 하나 낚았다.

금붕어 건지기는 두 번 도전했지만 전부 순식간에 뜰채가 찢어지는 바람에 한 마리도 건지지 못했다…….

장난감 총 쏘기 또한 경품을 하나도 맞추지 못했지만, 나를 불쌍히 여긴 듯한 막시밀리안이 마지막 한 번 남은 기회에 나 대신 총을 쏴주었다. 그리하여 목표물을 멋지게 맞춰 가장 따기 힘든 경품인 곰돌이 인형을 손에 넣었다.

"외국인 손님, 실력 한번 대단하구만!"

야점 주인 아저씨도 깜짝 놀랐고, 주변에서 보고 있던 구경꾼들 사이에서도 환호성과 박수가 터져 나왔다. 나도 아저씨가 건네준 인형을 꼭 안으며 들뜬 목소리로 "대단하다!" 하고 말했다.

"실탄과 달리 반동이 없기 때문에 식은 죽 먹기나 다름없거든요."

아무렇지도 않게 받아치는 막시밀리안의 말에 '아, 그렇겠구나…….' 하고 납득했다. 막시밀리안은 사격 실력도 일류니까.

'정말로 뭐든지 다 잘하는구나.'

어째서 이렇게 완벽한 막시밀리안이 나 같은 녀석을 택한 건지 가끔씩 신기할 따름이다…….

혹시 키우다 보니 어느새 정이 들었다거나?

'가능한 일이야. 아기새가 태어나자마자 처음 본 동물을 어미로 알고 따르는 행동의 반대 버전?'

아마 막시밀리안에게 말하면 이제 와서 무슨 소리를 하냐고 어처구니없어할 것이라는 생각을 하면서 인형을 한 손에 들고 걷던 나는 우뚝 멈춰 섰다.

"왜 그러십니까?"

막시밀리안도 발걸음을 멈추고 물었다.

"……화장실 가고 싶어."

아까 라무네 소다를 한 병 마셨기 때문일지도 모른다. 급격히 오줌이 마려워진 나는 호소했다.

"신사 경내에 있으니 그리로 가죠."

역시 막시밀리안은 화장실 위치까지 사전에 확인을 끝낸 상태였다.

돌계단을 올라가면 보이는 신사 경내에도 야점이 늘어서 있어 사람들로 가득했다. 겨우 도착한 화장실에서 내가 볼일을 보고 있는 동안, 막시밀리안은 인형을 들고 밖에서 기다려주었다.

"후우……."

손을 씻고 손수건으로 닦으면서 화장실에서 나온 나는 막시밀리안의 모습을 찾았다. 하지만 그 장신을 한순간 발견하지 못하고 주위를 두리번두리번 둘러보았다.

'어디 있지?'

발견하지 못한 것도 당연하다. 막시밀리안이 유카타를 입은 여자 세 명에게 둘러싸여 있었기 때문이다.

"……."

장난감 총을 쏠 때 막시밀리안의 실력에 환호성을 지르던 여자들이었다. 나이는 나와 비슷해 보였다. 세 사람 다 곱디고운 유카타를 입고, 머리에도 예쁜 꽃장식을 꽂고 있었다.

세 사람 다 꽤나 미인 축에 속했다…….

"일본어 정말 잘하신다!"

"혹시 괜찮으면 저희랑 같이 구경하지 않으실래요?"

"아까 그 귀여운 남자애도 같이~."

작은 새가 지저귀는 듯한 높은 목소리가 여기까지 들려왔다. 예전에 토도가 여자가 남자에게 데이트 신청을 하는 것을 '역헌팅'이라 부른다고 가르쳐주었다. 일본은 여자가 먼저 적극적으로 헌팅을 하니까 조심하라고 신신당부하면서.

얼굴에 홍조를 띠고 눈을 반짝반짝 빛내는 여자들을 보고 있다 보니 위 언저리가 서서히 짓눌리듯이 아파 왔다.

'어라? 왜 이러지? 체했나?'

의아해하고 있으려니, 그중 한 사람이 막시밀리안의 유카타 소매를 살며시 잡았다.

그 순간, 가슴에 따끔한 통증이 스쳤다. 그 후에도 따끔따끔한 위화감은 진정되지 않았다.

'이게 뭐지?'

처음 경험하는 감각에 당혹스러워하던 나는 마침내 위가 짓눌리는 듯한 느낌과 가슴을 스친 통증의 정체를 깨달았다.

설마……, 이게 질투?

내가 여자에게 질투를 하고 있다는 사실을 알아채고 어금니를 꽉 깨문 그때, 막시밀리안이 나를 발견했다.

막시밀리안은 여자들에게 무슨 말을 하더니 이쪽으로 걸어왔다. 그의 어깨너머로 여자들의 실망한 얼굴이 보였다.

"루카 님."

나는 반사적으로 등을 홱 돌렸다.

"별문제 없으셨습니까?"

"……응."

상태가 이상하다고 느낀 듯한 막시밀리안이 앞으로 와선 내 얼굴을 들여다보았다.

"왜 그러십니까? 어디 안 좋으세요?"

"……아무것도 아니야."

막시밀리안이 인기가 많다는 건 옛날부터 알고 있었다.

'그야 이렇게나 멋있는걸.'

그야말로 '이제 와서' 당연한 광경을 목격하고 충격을 받다니.

나의 이 좁은 도량과 유치한 인간성, 미숙함이 너무너무 싫었다.

침울함에 빠져 있자, 막시밀리안이 위팔을 잡았다.

"루카 님, 얼굴을 드세요."

막시밀리안의 재촉을 받은 나는 느릿느릿 고개를 들었다. 청회색 눈이 나를 똑바로 쳐다보았다.

"기분이 좋지 않으시다면 집으로 돌아가죠."

걱정스러운 표정을 보고 있으려니 아까와는 다른 의미로 가슴이 아팠다.

"아냐……, 저기……, 그런 게 아니라."

"루카 님?"

"미안. 나……, 질투했어."

"질투?"

"막시밀리안이 예쁜 여자들에게 둘러싸여 있길래."

막시밀리안이 천천히 두 눈을 크게 떴다. 웬만한 일로는 동요하지 않는 사람인데도 불구하고 제법 놀란 듯한 모습이었다.

이런 나를 보고 질려 버렸을지도 모른다.

등이 작게 떨렸다. 하지만 거짓말은 할 수 없었다. 막시밀리안에게는 항상 솔직하고 싶다. 똑바로 마주 보고 싶다. 내 장점은 그 정도밖에 없으니까.

"막시……."

막시밀리안이 아무 말도 하지 않았기에 불안함을 느끼고 이름을 부르려던 그때, 느닷없이 팔을 잡혔다. 그리고 그대로 쭉 끌려가는 바람에 비틀거리고 말았다.

"자……잠깐. 왜 그래?"

당황하여 물어봤지만, 아무런 대답도 없었다. 막시밀리안은 수목이 울창하게 우거진 어두운 나무 그늘로 나를 질질 끌고 갔다. 웅성거리는 소리가 멀어지고, 인기척도 없었다.

그제야 막시밀리안이 겨우 손을 놓았다.

"막시밀리안, 대체 왜……."

그러자 막시밀리안은 말을 하던 도중인 내 어깨를 잡고는 나무에 밀어붙였다.

"……윽."

고개를 치켜들자, 꿰뚫을 듯한 시선과 마주쳤다. 그 순간, 나는 어깨를 움찔 떨었다.

"마, 막시밀리안……."

"당신은 어째서 그렇게……, 저를 미치게 만드시는 겁니까?"

"응?"

낮은 목소리로 혼나자 당황한 목소리가 나왔다.

"그런 적……."

"정말 죄 많은 분이군요."

두 눈을 가늘게 뜬 막시밀리안이 천천히 얼굴을 가까이 가져왔다.

'키, 키스?'

왜 갑자기 이런 곳에서 하는지 몰라 깜짝 놀랐지만, 연인의 입맞춤을 거부할 수 있을 리 없었던 나는 나를 덮어 오는 입술을 순순히 받아들였다. 연인은 혀끝으로 입술을 쿡쿡 찌른 다음, 얇게 벌어진 입 사이로 젖은 혀를 쑥 집어넣었다.

그 혀가 입안을 미끌미끌 기어 다녔다. 그러더니 혀를 휘감아 타액을 빨고, 치열을 훑었다.

"흐……응, 응, 으음……."

혀가 입안을 휘저어 댈수록 머리 한가운데가 점점 뜨거워졌고, 몸에서도 힘이 빠졌다.

막시밀리안의 키스는 언제나 나를 햇볕에 놓은 젤라토처럼 흐물흐물 녹여버린다.

입술이 천천히 떨어진 후 호흡을 가다듬고 있으려니, 막시밀리안이 그 자리에 주저앉았다. 그러더니 아직 키스의 여운에 멍하니 정신을 놓고 있던 나의 유카타를 느닷없이 걷어 냈다. 다리가 허벅지까지 훤히 드러나면서 맨살을 희롱하는 미지근한 바람에 몸을 흠칫 떤 순간, 막시밀리안이 속옷을 쑥 끌어 내렸다.

"잠깐……, 막시밀리안……, 뭐, 뭐 하는 거야?"

"벌입니다."

허스키하고 낮은 목소리가 귓바퀴에 닿은 것과 동시에 달콤한 전율이 등줄기를 타고 올라갔다. 연인은 곧바로 나의 욕망을 입에 머금었다.

"아앗."

나를 목 안쪽까지 쑥 삼킨 막시밀리안이 혀를 휘감았다.

"흐, 앗……."

'누, 누가 언제 올지 모르는……, 이런 밖에서?!'

절대 안 돼!

하지만 거부하는 마음과는 달리 몸이 급속도로 열을 품으며 흥분했다.

'만약 누가 오면?'

이런 장면을 누가 보기라도 한다면 큰일이 벌어지고 만다.

상상하기만 해도 초조함이 치밀어 올랐고, 검은자가 촉촉하게 젖었다.

평소보다 흥분한 것을 알고 나니 이런 곳에서 흥분하고 마는 자신에게 점점 큰 배덕감을 느꼈다. 하지만 그 배덕감마저 쾌감을 부추기는 도구가 되면서…….

"흐읏……, 아아아."

느끼는 부분을 핥고 빨고 이를 세우자, 목 안쪽에서 끊임없이 교성이 새어 나왔다. 가차 없이 궁지에 몰린 나는 막시밀리안의 머리카락을 움켜잡았다. 단정하게 다듬은 머리를 헝클어뜨리고, 미친 듯이 휘저어 댔다.

"흣……, 으, 흐읏."

그동안에도 다리 사이에서 츄릅츄릅 빠는 소리가 들려왔다. 입으로 가하는 애무와 함께 꿀주머니를 손으로 주물러 대자 선단에 물방울이 맺혔다.

'어쩌지……? 기분 좋아…….'

다리가 가늘게 경련하고, 허리가 바르르 떨렸다.

"계속……, 그렇게……, 하……면……, 못 견뎌……, 나, 나올 것 같아."

"내보내세요……. 괜찮으니까……, 어서."

"응……, 아으응!"

참지 못하고 막시밀리안의 입안에서 터졌다.

"헉, 헉……."

숨을 고르면서 막시밀리안을 보았다. 달빛에 비친 하얀 목이 내가 내보낸 액체를 꿀꺽 삼켰다.

"머, 먹었어?"

"네, 먹었습니다."

"……미안."

너무나도 민망하고 죄스러운 마음으로 사과했다.

"왜 사과하시는 거죠?"

"그, 그야……."

스스로도 이유를 몰라 말을 머뭇거리고 있자, 막시밀리안이 일어섰다. 그러더니 내 어깨에 손을 대고는 내 몸을 홱 돌렸다.

"잡고 계십시오."

나무에 매달린 모양새로 유카타 자락이 엉덩이 위까지 걷어 올려졌다. 깜짝 놀라 달아나려 했지만, 어깨를 꽉 눌리는 바람에 움직일 수 없었다.

이렇게 창피한 자세를 취하고 있다니, 엉엉 울고 싶어졌다.

"싫어……, 막시밀리안……, 싫단 말이야."

"죄송합니다. 하지만……, 저도 이미 한계입니다."

등 뒤에서 들려온 절박한 목소리에서 막시밀리안이 자신을 원하고 있다는 사실이 전해져 오자 체온이 확 올라갔다. 내가 힘을 뺀 순간, 손가락이 푹 파고들었다.

"응……, 앗……."

길다란 손가락으로 안을 달래듯이 꾹꾹 주물렀다. 얼마 안 있어 손가락이 빠졌지만, 그 대신 뜨겁게 젖은 물건이 바짝 닿았다. 선단이 그곳을 쭉 밀고 들어오자, 등이 실룩실룩 뛰며 뒤로 휘었다.

"흐앗……."

큰 목소리가 나올 뻔하자 황급히 한 손으로 입을 틀어막았다. 막시밀리안이 손을 앞으로 뻗더니 나의 페니스를 쥐었다. 물소리를 내며 그곳을 슬라이드하는 사이에 어느덧 쾌감이 배어 나왔다. 몸의 긴장이 풀렸다. 그러자 그렇게 되기를 기다리고 있었다는 듯이 막시밀리안이 가장 깊은 곳까지 단숨에 꿰뚫었다.

"아아아아앗!"

곧바로 막시밀리안이 움직이기 시작했다. 나는 나무에 매달렸다. 이렇게 성급한 막시밀리안은 처음이다. 그 점에도 흥분하여 관능이 솟구쳤다.

"앗, 앗, 앗."

막시밀리안이 나의 몸을 뒤흔들면서 귀 뒤쪽에 뜨거운 입술을 꾹 밀어붙였다.

"안이 굉장히 넘실거려요……. 평소보다 느끼고 계시는군요. 밖이라서 느끼고 계신 겁니까?"

"아, 아냐……!"

"나쁜 아이시군요."

목덜미가 오싹하더니 온몸에 미약한 전류가 스쳤다. 꾸짖음을 당하고 있는데도 왜 이렇게 달콤하게 느껴지는 걸까? 막시밀리안이 몸을 작게 떠는 나의 하복부를 손바닥으로 빙글빙글 원을 그리며 어루만졌다.

"이곳에……, 제가 있는 것이 느껴지십니까?"

"아……."

"루카 님의 이곳에, 제가."

"응……, 마, 막시밀리안……으로, 가득 채워졌어."

신음 섞인 목소리로 대답하자, 안에 있는 막시밀리안의 분신이 그곳을 한층 압박했다.

"하으응."

페니스가 움찔 뛰어오르자 안쪽도 꽈악 수축했다. 등 뒤에서 막시밀리안이 숨을 삼켰다. 갑자기 피스톤 운동이 격렬해졌고, 그 움직임 또한 찔러 올리는 듯한 동작으로 바뀌었다. 세차게 몰아치는 페니스가 끌어낸 쾌감이 혈액처럼 체내를 순환하며 정수리까지 단숨에 솟구쳤다.

"앗, 으읏응, 아앗……."

이미 나는 주위 따윈 신경도 쓰지 않고 교성을 지르며 절정에 달했다. 막시밀리안이 움찔움찔 경련하는 나에게서 분신을 빼냈다. 잠시 후, 엉덩이에 뜨겁게 내뿜어진 열기를 느꼈다.

콘돔도 끼지 않았으니 안에서 사정해선 안 된다고 판단했을 것이다.

"잠시만 이대로 계십시오……."

그렇게 말한 막시밀리안이 소매 속에서 꺼낸 손수건으로 나의 하반신을 닦아주었다. 그 후, 흐트러진 유카타를 고쳐주었다.

"이제 괜찮습니다."

다시 막시밀리안 쪽으로 돌아선 나는 걱정스러운 듯이 물었다.

"막시밀리안……, 나한테 질렸어?"

"무슨 말씀입니까?"

"그야……, 아까 밖에서 더 느끼는 나쁜 아이라고 했잖아."

막시밀리안은 한쪽 입가를 끌어 올리며 피식 웃었다.

"확실히 나쁜 아이이긴 하시지만."

그러더니 몸을 굽혀 나의 이마에 입을 맞추고 속삭였다.

"저는 그런 당신을 사랑하는걸요."

* * *

"엄청 즐거웠어! 또 축제 가고 싶어!"

여러 가지 의미로 자극적이었던 여름 축제를 즐기고 집으로 돌아가는 길. 나는 곰인형을 한 손에 들고 잔뜩 신이 난 목소리로 말했다.

"내년에 또 오도록 하죠."

막시밀리안이 미소를 지으며 고개를 끄덕이자, 나는 '내년'이라는 말을 천천히 음미했다.

장차 로셀리니 그룹의 레스토랑 · 식품 부문을 맡게 되긴 하겠지만, 지금의 나는 아직 많은 수행이 필요하다. 그래서 대학 졸업 후에는 한동안 도쿄 지사에서 일하며 말단 직원으로서 경력을 쌓고 싶다고 CEO인 레오나르도 형에게 타진한 결과, 승낙이 떨어졌다!

그리하여 당분간, 적어도 막시밀리안이 일본에 있는 동안에는 함께 살 수 있게 되었다.

일본을 좋아하고 친구도 많이 있기 때문에 졸업 후에도 일본에서 생활할 수 있게 되어 정말 기쁘다.

'내년에도 막시밀리안과 함께 일본에 있을 수 있어.'

게다가 아직 막시밀리안의 여름 휴가는 사흘이나 더 남았다.

그렇게 생각하니 참을 수 없을 만큼 행복하고 따뜻한 마음이 나의 중심에서 흘러나오면서……, 나는 옆을 걷고 있는 연인의 손을 꼭 잡았다.

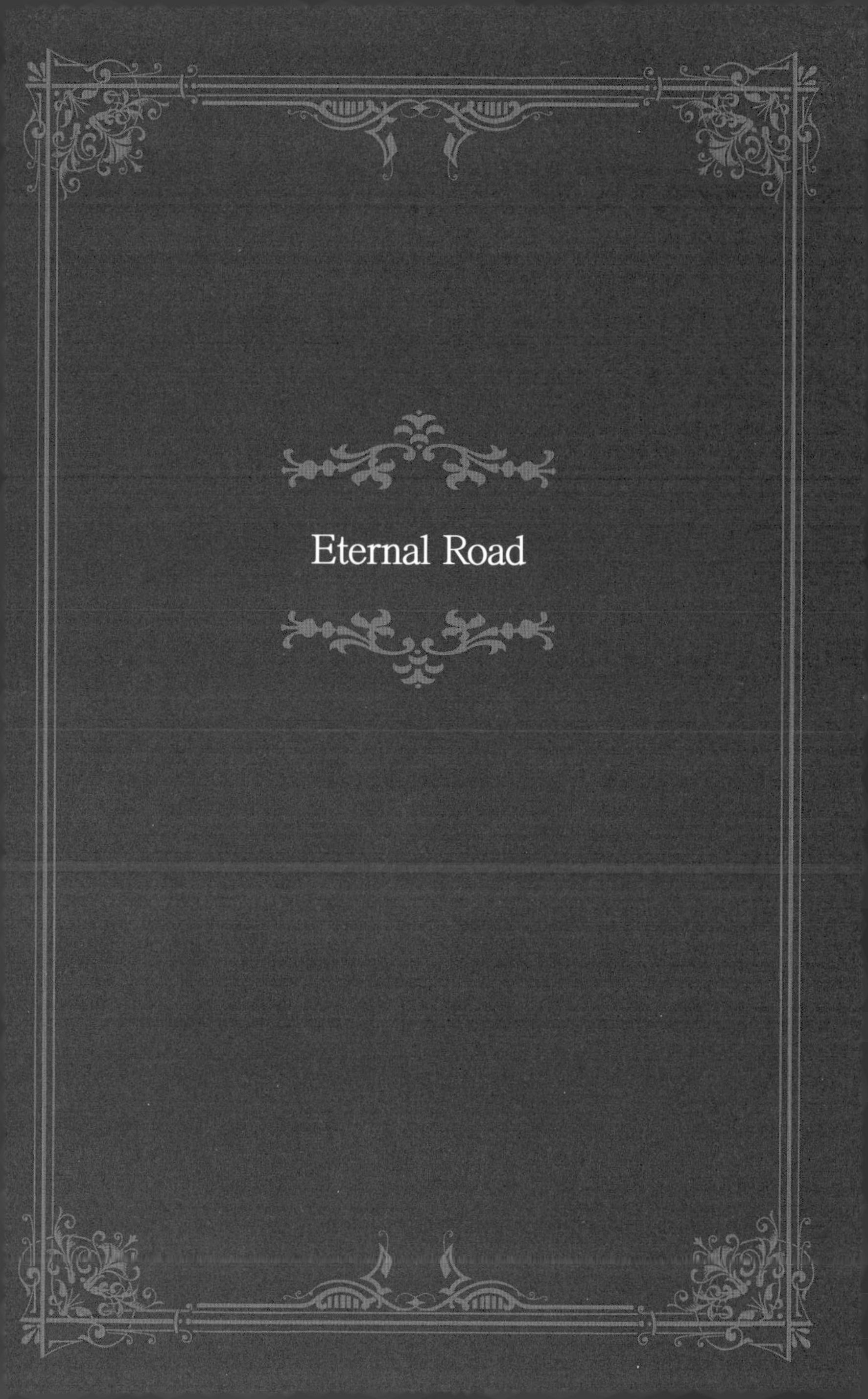
Eternal Road

"더워……."

하네다 공항에 내려선 아키라가 처음으로 한 말이었다. 아직 오전인데도 피부가 아플 정도로 강한 햇볕이 내리쬐었다.

일본의 여름 더위는 독특하다.

습기를 듬뿍 머금은 그 찌는 듯한 더위에 몸을 드러낸 순간, 고국에 돌아왔다는 실감이 복받쳤다.

'정말……, 돌아왔구나.'

아키라는 2년 2개월 만에 일본 땅을 밟았다.

작년 6월에 레오에게 거의 납치되듯이 시칠리아로 건너간 이후, 결국 한 번도 태어난 나라를 찾지 못했다.

그동안 레오도 일본을 찾을 기회가 없었지만, 마침 이번에 업무차 일본 출장이 정해졌다. 그리하여 필연적으로 현재 레오의 보좌역으로 거의 모든 해외 출장을 함께 다니고 있는 아키라도 일본에 오게 되었다.

이번에는 자가용 제트기를 이용한 덕분에 기내까지 세관 직원이 와주었다. 그들이 그 자리에서 여권을 확인하고 스탬프를 찍은 후 입국 심사가 끝났다.

여행 가방도 그라운드 스태프가 옮겨주기 때문에 수하물만 들고 직접 입국 게이트로 향했다. 다른 나라를 방문할 때는 보디가드를 데리고 다니는 레오도 이번에는 치안이 좋은 일본에 간다는 이유로 대동하지 않았다.

일본은 아키라가 태어난 고향이라 지리를 잘 아는 데다, 레오도 일본어를 능수능란하게 구사한다. 올해 4월부터 본격적으로 시동된 'Rossellini Giappone(로셀리니 자포네)'의 스태프가 스케줄도 조정해주기 때문에 비서도 동행하지 않았다.

따라서 이번 일본 출장은 완전히 둘이서만 움직인다. 게다가 오랜만에 귀국했기에 기분이 더 들뜰 법도 하지만…….

"왜 그래? 안색이 안 좋군."

냉방이 잘되는 리무진 뒷좌석에 올라탄 뒤, 차가 출발하자마자 레오가 아키라에게 말을 걸었다. 아키라는 어깨를 흠칫 떨며 옆에 앉은 남자를 보았다.

칠흑 같은 눈동자가 심정을 헤아리는 듯한 눈빛으로 아키라를 응시했다.

"……그래?"

시치미를 뗐더니 "말수도 적고 말이지." 하고 또다시 추궁했다.

1년 내내, 게다가 공사 구별 없이 함께 있는 탓에 레오는 완벽하게 아키라의 사고회로를 읽어 내는 데다, 바이오리듬까지 파악하고 말았다. 반대로 말하면 레오에 대해서는 자신도 마찬가지로 기분이 좋은지 나쁜지는 물론, 그 이유도 대강 상상이 가는 경지에 이르렀다.

서로에게 뭔가를 숨기는 것은 불가능하다.

새삼스레 그 사실을 곱씹고 있으려니, 레오가 "할아버지 때문에 그래?" 하고 물었다. 역시 정곡을 찌르는군.

"응……, 뭐……."

이번 일본 방문의 대외적인 목적은 일이지만, 또 하나의 개인적인 목표가 있다.

돌아가신 어머니의 친정인 스기사키가를 방문하는 것이다.

어릴 적에 부모님이 이혼하고, 그 후로 아키라가 시칠리아에 갈 때까지 어머니의 소식을 알 방법이 없었기 때문에 당연히 외가와도 교류가 없었다.

생전 한 번도 얼굴을 보지 못한 채 외할머니는 20년 전에 병으로 세상을 떠났다. 그리하여 지금 외가에는 마찬가지로 일면식이 없는 외할아버지 혼자 살고 있다.

그 집을 방문하는 것이 이번의 개인적인 목표이며, 아키라에게는 커다란 난관이었다.

"마음이 무거워?"

레오가 물었다.

"마음이 무겁다기보단……, 불안한 것 같아."

얼버무려도 소용없다는 것을 깨닫고 솔직히 털어놓았다.

야쿠자와 결혼한 어머니를 집에서 내쫓고 의절한 외할아버지.

할아버지는 어머니와 닮았다는 이야기를 자주 듣는 자신을 보고 과연 무엇을 느낄까?

자신의 얼굴을 보고 오랜 세월 잠들어 있던 분노의 봉인이 풀리지 않는다고는 장담할 수 없다.

'할아버지의 얼굴에 어떤 감정이 떠오를지 봐야 된다는 생각을 하니 괴로워…….'

지금까지도 일본에 돌아오려고 마음만 먹으면 돌아올 수 있었다. 고향에 다녀오고 싶다고 말하면 레오는 반대하지 않았을 테고, 오히려 다녀오라고 등을 떠밀어주었을 것이다.

그럼에도 불구하고 일본에 돌아가려 하지 않았다.

―― 다음에 일본에 오시면 저랑 꼭 외할아버지 만나러 같이 가요.

이부동생인 루카의 제안에 입으로는 "그래, 꼭 같이 가자."라고 대답해 놓고는 그 기회를 적극적으로 만들려고 하지 않았다.

그 이유는 무엇인가.

아마 자신은 외할아버지를 만나기 두려웠던 것이다.

만나서 그 눈에 담긴 증오와 미움의 감정을 볼 생각을 하니 두려웠다.

그래서 바쁜 업무를 핑계로 계속 망설였다.

이렇게 되기까지 스스로도 확실하게 의식하지 못하고 가슴 깊은 곳에 묻어 두었던 심정을 또다시 파내려 가면서 레오를 상대로 띄엄띄엄 말했다.

말을 끝내자, 가만히 이야기를 듣고 있던 레오가 "그렇군." 하고 맞장구를 쳤다. 그러더니 잠시 말없이 아키라의 얼굴을 응시하고 나서 입을 열었다.

"마음이 내키지 않으면 굳이 무리해서 만날 필요 없어."

"근데 이미 간다고 연락했단 말이야."

"취소하면 되지. 멀리서 오느라 컨디션이 별로 안 좋다고 말하면 상대도 그러려니 하고 넘길 거야."

"하지만……, 루카도 기대하고 있는걸……."

외할아버지 댁에는 도쿄에 사는 루카와 막시밀리안이 동행해주기로 했다. 이제 호텔에서 두 사람과 합류하여 함께 갈 예정이었다.

루카는 이번 외할아버지 댁 방문을 굉장히 기대하고 있었다. 작년 4월부터 도쿄에 살고 있는 루카는 외할아버지 댁에 종종 얼굴을 내밀고, 시칠리아에 있는 아키라에게도 전화나 메일 등으로 바지런히 외할아버지가 어떻게 지내시는지 알려주었다.

작년 말에 외할아버지가 입원했을 때도 원래라면 이탈리아에 귀성할 예정이었던 루카가 도쿄에 남아 매일 병원에 병문안을 가주었다. 덕분에 외할아버지는 순조롭게 회복하여 퇴원했다.

외할아버지에 관해서는 정말 하나부터 열까지 계속 루카에게 의지하기만 했다.

그런 루카가 자신과 외할아버지가 만나기를 고대하고 있는 것이다.

"루카도 이제 애가 아니니, 사정을 설명하면 납득할 거야."

레오가 주저하는 아키라의 속내를 꿰뚫어 봤는지 그렇게 말했다. 그러더니 그래도 아직 망설이는 아키라 쪽으로 몸을 돌려 정면에서 시선을 마주쳤다.

"난 무리해서까지 억지로 만날 필요는 없다고 생각해. 이번에는 어차피 업무차 일본에 온 겸 잡은 스케줄이니까. 언젠가 네가 진심으로 만나고 싶다는 생각이 들었을 때 만나면 돼. 루카를 위해 미스터 스기사키를 만나봤자 아무 의미 없어. 의무감으로 만나면 상대에게도 분명히 전해질 거라고."

뜨끔했다.

'난……, 내가 만나고 싶기 때문이 아니라 루카를 위해 외할아버지를 만나려 했던 건가?'

스스로도 자각하지 못했던 심층 심리를 레오에게 지적받자 관자놀이가 실룩 경련했다.

"넌 다정한 성격이라 다른 사람의 마음을 우선시하고, 누군가를 위해 네 자신의 감정을 억누르는 경향이 있지."

예전에도 레오에게서 똑같은 말을 들었다는 것을 떠올렸다.

그때도 '널 더 소중히 하라'는 충고를 받았다.

레오가 두 눈을 천천히 가늘게 떴다.

"넌 나와 비슷한 점이 있어. 장남 기질이라고나 할까? 일을 너무 심각하게 받아들이고 다 짊어지려 한단 말이지."

확실히 그 말이 맞다. 더 낙천적으로 흘려 넘기면 되는데, 이것만큼은 타고난 천성인지 그리 쉽게 고쳐지지 않았다.

"그게 너의 장점이기도 하지만……."

레오가 그런 식으로 위로하고 나선 말을 이었다.

"필요 이상으로 등에 짊어졌다는 것을 스스로는 좀처럼 깨닫지 못하는 법이야. 자기 자신은 객관적인 시점에서 볼 수 없으니까 말이야."

"응."

"그러니까 네가 너무 많은 것을 짊어지고 있다고 생각되면 내가 말할게. 마찬가지로 내가 그런 상황이면 네가 말해줘. 그러기 위해 서로가 있는 거니까."

"……그래."

외할아버지와의 만남을 의무처럼 여겼기 때문에 괴로운 것이다.

어깨에서 힘을 빼고 조금만 더 편하게 마음 먹자.

"일본에는 언제든지 올 수 있으니, 너무 서두를 필요는 없어."

레오가 온화한 말투로 그렇게 타이르자, 가슴에서부터 위를 짓누르는 듯한 갑갑한 느낌이 많이 누그러졌다. 어깨도 갑자기 가벼워졌다.

'그래. 처음부터 잘 풀리지 않으면 뭐 어때?'

한 핏줄이라고는 해도 처음 만나는 사이이다.

서로에 대해 아무것도 모르는데 갑자기 마음이 통할 리가 없다.

초조해할 필요는 없다. 천천히, 느긋하게 알아 가자.

시간을 들여 몇 번 얼굴을 마주하는 동안 서로를 조금씩 이해해 나가면 되는 거야.

틀림없이 루카도 그랬을 것이다.

"고마워. 마음이 조금 편해졌어."

아키라는 레오에게 작게 미소 지어 보였다.

"이제 괜찮아. ……외할아버지를 만날래."

"무리하지 마."

"무리하는 거 아니야. 정말 만나고 싶어서 그래."

보아하니 진심으로 하는 말이라는 것이 전해졌는지, 레오가 "그렇구나." 하고 고개를 끄덕이더니 손을 쓱 뻗어 왔다. 그리고 아키라의 뺨을 살짝 어루만지며 중얼거렸다.

"좋아, 함께 만나러 가자."

* * *

리무진이 향한 곳은 '카사호텔 도쿄'. 약 1년 전부터 로셀리니 그룹 산하에 있으며, 나루미야가 총지배인을 맡고 있는 노포 호텔이다.

그 나루미야가 일전에 일본에 오면 꼭 카사호텔에 묵으라고 어찌나 열심히 권했는지 모른다. 호텔 · 의류 부문 대표이자 밀라노에 거주하는 에두아르 또한 예전부터 꼭 한번 이용해달라고 부탁했다. 그러한 이유로 이번 숙박처는 '카사호텔'로 정한 것이다.

하네다 공항에 도착한 시점에 연락을 해 놔서 그런지, 리무진이 카사호텔 정문으로 미끄러지듯이 들어갔을 때는 이미 정면 현관 앞에 나루미야가 대기하고 있었다. 서 있는 모습도 아름다운 그의 옆에는 부지배인처럼 보이는 중년 남성도 함께 서 있었다.

리무진이 정차하는 것과 동시에 도어맨이 잽싸게 다가와서 뒷좌석 문을 열었다. 먼저 아키라가 내려서자, 나루미야가 조각같이 생긴 하얀 얼굴에 한껏 미소를 지어 보이며 다가왔다.

여전히 숨이 턱 막힐 만큼 아름다운 미모의 소유자였다. 날씬한 몸을 착 감싼 다크 슈트가 그의 스타일을 더더욱 돋보이게 해주었다. 가슴 주머니에는 총지배인의 증표인 금색 명찰이 빛나고 있었다.

"아키라 님, 오시길 기다리고 있었습니다. 장시간 비행기 타고 오시느라 고생 많으셨습니다."

"나루미야 씨, 오랜만이에요. 체류 기간 동안 잘 부탁드릴게요."

인사를 하고 있는 동안 레오가 리무진에서 내려섰다. 기분 탓인지 표정이 긴장으로 굳은 나루미야가 레오의 앞에서 허리를 숙여 인사했다.

"오래간만에 뵙겠습니다, CEO."

"잘 지내는 것 같군. 한동안 아키라와 신세 좀 지겠다. 잘 부탁하네."

"CEO를 모시게 되어 무척 영광입니다. 저희 종업원 모두 감격하고 있습니다."

그 말은 결코 과장이 아닌 것 같았다.

그 후, 나루미야로부터 소개를 받은 부지배인의 얼굴에도, 여행 가방을 든 도어맨의 얼굴에도, 현관 로비 안에서 대기 중이던 다른 스태프들의 얼굴에도 숨길 수 없는 고양과 긴장이 어려 있었다.

잘 생각해보면 레오는 로셀리니 그룹의 대표이며, 그들 입장에서 보면 사장 위의 회장 같은 존재이다. 레오를 보는 모두의 눈에 경외의 빛이 깃들어 있는 것도 어쩌면 당연하다.

'최종 보스가 등장한 셈인가?'

"아직 약속 시간까지 좀 남았군. 모처럼 왔으니 관내를 안내해주겠나?"

이 기회에 그룹 산하 호텔을 시찰해 둘 생각일 것이다. 레오의 요청을 들은 나루미야가 "피곤하지 않으십니까?" 하고 물었다.

"이 정도 이동은 별것 아니라서 말이지. 기내에서 잠도 잤고."

확실히 자가용 제트기를 이용하게 되면서 아키라도 이동 중에 받는 스트레스가 확 줄었다. 지상에서 시간을 보내는 것과 그다지 다를 바 없는 쾌적한 공간에서 한숨 자고 있는 동안에 목적지에 도착하기 때문에 이만한 사치가 또 없었다.

나루미야의 안내를 받아 레오와 나란히 카사호텔 관내를 구경하며 돌아다녔다. 예전에 딱 한 번 이곳 레스토랑을 이용한 적은 있지만, 숙박 경험은 없기 때문에 아키라도 건물 내부까지 들어온 것은 이번이 처음이다.

아르데코 양식인 본관은 역사를 느끼게 하는 향수가 감돌았고, 신관에서는 새로운 시도를 여기저기서 볼 수 있었다. 예전에는 노포 호텔다운 올드하고 전형적인 느낌이었지만, 에두아르의 지시에 따라 전체적으로 젊은층까지 타깃으로 리뉴얼했다고 한다. 그 말을 듣고 보니 예전에 레스토랑을 이용했을 때와는 유니폼도 바뀐 것 같다.

본관과 신관은 분위기도 스타일도 다르지만, 두 곳 다 구석구석까지 손질이 잘 되어 있으며 애지중지 사용되고 있다는 것이 공통적으로 전해져 왔다. 또한 스쳐 지나가는 스태프는 한 명도 예외 없이 자세가 좋은 데다 행동이 빠릿빠릿해서 보는 사람까지 기분이 좋았다.

'좋은 호텔인걸.'

레오를 따라 세계 방방곡곡을 돌아다니며 다양한 호텔에 체류하지만, 스태프들이 활기차게 일하는 호텔이 역시 손님 입장에서도 기분이 좋다.

관내를 한차례 대강 둘러본 후, 마지막으로 안뜰로 나왔다. 파란 잔디밭과 화단에 흐드러지게 핀 꽃의 콘트라스트가 시선을 확 사로잡는 공간을 본 순간, 어딘지 정겨운 느낌에 사로잡혔다.

"와아……, 왠지【팔라초 로셀리니】의 안뜰 같아."

레오도 똑같이 느꼈는지, 아키라의 말에 동의하며 안뜰을 뚫어지게 쳐다보고 있었다.

"에두아르도 그렇게 말씀하셨어요. 반대로 저는 시칠리아 저택을 찾았을 때 파티오를 보고 카사호텔 같다는 생각을 했습니다."

나루미야가 자신의 감상을 말했다.

"내후년 시공을 목표로 교회식 결혼식장도 건설 예정이라는 이야기는 들으셨습니까?"

"에두한테서 들었다."

레오가 나루미야의 질문에 대답했다.

"교회식 결혼식장이 완성되면 이쪽 안뜰에서 웨딩 파티를 열 예정입니다."

"아아, 그것 참 좋은 아이디어네요. 이런 개방적인 공간에서 결혼식을 올릴 수 있다면 신랑 신부와 그 가족들에게도 평생 잊지 못할 추억이 될 테니까요. 분명히 예약이 쇄도할 거예요."

아키라가 그렇게 말하자, 나루미야가 "그렇게 되길 바라고 있습니다." 하고 미소를 지었다.

보아하니 카사호텔은 나루미야와 에두아르라는 두 날개 밑에서 날마다 진화를 거듭하고 있는 것 같다.

"완성이 기대되는군."

만족스러운 듯이 중얼거린 레오가 옆에 있는 아키라를 보며 말했다.

"그땐 우리도 카사호텔에 또 묵자."

* * *

카사호텔의 최고급 스위트룸인 803호실에 들어가자, 나루미야가 무슨 부족한 점이 없는지 확인한 뒤 퇴실했다. 아늑한 거실에서 느긋하게 휴식을 취하고 있으려니, 똑똑똑, 문을 노크하는 소리가 들렸다.

"들어와."

레오가 명령하자 주실 문이 열렸다. 장신인 막시밀리안과 덩치가 작은 루카의 모습이 보였다. 루카는 하얀 셔츠에 베이지색 바지. 막시밀리안은 밝은 그레이 스리피스 슈트. 둘 다 여름다운 리넨 소재 복장이었다.

"레오나르도 형!"

큰 목소리로 이름을 부른 루카가 곧장 뛰어오더니 소파에 앉은 레오에게 안겼다.

"루카……, 오랜만이구나."

루카를 꽉 껴안은 레오가 동생의 등을 툭툭 두드린 뒤 포옹을 풀었다.

"얼굴 좀 보여줘. ……그래, 잘 지내는 것 같구나."

"응, 엄청 잘 지내. 형도 잘 지내는 것 같네. 안색이 좋은걸."

"씩씩하게 잘 커주는 동생 덕분이지. ……막시밀리안, 너도 건강히 잘 지내는 것 같군."

레오가 루카의 뒤에 서 있던 막시밀리안에게 말을 걸었다.

"레오나르도 님도 여전히 건강해 보이셔서 다행입니다."

"도쿄 지사도 순조로운 것 같더군. 역시 너에게 맡긴 내 판단이 옳았어."

"감사합니다."

칭찬의 말을 듣고 고개를 숙여 인사한 막시밀리안이 의자에서 일어선 아키라 쪽을 향했다. 렌즈 너머로 보이는 시선은 여전히 샤프하고, 청회색 눈동자는 시원시원했다. 수완가다운 풍모는 변함없지만, 예전과 달리 왠지 모르게 부드러운 분위기가 감돌았다.

"오랜만에 뵙겠습니다."

"목소리는 자주 들었지만, 실제로 얼굴을 보는 건 오랜만이네."

막시밀리안이 아키라가 내민 손을 잡았다. 아키라는 이 남자에게 이중의 의미로 친근감을 갖고 있다.

로셀리니 삼형제를 지탱하는 동지로서, 그리고 동생 루카의 수호자로서.

"아키라 씨!"

레오에게서 떨어진 루카가 아키라의 앞으로 와선 머리를 꾸벅 숙여 인사했다.

"오랜만이에요."

"루카, 잘 지내는 것 같네."

반짝반짝 빛나는 검은자가 큰 눈, 매끈매끈한 피부, 통통 튀는 젊음. 아키라는 동생을 보며 저도 모르게 흐뭇한 미소를 지었다.

마지막으로 만난 것은 3월이지만, 그때보다 얼굴이 또 아주 살짝 어른스러워졌다. 이 나이 때는 다양한 것을 흡수하며 성장하는 시기이기 때문에 변화도 현저할 것이다.

'막시밀리안과의 관계가 아무 탈 없이 순탄한 덕분일지도 몰라.'

무엇보다 4월부터 함께 살기 시작한 지 4개월, 말하자면 한창 신혼이다.

"아키라 씨랑 같이 할아버지 뵙는 날을 얼마나 기대하고 있었는지 몰라요."

루카가 동그란 눈을 반짝반짝 빛내며 들뜬 목소리로 말했다. 아키라도 그런 루카에게 미소를 지어 보였다.

"나도 기대돼."

거짓말이 아니다. 지금은 진심으로 그렇게 생각했다.

천애고아인 줄 알았더니 피가 섞인 육친이 두 사람이나 생겼다.

자신이란 사람은 정말 행운아다.

'평생을 함께할 파트너도 만났고…….'

"그럼 이제 가볼까?"

"네!"

* * *

10분 후. 아키라, 레오, 루카, 막시밀리안 네 사람은 리무진을 타고 카사호텔에서 스기사키가 저택으로 향했다.

"아, 여기예요."

운전사가 루카의 지시에 따라 하얀 벽으로 둘러싸인 일본 가옥 앞에서 리무진을 세웠다. 차에서 내린 일동은 기와 지붕 문 앞에 섰다. 신주쿠 햐쿠닌쵸에 있는 하야세 가문의 저택을 방불케 하는 으리으리한 대문이었다.

진한 먹글씨로 '스기사키'라 적힌 문패를 본 순간, 심장이 쿵쾅 뛰었다.

"여기군……."

레오가 감회 깊은 목소리로 그렇게 말했다. 미카가 이곳에서 태어나 소녀 시절을 보낸 집이라고 생각하면 감동이 솟구칠 만도 하다.

대문으로 다가간 루카가 익숙한 동작으로 초인종을 눌렀다. 잠시 후, 인터폰에서 『누구십니까?』 하고 응답이 들려왔다.

"루카예요."

『루카 님, 잠시만 기다려 주십시오.』

곧바로 미닫이문이 드르륵 열리는 소리가 나더니 다가오는 발소리가 들린 후, 안쪽으로 대문이 끼이익 열렸다. 문 뒤쪽에서 초로의 남성이 얼굴을 내밀었다.

"이시다 씨, 저희 형이랑 아키라 씨를 데려왔어요."

루카의 설명을 들은 남성이 이쪽을 향했다. 그리고 아키라를 포착한 순간, 두 눈을 휘둥그렇게 떴다. 벌어진 입에서는 "오오……." 하고 신음하는 듯한 목소리가 새어 나왔다.

"꼭 닮아서 놀라셨죠?"

루카가 묻자, 남성이 "예……, 정말……." 하고 고개를 끄덕였다. 한동안 아키라를 응시하던 남성은 문득 정신을 차린 듯이 자세를 바로 하더니, 레오와 막시밀리안에게 머리를 숙였다.

"죄송합니다. 그럼 안내해 드리겠으니, 안으로 들어오시죠."

남성의 말에 이끌려 부지 안으로 들어갔다. 그리고 징검돌을 따라 현관까지 걸어갔다. 양쪽 격자 미닫이문을 연 남성이 "들어오세요." 하고 재촉했다.

"실례하겠습니다."

루카가 우선 평평한 돌 위에서 신발을 벗고 판자로 된 실내에 올라갔다. 이어서 레오, 아키라, 마지막으로 막시밀리안이 마찬가지로 신발을 벗고 들어갔다. 전원이 실내로 들어온 것을 확인한 남성이 "이쪽입니다." 하고 복도를 걷기 시작했다.

목적지에 가까워질수록 심장이 두방망이질 치고, 긴장이 커져 갔다. 목에 맨 넥타이를 무의식중에 만지작거렸다. 일단 양복을 입고 오긴 했는데, 이 차림으로 오길 잘한 걸까?

옆을 걷던 레오가 힐끔 시선을 보냈다. 아키라는 괜찮냐고 묻는 듯한 그 얼굴을 향해 고개를 꾸벅 끄덕였다.

'괜찮아. 레오도 있고, 루카도……, 막시밀리안도 있는걸.'

모퉁이를 몇 번 돌자 서양식으로 된 문이 보였다. 남성이 그 문 앞에서 발걸음을 멈추었다.

"주인님, 손님이 오셨습니다."

그러더니 말을 걸고 나서 문을 열었다. 서양식으로 된 방은 앤티

크 가구와 장식품이 품위 있게 놓여 있었다.

서양식 방 중간쯤에 한 남성이 휠체어에 앉아 있었다. 눈처럼 하얀 백발. 주름 깊은 얼굴은 엄격해 보였다.

"들어가세요."

이시다라고 불린 남성의 재촉을 받으며 방 안으로 들어갔다. 휠체어로 다가간 루카가 등 쪽으로 돌아서선 외할아버지의 귓가에 속삭였다.

"할아버지, 아키라 씨가 왔어요."

회갈색 눈이 아키라를 똑바로 응시했다. 눈과 눈이 마주쳤다.

이 사람이……, 어머니의 아버지. 자신의 외할아버지.

아키라가 복받치는 감정을 곱씹고 있는 동안, 외할아버지는 아무 말도 하지 않았다.

아무 말도 없었지만, 집어삼킬 듯한 눈빛으로 아키라를 뚫어지게 쳐다보고 있었다.

당장이라도 그 얼굴에 혐오의 감정이 나타날까 봐 초조해진 아키라는 주먹을 꽉 쥐었다.

그 누구도 아무 말도 하지 않았다. 등 뒤에 있는 루카도 외할아버지의 반응을 기다리듯이 숨을 죽이고 말없이 있었다.

얼마나 시간이 지났을까?

느닷없이 외할아버지의 눈에서 눈물이 주르르 흘러 떨어졌다.

"윽……."

몇 초 동안 허를 찔려 얼어붙은 후, 몸을 퍼뜩 움직였다. 경직에서 풀린 아키라는 외할아버지 곁으로 달려갔다.

뺨을 눈물로 적신 외할아버지 앞에 서선, 슈트 주머니에서 꺼낸 손수건을 건네었다. 손수건을 받아 든 외할아버지가 얼굴을 닦았다. 그리고 잠시 후, 잠긴 목소리로 물었다.

"네가 아키라냐……?"

"네."

"그 아이와……, 많이 닮았구나……."

"……어머니 말씀이세요?"

"그래."

얼굴을 든 외할아버지가 아키라를 보았다. 그 눈가에서 또다시 눈물이 흘러넘쳤다. 투명하고 예쁜 눈물이었다.

정신을 차려 보니 아키라의 뺨에도 뜨거운 액체가 흘러 떨어지고 있었다.

외할아버지는 어머니를 용서했다.

어머니가 부모의 사랑을 저버릴 각오로 아버지를 사랑했던 것을.

아버지와 어머니가 서로 사랑하여 그 사랑의 결실인 자신이 태어난 것을.

그 당시의 외할아버지에게는 무척이나 고통스럽고 받아들이기 힘든 일이었을 것이다. 딸을 사랑했기 때문에, 누구보다도 애지중지 아꼈기 때문에 할아버지는 깊은 상처를 입었다.

하지만 지금은 전부 용서하고 받아들였다.

말을 하지 않아도 전해져 왔다.

흐르는 눈물을 손등으로 닦으며 "할아버지……." 하고 불렀다. 목소리가 꼴사납게 떨렸다.

"어머니와는 어릴 적에 헤어진 뒤로 한 번도 만난 적이 없어서 추억이 많지 않아요. 하지만 제가 기억하는 건 다 말씀드릴게요. 그러니까 할아버지도 어머니의 젊은 시절 이야기를 들려주세요."

할아버지가 고개를 꾸벅 끄덕였다.

그러자 등 뒤에서 조용히 울고 있던 루카도 눈물을 닦고 미소를 지었다.

"저도 어머니가 시칠리아로 건너가서 어떻게 지냈는지 얘기할게요."

"그래. 다 같이 추억을 공유하자. 우리 세 사람의 추억을 합치면 중간중간에 끊겼던 어머니의 인생을 한데 이을 수 있을 거야."

파란 많았던 미카의 인생이 곧게 뻗은 길이 된다——.

그 찰나, 아키라의 뇌리에 【팔라초 로셀리니】의 바깥문으로 이어지는 외가닥으로 뻗은 길이 떠올랐다.

'천국으로 이어지는 길…….'

눈물이 마르기를 기다렸다는 듯이 그때까지 조금 떨어진 위치에서 상황을 지켜보던 레오가 다가왔다.

그러더니 아키라의 옆에 서선, 외할아버지에게 말을 걸며 손을 내밀었다.

"처음 뵙겠습니다, 미스터 스기사키. 레오나르도 로셀리니라고

합니다. 루카의 형입니다."

외할아버지가 내밀어진 손을 잡았다.

"저도 따님께 큰 보살핌을 받았습니다. 미카는 의붓아들인 저와 저의 동생 에두아르에게 친자식인 루카와 차별하지 않고 똑같이 애정을 쏟아주었죠. 저희 형제에게 정말 멋진 엄마였습니다. 지금도 미카에게 진심으로 감사할 따름입니다."

외할아버지가 감회 깊은 듯이 몇 번이나 고개를 끄덕였다.

"안타깝게도 로셀리니가는 미카를 잃고 말았지만, 지금은 그녀의 아들인 아키라가 저의 버팀목이 되어주고 있습니다. 정말이지, 굉장히 유능한 친구랍니다."

할아버지의 얼굴이 어렴풋이 누그러졌다.

"아키라는 저의 가족이나 마찬가지입니다. 이미 아키라 없는 인생은 생각도 할 수 없을 정도죠. 로셀리니가 당주로서, 그리고 로셀리니 그룹의 대표로서 손자분을 앞으로도 평생 소중히 할 것을 미스터 스기사키 앞에서 맹세하겠습니다."

레오가 진지한 표정으로 맹세했다.

물론 외할아버지가 자신들의 관계를 진정으로 이해할 일은 없을 것이다.

그래도 레오가 자신의 가족을 향해 그렇게 선언해준 것은 기뻤다.

레오의 말을 곱씹듯이 한동안 침묵하던 외할아버지가 입을 열었다.

"……고맙네."

그 말에 또다시 눈물이 흘러넘쳤지만, 아까 흘렸던 눈물보다는 아주 조금 따뜻했다.

* * *

카사호텔로 돌아온 일행은 식사를 하지 않고 해산하기로 했다. 저녁이 되고 나니 이동하느라 쌓인 피로가 몰려오기도 했고, 레오와 아키라와 막시밀리안은 내일 아침 일찍 미팅이 잡혀 있기 때문이다.

"아키라 씨, 오늘 고생 많으셨어요. 레오나르도 형도."

"루카야말로 고생했어. 오늘 정말 고마워. 같이 가줘서 얼마나 든든했는지 몰라."

"저야말로 감사하죠. 할아버지가 엄청 기뻐하셔서 저도 기뻤어요."

루카는 커다란 눈으로 아키라를 가만히 응시했다.

"그래도 아키라 씨는 용기가 필요하셨죠?"

"용기?"

"저도 처음 할아버지를 만나러 갔을 때, 엄청 불안하고 긴장했거든요. 할아버지가 어머니를 지금도 용서하지 않으셔서 저의 얼굴 따윈 보고 싶지 않다고 말씀하시면 어쩌나 하는 마음에."

"루카……."

아키라는 눈을 크게 떴다.

"무서워서 도망치고 싶었지만, 막시밀리안이 찾아 뵙고 성심성의껏 말씀드리면 알아주실 거라고 등을 떠밀어준 덕분에……."

거기서 일단 말을 끊고 옆에 서 있는 막시밀리안을 올려다보았다. 막시밀리안도 루카를 다정하게 바라보았다.

"그래서 용기를 내어 만나러 갈 수 있었어요."

"그랬구나."

루카도 똑같았구나.

외할아버지와의 만남이 큰 시련이었던 것은 자신만이 아니었다.

그리고 오늘 외할아버지가 자신을 그런 식으로 받아들여준 것은 루카의 존재가 컸다는 사실을 새삼스레 깨달았다. 요 1년 4개월 동안 루카가 스기사키가에 빈번히 드나들며 외할아버지와 함께 시간을 보내고, 그 상처 입은 마음을 조금씩 치유해준 덕분이다.

"앞으로는 할아버지께 종종 전화 드리고, 편지도 꾸준히 쓸 생각이야."

"그렇게 해주신다니, 말만 들어도 기뻐요. 올해 4월부터는 막시밀리안도 같이 찾아 뵙기 시작했지만, 아키라 씨와 이야기를 나눌 수 있다면 할아버지도 더 기운이 나실 거예요."

"응. 루카……, 고마워."

진심을 담아 다시 한 번 감사를 전했다. 그러자 옆쪽에서 레오가 끼어들었다.

"나도 감사를 전하지. 루카, 막시밀리안, 오늘 고마웠다."

레오에게서 감사를 받은 루카가 간지러운 듯이 목을 움츠렸다. 막시밀리안은 여전히 표정에 변화가 없었지만, 마음속으로 기뻐하는 것이 전해져 왔다.

"내일은 답례를 겸해 저녁을 사도록 하지. 막시밀리안, 저녁에 시간 있나?"

레오가 확인하자, 막시밀리안이 "하루 내내 비워 놨습니다." 하고 대답했다. 루카도 "나도 아르바이트 쉬어." 하고 덧붙였다.

"좋아. 막시밀리안, 내일 잘 부탁한다."

내일은 미팅이 몇 건이나 잡혀 있지만, 전부 도쿄 지사장인 막시밀리안이 동행할 예정이다.

"내일 아침 아홉 시에 이쪽으로 마중 오겠습니다."

"그래."

"그럼 내일 봐. 아키라 씨, 오늘은 푹 쉬세요. 레오나르도 형도 쉬어."

루카가 손을 흔들었다.

"응, 들어가."

"내일 보자."

"좋은 밤 보내십시오. 그럼 가보겠습니다."

로비에서 두 사람과 헤어진 뒤, 아키라는 레오와 함께 엘리베이터를 타고 8층까지 올라갔다. 803호실 문을 열고 주실에 발을 들여놓은 순간, 피로감이 확 몰려오는 것을 느꼈다.

아침부터 계속 마음을 짓누르던 긴장이 누그러졌기 때문일 것이다.

거실 소파에 앉아 넥타이를 풀면서 한숨을 후우 내쉬고 있으려니, 레오가 아키라의 등 뒤에 섰다. 그런 다음, 아키라의 어깨에 손을 얹었다.

"피곤하지?"

"레오야말로 고생했어. 오늘 반나절 동안 같이 있어줘서 고마워."

"당연하지. 미스터 스기사키는 나에게도 가족의 가족이니까."

레오가 어깨를 주물러주었다. 커다란 손으로 마사지를 해주니 너무나도 기분 좋아 황홀한 표정으로 눈을 감고 있던 아키라는 불현듯 깨달았다.

"아……, 맞다. 저녁, 어떻게 할까?"

"룸서비스로 때우자. 레스토랑은 내일 밤에 이용할 테니."

"그러네. 인룸다이닝도 레스토랑 셰프가 조리하니까 맛있다고 평판이 자자하더라."

"먼저 목욕해. 난 메뉴를 확인해 놓을게."

"고마워."

아키라는 순순히 먼저 목욕을 하기 위해 욕실에 들어갔다.

뜨거운 목욕물에 배스솔트를 풀어 넣고 눕자, 굳어진 근육이 풀어지면서 피로 물질이 서서히 빠져나가는 것을 느꼈다. 위를 쳐다본 상태로 눈을 감은 채 10분 정도 물에 몸을 담갔다.

어깨와 허리가 꽤나 가벼워졌기에 욕조에서 나와 샤워부스에서 몸을 씻고 머리를 감았다.

타월로 머리를 닦으면서 욕실에서 나왔더니 레오가 창가에 서서 휴대전화로 통화를 하는 중이었다. 얼핏 들리는 대화 내용을 통해 추측하건대, 상대는 로마에 있는 카테리나 같았다. 서머 타임 시차는 일곱 시간이며, 일본 시간이 더 빠르다. 현재 로마는 오후였다.

카테리나의 출산 예정일은 5일 후이지만, 예정일까지 보름을 앞둔 날로부터 레오는 상태를 묻기 위해 하루도 빠짐없이 로마에 전화를 걸고 있다. 아키라는 속으로 몰래 마치 레오가 배 속에 있는 아이의 아빠 같다는 생각을 했다.

하지만 그렇게까지 신경을 곤두세우는 것도 이해가 갔다.

태어날 아이는 로셀리니가의 희망.

다음 세대를 위한 가교가 될 아이이다.

"카테리나 씨? 뭐래?"

통화를 마친 레오에게 말을 걸었다.

"이렇다 할 변화는 없나 봐."

"역시 예정일대로 나오려나 보다. 우리가 시칠리아로 돌아가고 사흘 후였지……? 드디어 카운트다운이 시작되는구나. 왠지 두근거리는걸."

"그래……, 정말."

아키라는 레오의 표정에 근심이 약간 어려 있는 것을 깨닫고는,

그의 옆으로 다가갔다. 그리고 셔츠를 걸친 넓은 등에 가만히 몸을 기대었다.

"괜찮아. 카테리나 씨는 초산이지만, 예전부터 운동을 많이 해서 기초 체력이 있으니 무사히 태어날 거야. 틀림없이 모두의 장점만 쏙 빼닮은 귀여운 아기가 태어날 거라고."

달래는 듯이 속삭이자, 레오의 등 근육이 약간 풀어지는 것을 느꼈다.

"아키라."

레오가 돌아보더니 아키라를 껴안았다. 아키라도 레오의 등에 팔을 둘렀다.

아키라의 목덜미에 얼굴을 묻은 레오가 몸을 꽉 끌어안았다.

"……."

서로의 체온을 나누듯이 한동안 말없이 포옹을 했다. 그러고 보니 어제는 기내에 있었기 때문에 이런 식으로 포옹을 하지 못했다.

"……큰일이군."

레오가 나지막이 중얼거렸다.

"……하고 싶어."

아키라가 어깨를 흠칫 떨고는 천천히 몸을 뗐다. 레오의 까만 눈동자를 들여다보자, 희미하게 열기를 띤 채 촉촉해져 있었다. 그 찰나, 연인의 욕정이 옮겨 붙은 듯이 자신의 몸도 뜨거워진 것을 느꼈다.

"뭐가 큰일인데?"

정욕이 얽힌 목소리로 물었다.

"넌 피곤하잖아. 내일도 아침 일찍 나가봐야 하니, 오늘 밤엔 되도록 일찍 쉬는 편이……."

말이 다 끝나기도 전에 아키라는 레오의 입술을 자신의 입술로 틀어막았다. 그러더니 쪽쪽 빨고 나서 소리를 내며 떨어진 다음, 입술 틈으로 젖은 한숨을 불어넣었다.

"전혀 큰일 아니야……. 나도 널 원해."

* * *

레오와 관계를 갖게 된 지 2년 정도가 지났다.

그 전까지 아키라는 제대로 된 연애 경험도 없었기에 레오가 첫 상대였다.

레오와의 만남을 통해 누군가와 사랑을 나누는 기쁨을 알게 되었다. 그건 육체적인 의미에서도 마찬가지였다.

맨 처음에는 마피아의 피가 끓는 레오에게 억지로 안겼다.

두 번째는 스스로 맞아들였다. 레오가 하는 대로 가만히 있던 처음과는 달리 적극적으로 레오가 주는 쾌감을 달콤하게 받아들였다.

그리고 세 번째는 생명의 위기를 극복하고 서로에 대한 사랑을 확인한 후, 병원에서 관계를 가졌다. 정신적으로도 육체적으로도 레오라는 존재를 그대로 받아들인 첫 섹스였다.

그 후로는 거의 매일 밤 한 침대에서 서로를 안고 잠들었다. 삽입 섹스를 하는 밤도 있는가 하면, 삽입 없이 애무만 하는 밤도, 그저 안기만 하고 자는 밤도 있었다.

셀 수 없을 만큼 수많은 밤을 보내는 동안 아키라는 레오를 구석 구석까지 이해하게 되었고, 레오 또한 자신의 모든 것을 훤히 들여다보게 되었다.

올해 초에 처음으로 드라이 오르가슴에 달했을 때는 레오도 무척 기뻐했고, 아키라도 기뻤다.

그만큼 자신들의 유대는 육체적으로나 정신적으로나 강해졌고, 한층 더 깊은 곳에서 느끼게 된 증표처럼 여겨졌기 때문이다.

한차례 모든 것을 경험한 지금은 무작정 서로를 원하는 시기를 지나 온화하고 안정된 섹스를 해도 충분히 만족하게 되었다. 왠지 한 단계 더 성장한 것 같은 기분이 들었다.

하지만 아무 이유 없이 무턱대고 하고 싶은 밤도 물론 있다.

예를 들면 오늘 밤처럼…….

침실로 이동해서 서로 마주 본 다음, 아키라는 레오의 옷을 벗기기 시작했다. 슈트 재킷은 이미 입고 있지 않았기 때문에 손을 뻗어 넥타이를 풀었다. 다음으로 웨이스트코트 단추를 풀어 벗기고, 이어서 셔츠 단추에 달려들었다.

이렇게 옷을 벗기는 것은 연인의 특권이다. 레오도 곧잘 그런 말을 하면서 아키라의 옷을 즐거운 듯이 벗겼다. 하지만 아키라는 오늘 이미 옷을 벗고 목욕을 한 뒤, 목욕 가운 하나만 걸친 상태였다.

그렇기에 오늘 밤의 스트립 담당은 레오였다.

질 좋은 셔츠 안에서 갈색 육체가 나타났다.

아키라보다 1년 늦게 30대에 접어든 레오는 지금 그야말로 수컷으로서 절정기를 맞이하려 했다. 육체적으로도 정력적으로도 아마 지금이 절정일 것이다.

근육이 탱탱하게 붙은 나체에서 섹시함이 뚝뚝 떨어질 것만 같았다. 아키라는 저도 모르게 터질 것 같은 가슴에 얼굴을 대고 킁킁 냄새를 맡았다. 감귤향이 났다.

'시칠리아 냄새…….'

피어오르는 시트러스향에 이끌리듯이 유피 같은 피부에 입술을 꾹 갖다 댔다. 혀를 내밀어 쓱 핥아 올리면서 눈을 위로 살짝 뜨고 연인을 보았다.

까만 눈동자에서 솟구치는 욕정을 발견하자 등이 오싹 떨렸다.

자신을 원하는 연인의 눈을 보는 것을 좋아했다. 보기만 해도 참을 수가 없었다.

"레오……."

젖은 목소리로 이름을 부르자, 커다란 손이 아키라의 뒤통수를 감싸더니 천천히 흔들어 올렸다. 그곳을 마사지 받기를 좋아한다는 걸 알고 있는 것이다. 실제로 아키라는 기분이 좋아 황홀한 듯이 눈을 가늘게 떴다.

"이리 와."

잠시 후, 레오가 아키라의 위팔을 잡고 끌어당겨 킹사이즈 침대

옆까지 가선 어깨를 툭 밀었다. 그러더니 침대에 엉덩방아를 찧은 아키라를 내려다보며 보스다운 거만한 말투로 명령했다.

"유혹해봐."

"응?"

"날 그런 기분으로 만들어봐."

'아니, 벌써 그런 기분이잖아?'

그렇게 생각했지만, 그것이 오늘 밤 레오의 소원이라면 그에 보답하는 것이 연인의 의무이다.

'두고 봐.'

투쟁심에 불이 붙은 아키라는 침대에 벌렁 드러누워 한쪽 무릎을 천천히 세웠다. 목욕 가운 자락을 걷어 한쪽 다리를 허벅지까지 노출했다. 속옷은 원래 입고 있지 않았기 때문에 다리 사이도 훤히 드러났다. 아직 부드러운 페니스에 두 손을 뻗어 레오에게 보여주듯이 위아래로 흔들어 애무하기 시작했다.

"읏……, 흐읏……."

곧장 체온이 상승했고, 목에서 한숨이 새어 나왔다.

단순히 애무로 얻을 수 있는 쾌감도 있지만, 그보다 레오가 보고 있다는 데에 흥분했다. 꽂히는 듯한 시선을 다리 사이로 느끼자 몸이 점점 뜨거워졌다. 한 손으로 막대기를 위아래로 훑고, 다른 한 손으로 꿀주머니를 주물러 댔다. 평소에 레오가 해주는 애무를 그대로 따라 했다.

머지않아 선단에서 쿠퍼액이 넘쳐흐르면서 질척질척 물소리가 들리기 시작했다. 아랫배가 욱신거리고, 무의식적으로 허리가 흔들렸다. 하복부가……, 뜨거웠다.

아키라는 촉촉한 눈동자로 레오를 살폈다. 슬슬……, 이제 그만 해도 될 것 같다고 생각했기 때문이다.

"레오……, 어서 와."

하지만 레오는 선 채로 움직이려 하지 않고 "아직 안 돼." 하고 매정하게 내쳤다.

"아직?"

"날 원한다면 스스로 거길 풀어."

"스스로 풀라고?"

의미를 이해하고는 머리에 피가 확 솟구쳤지만, 레오는 거만하게 팔짱을 낀 채 침대 옆에 우두커니 서서 아키라를 흘겨보았다. 시작하기 전까지는 자신의 컨디션을 배려했으면서……, 시작하고 나니 금세 이렇게 나온다.

"……제길. 폭군 자식."

작게 욕을 내뱉은 후, 아까보다 다리를 더 크게 벌렸다. 조심스레 자신의 뒤쪽 구멍에 손가락을 넣었다. 앞에서 흘러 떨어진 미끈거리는 쿠퍼액의 힘을 빌려 푹푹 넣었다 빼기를 반복했다.

"응……, 흣……, 응."

곧 좁은 통로가 느슨해지기 시작했다. 느끼는 곳을 손끝으로 몰아쳤다. 전립선을 자극하자 욕망은 아플 정도로 우뚝 솟으면서 쿠퍼액을 줄줄 흘렸다. 이미 음모도 흠뻑 젖었다.

그래도 레오는 만족하지 않았다.

"유두는?"

레오가 더욱더 요구하자, 아키라는 혀를 차면서 한쪽 손으로 젖꼭지를 잡았다. 꽈악 꼬집은 순간, 페니스가 움찔 떨렸다. 큰일이다. 지금 하마터면 절정에 다다를 뻔했다. 평소와는 다른 상황에 있다 보니 몸이 흥분하는 속도가 빨랐다.

한계를 느낀 아키라는 집어삼킬 듯이 자신을 응시하는 연인을 불렀다.

"레오……, 부탁이야……, 레오……, 어서……."

그렇게까지 애원하자, 겨우 레오가 움직였다. 움직이면 빠르다. 흑표범을 방불케 하는 유연한 동작으로 침대에 올라앉아선 재빨리 스스로 욕망을 꺼내더니, 아키라의 양쪽 발목을 잡고 몸을 푹 꺾었다.

"앗……, 아아앗!"

사나운 욕망이 푹 들어온 순간, 비명 같은 목소리가 쏟아졌다. 목이 뒤로 크게 젖혀지고, 허리가 바르르 떨렸다.

"……벌써?"

단숨에 뿌리 끝까지 꿰뚫은 레오가 귓가에서 속삭였다.

"응……."

반쯤 몽롱한 의식 속에서 꾸벅꾸벅 끄덕였다.

"하지만……, 더……, 원해……."

띄엄띄엄 호소하자, 레오가 피식 웃었다.

"욕심쟁이군."

레오는 페니스를 빼지 않은 채로 아키라의 몸을 일으켜 세우더니 자신의 무릎 위에 앉혔다. 그리고 천천히 흔들자, 아키라는 또다시 절정으로 향하는 언덕길을 오르기 시작했다.

그리 시간을 두지 않고 레오의 움직임이 격해졌다. 밑에서 힘차게 찔러 올리자, 눈꺼풀 안쪽에서 불꽃이 튀었다.

"헉……, 아앗……, 으응."

쉴 새 없이 찔리면서 절정으로 몰렸다. 라스트 스퍼트는 몸이 공중에 뜰 정도로 힘찬 스트로크. 끈적끈적하게 녹아내린 안을 강인한 허리 놀림으로 후벼 파자 몸이 붕 떠올랐다.

"앗, ……가, 갈 것 같……, 아아아앗……!"

절정에 달한 것과 동시에 뜨겁게 터져 나온 액체가 안쪽에 끼얹어지자 쿡쿡 쑤시는 듯한 기쁨으로 가득 찼다.

"아……, 하아……."

레오에게 축 늘어진 몸을 맡기자, 꽉 껴안아주었다. 레오의 육체도 사정의 여운에 떨고 있었다. 연인도 자신의 몸을 통해 쾌감을 얻었다고 생각하니 행복한 기분이 복받쳤다.

행복감에 흠뻑 잠기고 나선 포옹을 푼 연인의 얼굴을 들여다보았다.

"레오……."

"아키라."

""사랑해.""

동시에 똑같은 말이 나온 바람에 저도 모르게 눈을 크게 떴다. 다음 순간, 두 사람은 동시에 웃음을 터뜨렸다.

아키라는 킥킥 웃으면서 사랑하는 폭군과 몇 번이나 장난치는 듯한 키스를 나누었다.

*　*　*

다음 날 밤.

도쿄 방문의 첫 번째 목적이었던 업무 일정을 끝낸 레오와 아키라, 그리고 막시밀리안은 루카와 카사호텔 로비에서 만나 저녁 식사를 함께했다.

나루미야가 리모델링을 마친 지 얼마 되지 않은 다이닝 방을 잡아주었다. 완전히 새로워진 공간은 장식과 소도구 센스도 훌륭했고, 넓어서 아늑하고 편했다.

또한 총지배인인 나루미야가 직접 붙어 있으면서 꼼꼼한 서비스를 제공해주었다.

"에두아르가 자랑할 만하군. 모든 요리가 전부 훌륭해."

아뮤즈 부슈와 앙트레 접시를 비운 레오가 기분 좋은 목소리로 감상을 말하자, 나루미야가 "감사합니다." 하고 머리를 숙였다.

"셰프와 주방 스태프들에게 전달하겠습니다. CEO께서 칭찬하셨다는 이야기를 들으면 다들 크게 기뻐할 겁니다."

"카사호텔 레스토랑은 다 맛있어. 나도 정기적으로 한 번씩 먹고 싫어지더라구."

막시밀리안이 루카의 말에 동의하며 "저도 회식 때 자주 이용하고 있습니다." 하고 말했다.

"감사합니다."

입가에 미소를 지은 나루미야가 또다시 고개를 숙인 그때였다.

똑똑똑, 문을 두드리는 소리가 나더니 대답을 듣지 않고 철컥 열렸다. 문간에 나타난 인물을 본 네 사람은 화들짝 놀라 눈을 휘둥그렇게 떴다.

"에두아르 형?!"

루카가 놀란 목소리로 외쳤다. 아키라도 몹시 놀랐지만, 옆에 앉은 레오도 허를 찔린 듯이 두 눈을 크게 뜨고 있었다. 항상 쿨한 막시밀리안조차 안경알 안쪽의 눈이 한껏 커져 있었다.

유일하게 놀라지 않은 사람은 나루미야뿐이었다.

주목을 한 몸에 받은 에두아르가 만족스러운 듯이 입술을 초승달 모양으로 만들었다.

밝은 그레이 슈트 앞가슴에는 물방울 무늬 넥타이, 슈트와 같은 천으로 만든 포켓치프. 오늘 밤도 세련된 차림의 미남이 실내에 들어왔다.

"에두아르……, 어째서 여기에?"

레오가 일동을 대표하여 추궁했다.

"원래 사흘 후에 일본에 올 예정이었지만, 레오와 아키라가 어제부터 카사호텔에 숙박한다는 이야기를 듣고 일정을 앞당겼지. 방금 카사호텔에 도착해서 여기로 곧장 왔어."

"그럼 미리 말해주지 그랬어……."

설명을 들은 아키라가 그렇게 말하자, 에두아르가 장난기 어린 표정을 지었다.

"모두를 깜짝 놀라게 해주려고 아야토한테는 비밀로 해달라고 했지."

나루미야가 송구스러운 얼굴로 "죄송합니다." 하고 사과했다.

"네가 사과할 필요 없어."

에두아르가 황급히 감싸자, 레오도 "그래, 에두 잘못이야." 하고 동생을 흘겨보았다.

"에두아르 형, 정말 깜짝 놀랐어. 유령인 줄 알았다구."

귀엽게 입을 삐죽거리고 투덜거리면서 일어선 루카가 에두아르에게 달려가서 안겼다. 에두아르가 "루카, 잘 지내는 것 같구나." 하고 동생의 머리를 쓰다듬었다.

"응, 잘 지내. 형도 잘 지내는 것 같네."

"그래, 요새는 별다른 문제 없이 잘 지내."

포옹을 푼 에두아르가 이어서 막시밀리안을 돌아보았다.

"막시밀리안, 오랜만."

"오랜만에 뵙겠습니다."

그다음으로 아키라를 보았다.

"아키라도 잘 지내는 것 같군."

"덕분에."

마지막으로 레오와 눈을 마주친 에두아르가 "카사호텔은 어때? 마음에 들었나?" 하고 물었다.

"아주 마음에 들었어. 봉사 정신이 구석구석에서 두루 느껴지는 멋진 호텔이군."

에두아르가 좀처럼 칭찬하지 않는 형의 찬사에 활짝 미소를 지었다. 그러더니 옆에 있던 나루미야에게 "그렇다고 하네." 하고 어깨를 움츠렸다.

"나루미야, 참 잘해주고 있다."

"감사합니다. ……영광입니다."

레오의 격려를 들은 나루미야의 하얀 얼굴이 어렴풋이 홍조를 띠었다.

나루미야가 총지배인이 된 이후로 카사호텔은 종업원 수를 줄이지 않고 이익을 착실히 늘렸다. 하지만 외국계 대형 호텔이 줄줄이 들어온 도쿄에서는 쉬운 일이 아니었을 터. 에두아르의 도움이 있었다 하더라도 역시 나루미야와 스태프들이 노력한 덕분일 것이다. 레오는 그 점을 잘 알고 있었다.

"에두, 너도 앉아."

레오의 재촉을 받은 에두아르가 나루미야가 당긴 의자에 앉았다.

"아버지 결혼식 이후로 이렇게 모두가 나란히 모인 건 처음이군."

레오의 말에 "그러고 보니 그렇네." 하고 에두아르가 동의했다.

확실히 나루미야까지 합쳐 여섯 명이 한곳에 모인 것은 5개월 만이다.

"모처럼 모였으니 다시 한 번 샴페인으로 건배하자."

식사를 시작할 때 넷이서 건배를 했지만, 예정 없이 참석한 에두아르도 더해 다시 한 번 건배를 하기로 했다.

"지금 글라스를 가져오겠습니다."

"아야토, 글라스는 총 여섯 개. 너도 같이 건배하자."

에두아르의 명령을 받은 나루미야가 물러간 몇 분 후, 플로어 스태프가 샴페인 글라스를 가져왔다. 퇴실하는 스태프와 교대하듯이 나루미야가 샴페인 보틀을 손에 들고 돌아와선 익숙한 동작으로 코르크를 뽑았다. 그리고 각자의 앞에 놓인 글라스에 샴페인을 따랐다.

"다들 잔 들었나? 그럼 여섯 명의 재회를 축하하며."

가장인 레오가 선창하자, 모두가 저마다 글라스를 번쩍 들었다.

"건배."

"건……."

삐리리리리리, 삐리리리리리.

창화하는 목소리가 싹 지워질 만큼 휴대전화 착신음이 크게 울려 퍼졌다.

"실례. 내 전화군."

레오가 슈트 가슴 주머니에 손을 넣더니 스마트폰을 꺼냈다. 그리고 표시된 이름을 본 순간, 안색이 변했다. 글라스를 테이블에 놓고는, 휴대전화에 귀를 가져다 댔다.

[접니다. 네……, 예……, 예……, 네?]

레오가 큰 목소리를 내자 심상치 않은 기척을 느낀 전원이 귀를 기울였다. 대화는 이탈리아어였다.

'업무 관련해서 무슨 일이 생긴 건가?'

불온한 예감에 가슴이 술렁거리기 시작했다. 아키라는 숨을 죽이고 레오의 옆얼굴을 가만히 응시했다.

[……알겠습니다. 그럼 나중에 다시 연락 주세요.]

다섯 사람이 전화를 끊은 레오가 입을 열기를 마른침을 삼키며 지켜보았다. 스마트폰을 한 손에 든 레오는 기분 탓인지 멍해 보였다. 레오가 좀처럼 입을 열지 않았기에 초조해진 에두아르가 그를 재촉했다.

"무슨 일 있어?"

에두아르 쪽을 향한 레오가 겨우 입을 뗐다.

"태어났어."

"응?"

"여자아이라고 하는군."

그 말뜻을 추측하는 듯한 침묵이 깔렸다. 몇십 초 후, 모두가 일제히 환호성을 와아 질렀다.

"아기가 태어났어?!"

루카가 앞으로 넘어질 듯이 몸을 내밀며 레오에게 확인했다.

"그래, 방금. 예정일보다 산기가 일찍 보였나 봐. 병원에 가자마자 세 시간 만에 태어났다고 하더군. 아버지한테서 온 전화였어."

"그래서, 산모와 아이 둘 다 건강해?"

에두아르도 몸을 내밀고 있었다.

"그래. 3.16킬로그램인 여자아이야."

거기까지 설명하고 나니 겨우 자신도 실감이 났는지 앞에 있는 물잔의 물을 들이켠 레오가 한숨을 푹 내쉬었다. 아키라도 당초의 충격이 진정됨에 따라 점점 기쁨이 복받쳤다.

'무사히 태어났어. 산모와 아이 둘 다 건강해서 다행이야……!'

"축하드립니다."

자세를 바로 한 막시밀리안이 형제들에게 축복의 말을 건네었다. 이어서 나루미야도 "축하드립니다." 하고 말했다. 아키라도 "축하해!" 하고 세 사람에게 말을 걸었다.

"고마워."

축복을 받은 레오도, 에두아르도, 루카도 활짝 웃었다.

세 사람의 이렇게 한 점 흐림 없는 밝은 얼굴은 처음 본 것 같다.

"여자아이……, 여동생이구나……. 작고 귀엽겠지?"

눈가가 붉어진 루카가 한숨을 흘렸다.

"여자아이라면 이름이……."

말을 머뭇거리는 에두아르의 말끝을 레오가 이어받았다.

"빅토리아."

"맞다. 아버지가 빅토리아로 짓는다고 하셨지."

"빅토리아……, 비비……. 빨리 얼굴 보고 싶다."

루카가 흥분이 가라앉지 않는다는 표정으로 중얼거렸고, 에두아르는 "그럼 서둘러 우리 동생의 얼굴을 보러 가야겠군." 하고 말했다.

"카테리나는 퇴원하고 나면 한동안 【팔라초 로셀리니】에서 지낼 예정이었지?"

"그래, 그런다고 했어."

형의 대답을 기다리던 에두아르가 "아야토." 하고 불렀다.

"조만간 시칠리아에 돌아가자."

"네. 만사 다 제치고 축하드리러 가야죠."

"나도 막시밀리안이랑 같이 돌아갈래!"

"네, 그러죠."

"우린 내일 당장 로마에 가서 카테리나와 빅토리아를 만나자."

"그래. 되도록 빠른 편이 좋지."

아키라도 레오의 제안에 찬성했다.

조만간 시칠리아에서 다시 모이기로 결론을 낸 후, 레오가 테이블에 놓인 샴페인 글라스를 들어 올렸다.

"좋아, 건배하자."

레오가 또다시 선창하자, 저마다 다시 한 번 글라스를 번쩍 들었다.

"무사히 태어난 사랑스러운 새 생명을 위하여."

"로셀리니가의 새 멤버를 위하여."

"오늘부로 막내를 졸업하는 나를 위하여."

"빅토리아 님께서 건강하게 성장하시길 바라며."

"우리의 곁으로 내려와준 작은 천사를 위하여."

"빅토리아 님과 일족 여러분의 건승을 기원하며."

저마다 한마디씩 하고 난 뒤, 로셀리니가의 아들들과 그들의 파트너는 그야말로 찰떡 호흡을 과시하며 외쳤다.

"건배!"

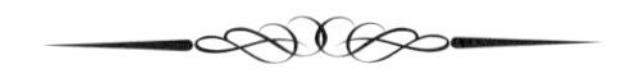

후기

처음 뵙겠습니다, 안녕하세요, 이와모토 카오루입니다.

'로셀리니가의 아들 계승자 상 · 하'를 읽어주셔서 감사합니다.

로셀리니 시리즈 문고판도 드디어 마지막 권. 문고판 작업을 시작한 당초에는 가는 데마다 높은 산이 몇 개나 우뚝 솟아 있는 바람에 앞이 전혀 보이지 않아 어찌할 바를 몰랐지만, 어떻게 간신히 여기까지 다다를 수 있었습니다.

이번에는 '계승자' 문고판에 새로 들어가는 오리지널 스토리를 쓰고 있는 동안 '약탈자', '수호자', '포획자'가 발행되어 실시간으로 독자 여러분의 감상과 의견을 보고 듣게 되었습니다. 한창 마라톤 코스를 뛰고 있는데 길가에 있는 갤러리의 응원을 받는 듯한 느낌이더라구요. 힘이 들어 이제 안 되겠다 싶어서 발이 멈추려고 할 때마다 버팀목이 되어주셨어요. 덕분에 무사히 결승 테이프를 끊을 수 있었습니다. 많은 격려 보내주셔서 정말 감사합니다.

'계승자'는 단행본에서 문고판으로 편집하게 되면서 상하권이 단락되는 위치가 달라졌어요. 하권에 '그 후'에 관한 에피소드를 되도록 많이 추가로 넣고 싶다는 저의 바람에 따라 이런 형식이 되었습니다.

상권 오리지널 스토리는 이어지는 이야기 중간에 끼워 넣어야 하기 때문에 어떤 내용으로 쓸지 굉장히 고민했지만, 문득 '그래, 단테 시점으로 써보자!'라는 생각이 번뜩 들어서 단테의 눈으로 본 로셀리니 삼형제와 그 연인들을 한번 써봤습니다. 개인적으로 '사용인들은 레오와 아키라의 관계를 어떻게 생각할지' 신경이 쓰였던 참이라 그 부분을 쓸 수 있게 되어 만족스럽습니다. 이런 제삼자 시점의 단편은 문고판이기에 가능한 것 같아요.

그리고 하권은 본편 뒤에 단편이 두 편……, 여기까진 단행본과 동일하지만, 그 뒤에 추가된 새로운 단편 총 세 편이 실렸습니다.

이 세 단편은 각각 삼형제와 연인들의 '그 후'를 그린 내용입니다. 많은 독자분들께서 후일담을 읽고 싶다는 요청을 해주신 덕분에, 또한 저도 문고판을 진행하면서 제일 써보고 싶은 내용이었기 때문에 무척 즐겁게 집필했습니다.

특히 마지막 'Eternal Road'는 태어날 아이의 성별을 포함해 삼형제의 이야기가 집대성된 단편입니다. 이 원고를 끝내고 나니 안도감이 들기도 하면서 섭섭하기도 하고, 어찌나 감개무량했는지 몰라요. 그래도 이렇게 납득이 갈 때까지 이야기를 쓸 수 있는 기회를 얻게 된 건 작가로서 매우 운이 좋았던 것 같아요. 문고판을 낼 수 있는 기회를 주신 독자 여러분께 이 자리를 빌려 진심으로 감사의 말씀을 드립니다.

링크 작품인 '사랑 시리즈'도 작년 말에 총편집편이라 할 수 있는 '열애자의 사랑'을 냈으니 일단 두 시리즈 다 여기서 일단락되었습니다.

저는 과작 작가인 것치고는 시리즈 작품이 많은데요, 그중에서도 로셀리니 시리즈와 사랑 시리즈는 많은 여러분께 사랑을 받았습니다. 특히 로셀리니는 선호하는 커플은 저마다 다를 수도 있지만, 삼형제와 그 연인들을 모두 사랑해주시는 분들이 많았던 것 같아요. 이번 문고화를 통해 그 사실을 새삼 확인했습니다. 정말 행복한 시리즈, 행복한 캐릭터들이었어요.

그 캐릭터들의 전원 서비스 소책자 주인공 자리가 걸린 인기 투표를 진행 중입니다. 소책자에 응모하실 예정인 분은 루비문고 로셀리니 특설 사이트에서 최애 캐릭터에 투표해주시면 감사하겠습니다. (현재 종료)

기간 한정이지만 '로셀리니&사랑 시리즈 공식' 트위터 계정도 운영 중입니다. 괜찮으시면 한번 검색해서 팔로우해 주세요.

앞으로도 전원 서비스 오리지널 스토리 소책자가 남아 있고(열심히 쓰겠으니 여러분도 많이 응모해주세요!), 사랑 시리즈는 올해 겨울에 '지배자의 사랑' (라시드/타치바나 신노스케 씨, 케이치/히라카와 다이스케 씨), '유혹자의 사랑' (아쉬라프/카와하라 요시히사 씨, 카즈키/토리우미 코스케 씨)이 드라마 CD로 발매될 예정입니다. 아직 당분간은 저도 로셀리니&사랑 시리즈 캐릭터들과 좀 더 어울려야 할 것 같아요.

여러분도 아무쪼록 계속 함께해주시길 바랍니다.

단행본에서부터 오랜 세월에 걸쳐 수많은 멋진 일러스트로 캐릭터의 매력을 더해주신 하스카와 아이 님. 작가님께서 매력적인 비주얼을 낳아주지 않으셨다면 이렇게까지 독자 여러분의 사랑을 받지 못했을 거예요. 정말 감사합니다.

시리즈 기획 단계부터 함께해주신 초대 담당 편집자님, 문고판을 진행해주신 현 담당 편집자님, 루비문고 편집부 여러분, 세련되고 우아한 디자인으로 표지를 꾸며주신 디자이너 니시무라 님, 로셀리니와 사랑 시리즈에 관여해주신 모든 분들께 진심으로 감사의 말씀 올립니다.

그리고 물론 가장 큰 감사는 시리즈를 사랑해주신 독자 여러분께.

여러분의 목소리가 줄곧 저의 버팀목이었답니다. 고맙습니다.

또 언젠가 뵐 수 있는 날을 기대하며. 그때까지 아무쪼록 몸 건강히 지내세요.

2014년 늦가을에

이와모토 카오루

로셀리니가의 아들 6

◆계승자◆하

초판 1쇄 인쇄 / 2019년 12월 5일
초판 1쇄 발행 / 2019년 12월 16일

지은이 / Kaoru Iwamoto
일러스트 / Ai Hasukawa
옮긴이 / 심이슬
펴낸이 / 오영배
편집진행 / 조혜영, 김은경, 오정인
책임편집 / 삼양코믹스 일본만화 편집부
디자인 / 이희종
펴낸 곳 / (주)삼양출판사

주소 / 서울 강북구 도봉로 173 캠프 6층
편집부 전화 / (02) 980-2140
영업부 전화 / (02) 980-2112
FAX / (02) 983-0660
등록번호 / 제 9-46호
등록일자 / 1999년 3월 11일

ISBN 979-11-283-9738-7 / ISBN 979-11-283-9693-9 (세트)

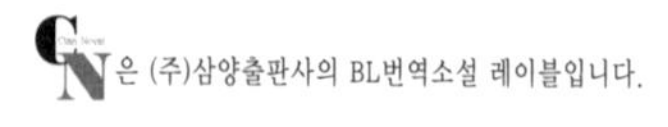